*Farming life
in another world.*

*Presented by
Kinosuke Naito
Illustrated by Yasumo*

「지배해 주마」

요우코
(구미호)
Youko / Nine Tails

Farming life in another world. Volume 06

「나는
배고프다」

히토에
(구미호)
Hitoe / Nine Tails

이 세 계
유 유 자 적
농 가

Farming life in another world!

Presented by
Kinosuke Naito
Illustrated by Yasumo

이세계
유유자적
농가

글 **나이토 키노스케**

일러스트 **야스모**

Farming life
in another world.

이 세 계
유 유 자 적
농 가

Farming life in another world.

Prologue

Presented by
Kinosuke Naito
Illustrated by
Yasumo

〔 서 장 〕

포그마

태양성은 하늘에 뜬 성.

그냥 떠 있는 것만이 아니라, 자유롭게 이동이 가능했다.

그래서 태양성은 성이었지만, 배이기도 했다.

그리고 당연하게도 그것을 완전하게 운항하려면 스태프가 필요했다.

태양성을 건설했던 자는 최고의 스태프를 준비했다.

그것이 머큐리 종(種) 16인으로 구성되는 포그마 일가. 태양성을 위해 만들어진 인공 생명체다.

그들에게는 성주 보좌라는 지위와 함께 한 가지의 직무가 추가로 부여되었다.

벨   부선장

아사   성주 전속집사

히이   성내 경비주임

요루   병기 관리주임

이치   의전장

후타   항해장

미요   회계장

고우   조타장

로쿠   공무비서

나나   정보장

하치   기관장

코코   식당장

토우   내선(보트)관리담당

일레   통신장

투에   성주 전속호위

해리   폭도 진압요원

직무는 적당히 정해진 것이 아니다.

그 일에 가장 적합하도록 능력과 지식이 부여되어 있었다.

부족한 것은 경험. 하지만 그것도 태양성이 완성될 때까지 각지에서 열심히 수업을 받아 보충했다.

그들은 일류 이상의 일을 한다. 그것이 긍지였다.

"식당장이라고 해도, 코코의 일은 성의 식량을 관리하는 것이 메인이니까 요리는 할 수 없지만요."

벨이 그렇게 말하고 의자에 앉았다.

"누구에게 무슨 소리를 하고 있는 거지?"

그런 벨에게 말을 건 것은 고우였다. 모습은 보이지 않는다.

"혼잣말입니다. 그것보다 고우, 움직일 수 있게 되었습니까?"

"앞으로 200시간 정도 걸려."

"알겠습니다. 움직일 수 있게 되면 촌장에게 인사하러 가요."

"알았어. 쿠즈 씨네는 어때?"

"평소대로 열심히 하고 있어요."

"그런가."

"당신은 걱정이 많군요."

"흥. 쿠즈 씨는 성주야. 걱정해도 상관없잖아."

"그렇지만 말이죠. 그것보다 슬슬 본론을 말하세요. 잡담을 나누려고 저를 부른 것이 아닐 텐데요?"

"어제, 창고 비품을 체크했었어."

"한가하다고 괜한 일을 하니까, 쉽사리 움직일 수 없는 거예요."

"쉽사리 움직일 수 없는 것은 성의 노후화와 정비 부족 탓이야. 상태가 완벽하다면 1초도 걸리지 않고 움직일 수 있게 돼."

"확실히 그 말이 맞지만…… 그래서, 비품 체크를 했는데 어땠다는 겁니까?"

"귀중한 물품을 발견했어. 촌장에게 보고하러 가 주었으면 해."

"귀중한 물품이요?"

"이거야."

"아하, 확실히 지금 시대에서는 귀중품이군요. 알겠습니다. 고우가 눈을 떴을 때 함께 가도록 하죠."

"아니. 당장 가 주었으면 하는데."

"저, 저 혼자 가라고요?"

"쿠즈 씨. 데리고 가겠어?"

"방패로도 못 써먹지 않습니까."

"쿠즈 씨를 방패로 쓰지 마! 아니, 확실히 나도 방패로 삼은 적은 있지만…… 방패가 필요한 사태는 생기지 않을 텐데?"

"그렇습니까? 귀중한 물품을 몰래 감추고 있었다고 생각하지 않을까요?"

"그 촌장이라면 그런 식으로는 생각하지 않을 텐데?"

"촌장은 그렇지만, 주변이……."

"뭐, 확실히 주변은 무섭지만…… 성의 있는 자세를 보이는 것이 제일 좋다고 생각해."

"그렇겠지만, 저 혼자서는 무섭습니다."

"알았어 알았어. 이 몸…… 내가 움직일 수 있게 되었을 때, 함께 보고하자."

"역시나 고우. 그럼 저도 성주 수석 보좌로서 힘내겠습니다. 만약의 사태가 벌어졌을 때는 저를 지키도록 하세요."

"그것은 거부하고 싶은걸."

포그마 일가는 오늘도 열심히 일한다.

"아, 고우. 뭐하면 앞으로 1만 시간 정도 움직이지 못하더라도 괜찮아요."

"무의미한 저항은 포기해."

이세계
유유자적
농가

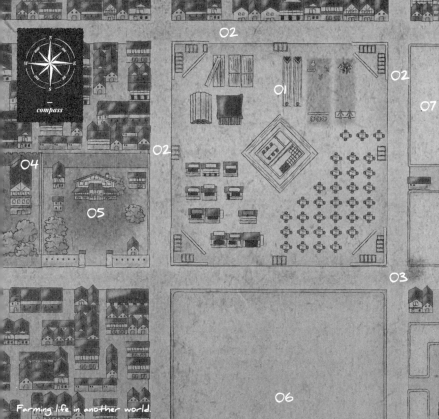

compass

02

01

02

07

02

04

05

03

06

Farming life in another world.

Chapter,1

Presented by
Kinosuke Naito
Illustrated by
Yasumo

〔 1장 〕

샤샤트 시내와 겨울 준비

01.빅 루프 샤샤트 02.큰길 03.사거리 04.기숙사 05.마르코스&폴라의 집
06.토지 매입 완료 구역 07.토지 매입 완료 구역(정비 중)

미식가 샤이플

내 이름은 샤이플.

마왕국에 있는 리그 남작가의 적자다. 남작가라고 해도 전통도 역사도 없는, 최근 50년 정도의 활약으로 귀족이 된 완전 신흥 가문이다.

솔직히 사업이 잘나가니까 귀족은 되고 싶지 않다는 것이 우리 일가의 본심.

하지만 어떤 후작가 영지가 식량난으로 곤란해할 때 식량을 많이 보낸 것이 평가받아 귀족이 되었다. 귀족으로 끌려갔다는 것이 정확하다.

후작가는 우리 리그 가문이 운송한 식량의 값을 치를 수 없었기 때문이다. 그 대신으로 받은 것이 남작의 지위인 셈이다.

이것이 있고 없고에 따라 장사 난이도가 확실하게 달라진다.

하지만 사람들은 돈으로 작위를 샀다고 손가락질하는 것이다. 정말 짜증스럽다.

짜증스럽지만…… 그딴 것을 눈곱만큼도 신경 쓰지 않는 친구를 알게 되었으니까, 다행일지도 모른다.

현재, 그 친구를 연인으로 바꾸고자 열심히 노력 중이다. 뭐…… 갈 길이 멀지만.

자, 그런 나도…… 한 가지 취미라고 할지, 나쁜 버릇이 있다.

식도락이다.

나는 맛있는 것을 정말 좋아한다. 집에 고용된 요리사는 내가 일부러 왕도의 유명 음식점에서 일하고 있던 사람을 모셨다.

그가 만드는 요리는 최고다. 나는 그렇게 믿고 있다.

그것이 흔들린 것이 샤샤트에서 가장 좋은 호텔에 머무르고, 그곳에서 나온 요리를 먹었을 때였다.

이전부터 샤샤트의 요리는 소문으로 들어봤다. 정말 굉장하다느니, 맛있다느니.

진정한 요리를 먹어 본 적이 없는 사람은 과장이 심하다고, 나는 속으로 비웃었다.

진정한 요리를 먹어 본 적이 없는 것은 나였습니다.

위에는 위가 있다는 것을 알았다.

나도 모르게 이 호텔의 요리사를 빼낼까 싶었지만, 행동으로는 옮기지 않았다.

내 친구가 말했었다.

"돈만이 아니라, 경의를 표해 주도록 해."

나는 요리사에게 바치는 최대의 찬사가 돈을 주고 고용하는 것이라고 생각하고 있었다.

아쉽게도 그것은 잘못된 생각이었다.

요리사에 대한 최대의 찬사는, 다시 먹으러 가는 것이다.

나는 이 도시에 이틀 더 머무를 예정이다. 조금 더 체류하면 이 도시에서 열리는 대규모 무투회를 구경할 수 있다.

응, 그것을 이유로 조금 더 이 도시에 체류하자.

아버님도 그리 화내거나 하지는 않을 것이다.

내 세상에 변혁이 일어났다고 해야 할까.

나는 호텔에서 가장 비싼 요리를 즐기고 있었다.

다양하게 먹어 봤지만, 이것을 가장 맛있게 느꼈기 때문이다.

옆자리에 앉은 수인족 남자도 같은 요리다.

잘 알고 있잖아.

음…… 메인은 고기인가, 내 접시보다 크지 않나? 이봐, 호텔 요리사. 손님을 차별하는 것은 좋지 못한 거 아닌가?

아니, 차이를 두지 말라는 것이 아니다. 차이를 두려면 내 접시쪽이 크지 않은 것은 이상하지 않을까? 그렇게 생각되는데…….

아차, 안 된다. 이래서는 나쁜 귀족이다.

쿨하게. 그래, 쿨하게 생각하자.

여기서 나름 꽤 먹었지만, 같은 요리는 같은 양으로 나왔다.

즉, 이곳의 셰프가 의도하고 차이를 둔 것이다.

………….

어쩌면 고기의 질이 별로라, 그것을 사죄하려고 양을 늘린 것은 어떨까? 가능성이 있는 이야기가 아닐까.

수인족 남자가 한입 먹고 표정을 찡그렸다. 내 추리가 적중했다면, 고기의 질이 별로라는 것을 눈치챘으려나. 대단한 미식가가 아닌가.

응? 뭔가를 꺼냈어? 무언가를 발라서 먹고 있어? 무엇을 발랐는지는 모르겠지만, 매너로 보면 잘못된 행동이야.

무진장 맛있다는 표정으로 먹고 있어! 뭐, 뭘 발랐지? 그건 뭐야!

"그, 그것을⋯⋯."

나에게 팔아줘! 아니! 그게 아니야!

"나도 한입만!"

제발!

교섭 끝에 약간 양보받은, 무언가가 발라진 고기.

그것을 맛봤을 때, 나는 충격을 받았다.

이제까지 맛본 것은 대체 뭐였던 거지?

최고의 맛이라고 생각했던 것이 시시하게 느껴진다. 단조로운 맛이다.

하지만 이 조미료가 그 단조로운 맛을 입체적으로 만들어 주고 있다. 맛이 포개진다. 굉장해, 진짜 굉장해.

실은 맛있는 요리와 만났을 때 무언가 액션을 취하려고 생각하고 있었다.

손뼉을 치고, 옷을 벗고, 점프한다.

아아, 나는 얼마나 멍청한 생각을 했던 것인가.

정말로 맛있으면, 사람은 그저 먹는 데 정신이 팔린다.

헉!

고기가 없어! 어느새! 누가 훔쳐간 것인가! 누구냐, 죽이겠어!

⋯⋯⋯⋯⋯.

나인가. 내가 먹은 것인가.

후우⋯⋯.

머리를 식혀라. 쿨하게. 그래, 쿨하게.

수인족 남자는…… 아직, 있구나. 좋아.

"조금만, 조금만 더!"

수인족 남자는 좋은 남자였다.

그가 갖고 있던 무언가, 세 가지 조미료를 조금이나마 나누어주었다.

간장, 된장, 마요네즈.

아아, 전부 맛있다.

아차, 핥으면 안 된다. 금방 사라진다. 소중히 아껴 먹어야지.

그리고 매일 밤 식사 때, 나는 그 수인족과 이야기를 나누는 것이 일과가 되었다.

상대는 다소 성가셔 보였지만, 이 감동을 공감해 주는 것은 그밖에 없다.

큰일이다.

자신이 이렇게나 멍청하다고는 생각도 못 했다.

수인족 남자는 모험가일 것이다. 샤샤트에서 벌어지는 무투회에 출장해 우승했다. 엄청난 실력이었다.

함께 식사했을 때는 그런 식으로는 느껴지지 않았다.

그리고 그의 목적…… 무투회가 끝나면 다른 장소로 이동할 가능성이 있다는 것은, 생각해 보면 누구라도 알 수 있는 일이다.

나는 생각하지 못했다.

그 뒤로 그를 찾았다.

목적은 그가 지닌 조미료이지만, 그에게도 볼일은 있다.

무료로 그런 굉장한 조미료를 양보해 주었다.

감사의 말은 몇백 번을 거듭했지만, 무언가 건네주지 않으면 마음이 편하지 않다.

에잇, 아직 찾지 못한 것인가.

모험가 길드에도 의뢰를 해라.

그 뒤로 얼마나 시간이 흘렀을까…….

조미료에 관해서는 마왕국 상층부에서 일부 유통하고 있다는 이야기를 포착하고, 교섭에 들어갔다.

파벌적으로 중립인 크롬 백작이 중심이라서 매우 다행이다.

식사회에는 되도록 참가하자.

음, 아버님의 허가는 받았다.

레그 가문도 구입하고 있다고 한다. 그쪽 식사회에도 출석해야겠어.

나는 충격을 받았다.

또 샤샤트에서다. 이곳에는 인연이 있다. 아아, 정말로.

내 앞에 놓여 있는 요리. 카레.

작은 그릇에 담긴 수프를 빵에 찍어서 먹는다.

맛있어! 아니, 너무 맛있어!

나는 감동해서 울었다.

거기서부터는 노도와 같은 전개였다.

요점만을 말하겠다.

수인족 남자, 걸프와의 재회.

카라아게는 맛있다. 마요네즈 최고. 아아, 레몬도 나쁘지 않다. 후추…… 후추? 그걸 저렇게 팍팍? 아아, 전부 사들이고 싶다.

무례한 귀족이 난입해서 살짝 마법으로 엄호했다.

볼링, 좋다. 고리 던지기…… 조금 어렵다. 사격…… 훗, 나에게 활의 재능은 없는 모양이다.

그리고 이 가게의 직원용 밥은 최고로 맛있었다.

카레의 재료나 스파이스의 배합을 바꾼 시제품은 당연하고, 크로켓, 돈가스, 튀김…….

아, 맞다. 보고가 늦어졌다.

나는 카레 가게 마를라에서 일하고 있다.

"마르코스 점장 대리, 오늘 재료 준비를 마쳤습니다. 확인해 주시길 바랍니다."

"음……. 잘했어. OK야. 다음에는 냄비를 봐줘."

"예."

귀족? 귀족인 나는 죽었다. 이곳에 있는 것은 다시 태어난 나다.

친구에게는 편지로 알려주자.

귀족이 아니게 된 나에게는 흥미가 없으려나? 그래도 이 가게에는 와주길 바란다.

내가 만든 카레…… 는 아직 실력이 부족해서 손님에게 내놓을 수 없으니까, 내가 만든 직원용 밥을 먹어 봐.

카레를 먹은 다음에라도 상관없으니까.

 고로운 상회의 회의

소형 와이번은 며칠이면 '큰나무 마을'과 이 고로운 상회의 본점을 오간다.

일주일에 한 마리.

고로운 상회에 도착한 뒤, 하루를 쉬고 나서 '큰나무 마을'로 돌아간다.

'큰나무 마을'은 드래곤의 산 너머, '죽음의 숲' 한가운데에 있다고 한다.

농담 같은 장소이지만, 그곳에서 날아왔다고 한다면 긴 거리를 날아와 주었다는 이야기가 된다.

양고기를 줘서 위로하는 정도는 상관없을 것이다.

고로운 상회는 소형 와이번을 위해 전용 축사를 건설했다.

더욱이 도시에서 문제가 되거나, 모험가에게 토벌되지 않도록 확실하게 각 부서와 사전 교섭을 마쳤다.

뭐, 그런 일을 하지 않아도 멋들어진 스카프를 목에 감은 소형 와이번을 공격하는 바보는 없겠다 싶지만, 우리 상회의 주인은 조심성이 많다.

일선에서 물러난다는 소문이 돌았던 적도 있었지만, 그것을 불식하는 것처럼 지금은 정력적으로 활동하고 있다.

약간 젊어진 느낌도 든다. 비결이 있다면 가르쳐 주길 바란다.

앗, 서둘러야지.

소형 와이번이 왔다는 것은, 곧 있으면 찾겠구나. 빨리 양고기를 주자. 하하하, 너도 기다리고 있었나. 급하게 먹지 마.

아아…… 소형 와이번을 개인이 키울 수 없으려나.

내 이름은 사이드로.

고로운 상회에서 근무하기를 60년.

70을 넘은 베테랑…… 아니, 늙은이다.

예상대로, 아니 예정대로 불려갔다. 회의다. 고로운 상회의 최고 간부가 모였다.

이번 참석자는 상회 주인 마이클 고로운 회장. 차기 회장인 말론 고로운. 상회의 회계 책임자 티토 고로운. 상회의 매입 총괄책임자 랜디 고로운.

이렇게 네 사람과…… 회장 비서. 국내유통 관리책임자. 교역사업 관리책임자. 선박사업 관리책임자. 귀족 대응을 전담하는 특별 외무 책임자. 귀족이 아닌 자의 대응을 전담하는 외무 책임자. 생산부문 책임자. 상회경비 책임자.

여기에 샤샤트에 있는 본점 점장으로 내가 참가한다.

얼마 전까지는 회장님이 본점 점장을 겸임했지만, 일이 바빠지고 나서는 내가 맡게 되었다.

회의 내용은 알고 있다. 빅 루프 샤샤트 관련이다.

고로운 상회에 직접적인 이익은 적지만, 그곳의 가치를 느끼지 못하는 사람은 이 자리에 존재하지 않는다.

그런 탓에 바쁘더라도 이 회의에는 어떻게든 참가하려고 한다.

뭐, 회의 뒤의 회식이 목적인 사람도 있거나 하지만…… 그 정도의 부수익은 상관없을 것이다. 맛있기도 하고 말이지.

회의 진행자는 말론 도련님.

"바쁜 와중에 모여 주어서 고마워. 자, 바로 회의를 시작하지."

말론 도련님은 빅 루프 샤샤트의 운영 일부를 고로운 상회로 가져왔다.

그것만이 아니라, 거의 매일처럼 빅 루프 샤샤트에 출석해 정력적으로 활동하고 있다.

그 덕분에 얼마 전까지 있었던, 다음 회장이 되기에는 역부족이 아닌가 하는 목소리가 지금에 와서는 잠잠해졌다.

"빅 루프 샤샤트의 남쪽에 무엇을 만들지 결정되었다."

회의에 참가한 사람들 사이에서 환성이 터졌다.

'큰나무 마을'의 촌장이 결단을 내린 것이다.

이제까지 '큰나무 마을'의 촌장과는 편지로 몇 번이나 의견을 주고받았다.

그 내용은 회의에서 전부 공개되었다.

'대욕탕', '학교', '훈련소', '카지노' 등의 다양한 의견을 촌장에게 제안받았다.

처음에 제안받았던 것은 분명 '수족관' 일 것이다.

'수족관' 이라는 말을 들어본 적이 없었던지라, 어떤 것인가 고개를 갸우뚱하고 말았다.

듣자니 수조를 늘어놓고 거기에 바다 생물을 전시하는 시설이라고 한다.

그런 시설은 본 적도 들어본 적도 없다.

촌장은 바다가 가까우니까 모으기 쉬울 것이라는 생각에 제안한 것이었다.

나로서는 바다가 가까우니까 반대로 신기하지 않다고 생각했는데…… 조사한 결과, 놀랍게도 샤샤트의 사람은 그다지 물고기에 대해서 잘 알지 못했다.

대강 물고기나 조개인지는 알지만, 어떤 물고기인지, 어떤 조개인지는 모른다.

촌장에게는 바다 생물을 전시함으로써 먹을 수 있는 어패류, 먹을 수 없는 어패류를 알리고 싶다는 목적이 있다고 한다.

그 이야기를 듣고, 나는 과연 그렇구나 싶었다.

물고기나 조개는 독을 지닌 것이 많아, 위험성이 크다. 그런 탓에 물고기나 조개라는 이유만으로 먹지 않는 사람도 있을 정도다.

카레 가게 '마를라' 에서 해산물을 건더기로 넣은 카레를 내놓았다는 이야기도 있었으니까, 그런 부분을 고려한 제안일 것이다. 으음, 심오하다.

또한 상인도 물고기나 조개의 이름이 알려지면 매입이나 판매가 쉬워진다. 어부에게 이 물고기를 원한다고 말할 수 있고 말이지.

현재는 어부가 가져온 물고기를 사들이는 방식이니까, 원하는 물고기를 손에 넣기 어렵다.

어부로서도 어느 물고기를 비싸게 사 줄지 알 수 없으니까, 종류를 한정해서 가져오는 일은 드물다.

일부 경험과 지식이 있는 사람만이 돈을 버는 작금의 거래 현황에 숨통을 뻥 뚫어준다. 하지만 직접 관여하는 방법이 아니니까 다른 곳에서 불평하기 어렵다.

훌륭하다.

하지만 문제는 장소. 빅 루프 샤샤트는 도시 북쪽에 있다. 바다는 남쪽.

촌장이 그 부분을 걱정했던지라, 실제로 작은 수조를 준비해서 해 봤는데…… 대단히 어려웠다.

바닷물과 함께 물고기를 옮긴다.

그것만으로 되는 것이 아니었다.

촌장의 이야기로는 수조에서 물고기를 살릴 방법이 필요하다는 모양이다. 나는 어려운 이야기를 알아듣지 못했지만, 말론 도련님은 이해한 모양이다. 역시 대단하다.

결국 빅 루프 샤샤트의 남쪽에 '수족관'을 만드는 것은 운송과 시설 문제로 취소되었지만, 항구에서 가까운 장소에 '수족관'을 건설할 계획이 진행되고 있다.

그런데 촌장은 최종적으로 무엇을 만들기로 한 것인지…….

"먼저 말해두지. 이곳에서 하는 말은 전부 극비다. 아내와 자식은 물론, 부모 형제에게도 말하는 것을 금지한다."

말론 도련님이 항상 하는 말이었다.

뭐, 이 회의에 참석한 사람 중에서 외부로 정보를 누출할 어리석은 사람은 없다.

하지만 오늘은 특히 열기를 띠고 있구나. 무엇을 만들지 결정되었기 때문일까?

확실히 정보가 누출되어 방해받거나 모방당하거나 하면 고로운 상회로서는 곤란하다.

촌장은 서글서글하다고 들었지만, 그것은 고로운 상회의 유용성을 인정하기 때문일지 모른다. 조심해서 나쁠 것은 없다.

"빅 루프 샤샤트의 남쪽에 만드는 것은 '역'이다."

말론 도련님의 말에 나는 고개를 갸우뚱하고 말았다.

"죄송합니다만, '역'이란 어떤 시설일까요?"

회의실의 분위기를 감지한 것인지, 가장 젊은 생산부문 책임자가 손을 들어 질문했다.

말론 도련님은 그 질문을 예상한 모양인지, 준비했던 지도를 꺼냈다. 샤샤트의 대략적인 지도다.

그 지도에 커다랗게 표시가 된 장소는 빅 루프 샤샤트의 남쪽이다. 그곳에서 뻗은 몇 개의 선. 색을 다르게 해서 알아보기 쉽지만…… 이 선은? 큰길을 지나가는 것 같은데…….

"이 선을 따라서 마차를 다니게 한다. '역'은 말이 휴식하는 장소, 차체를 정비하는 장소, 그리고 손님을 환승시키는 장소가 된다."

"집하장입니까? 그거라면 도시 동쪽에 큰 것이 있습니다만?"

교역사업 관리책임자가 질문했다. 마차 관련이라면 그자의 관할이 된다.

"아니. 옮기는 것은 사람이다."

"여객마차 시설이라고 해도, 도시 동서쪽에 있습니다만?"

"여객마차가 아니다. 이것은 도시 안을 이동하는 마차다."

"도시 안을 이동하는 마차?"

"그래. 정해진 시간, 정해진 코스를 마차가 지나간다. 타고 내리는 것은 어디에든 상관없다. 계획으로는 순환 코스는 30분에 한 대. 왕복 코스는 1시간에 한 대 정도의 예정이다."

"아하. 그래서 선이 주요 시설 근처로 통하는 것이군요."

확실히 선은 동서남북의 중요 시설로 뻗었다. 그중 하나는 이 고로운 상회의 본점이다.

"하지만 타고 내리는 것이 자유라고 해도, 이 거리로는 돈을 내고 마차에 타려고 하는 사람은 없지 않겠습니까?"

그것도 확실히 그렇다.

마차는 편하지만, 절대로 저렴하지 않다. 그런 탓에 부자의 상징으로 취급되거나 하는 일도 있다.

그 신용도가 어느 정도인가 하면, 마차를 타고 오지 않으면 입구에서 쫓아내는 대상회도 있을 정도다.

마차를 상용하는 사람은 마차를 보유하고, 필요에 따라 마차를 찾는 사람도 마차 조합에 요청한다.

이용하는 사람이 적지 않을까. 아니, 이용하기는 할까? 신경 쓰이는 것은 요금이구나.

"요금은 어느 정도인 거지?"

랜디 도련님이 질문했다.

그것에 대해 말론 도련님이 조금 뜸을 들이고는 말했다.

"무료다."

…………..

회의실이 정적에 휩싸였다.

무료? 무료로 마차를 이용하게 한다고? 그렇다면 타는 사람도 있을 것이다. 하지만 그렇게 되면 마차 유지비는 어떻게 되는 것이지? 말을 위한 여물이 필요하고, 마부에게도 삯을 줘야 한다.

우리의 의문도 이미 예상했을 것이다. 말론 도련님은 말을 이어 갔다.

"돈은 광고료로 충당한다."

광고료? 무슨 소리지? 말론 도련님에게는 죄송하지만, 광고료의 의미를 모르겠다.

"마차의 측면, 그리고 안쪽에 간판을 달기로 했다. 간판의 내용은, 예를 들면……."

《부드러운 빵을 취급하고 있습니다. 고로운 빵집. 장소는 북쪽 대로의~》

그렇군. 선전인가.

이제까지 간판은 정해진 장소에만 설치되었다.

공지사항도, 시설의 벽면 등에나 쓸 뿐이다.

그것을 마차로 한다.

측면은 마차와 지나치는 사람에게, 안쪽은 탑승한 손님에게 보여주려는 것인가.

"처음에는 고로운 상회와 카레 가게 '마를라'가 차지하겠지. 하지만 효과를 알아챈 사람은 돈을 낼 것이다."

음, 확실히 그렇다. 돈을 내도 아깝지 않다. 이견은 없다. 응?

나는 깨달았다.

무료 마차가 도시 안을 오간다. 손님은 탈 것이다. 이제까지 시간이 걸려 가지 못했던 장소에도 이동할 수 있게 된다. 손님의 흐름이 바뀐다. 아니, 그것만이 아니다. 토지의 가치가 변한다.

마차 코스에서 가까운 토지의 값이 올라가고, 마차가 지나지 않는 토지는 값이 내려간다.

…………

머리를 세게 얻어맞은 듯한 충격이다. 도시가 변한다. 다른 사람들도 깨달은 모양이다.

그리고 말론 도련님.

"제일 처음에 말했다. 여기서 한 이야기는 극비다. 그리고 코스의 초안은 현재대로지만…… 이후의 변경, 증감은 전부, 고로운 상회에 일임되었다. 단, 빅 루프 샤샤트의 남쪽을 기점으로 삼는 것이 조건이다."

즉, 코스는 우리가 자유롭게 정할 수가 있다고? 토지 가치의 변동과 도시 손님의 움직임을 좌지우지할 수가 있다고? 그것은 고로운 상회가 막대한 재산을 손에 넣은 것이나 마찬가지 아닌가.

이미 이 도시를 대표하는 세력이었지만, 이것으로 거역하는 세력은 사라질 것이다. 무시무시하다. 그리고 엄청나다.

누구지, 이런 것을 생각한 것은? 말론 도련님의 발상이 아니다. 회장님도 아닐 것이다.

이 안건을 실행하는 것은 고로운 상회지만, 빅 루프 샤샤트에 손해는 없다. 아니, 사람과 돈이 더 많이 모여든다.

국내유통 관리책임자가 질문…… 아니, 확인이군.

"이 안건은 그 촌장이 생각한 겁니까? 이쪽에 며칠만 왔었다고 들었는데…… 어마어마하군요. 완전히 장사의 신이야."

확실히 그렇다. 다음에 교회에 기부하러 가자.

아니, '큰나무 마을'의 촌장에게 직접 주는 편이 좋으려나?

"이 계획이 진행되면, 빅 루프 샤샤트 남쪽의 토지가 현재 확보하고 있는 것만으로는 부족해질 가능성이 있군. 조금 더 확보하고 싶다."

"마부, 말, 차체 확보를 서둘러야 해."

"코스 주변의 토지는 확보해두고 싶은데."

"서두르지 마. 너무 노골적이면 반감을 사게 돼."

"눈치채는 사람도 나타나겠죠."

"대리 통치인에게는 연락을 한 것입니까?"

"자세하게 이야기하지는 않았지만, 승인은 받아두었다. 하지만 그 대리 통치인이다. 알아챘을 가능성도 있지."

"그렇다면 어느 정도는 대리 통치인에게도 이익을 나눠주어야 하겠군요."

"음. 하지만 그는 노골적인 방식은 선호하지 않는다. 조금 귀찮아지는군."

"앞으로 지불할 토지세만으로 충분하지 않겠습니까?"

"토지세라. 엄청난 액수가 될 것 같군."

"괜찮아, 그 이상으로 버니까. 대리 통치인에게는 서쪽 나라에서 사들인 미술품 같은 것을 주면 어떻겠습니까?"

'역'의 유용성을 이해한 참가자가 차례로 의견을 말했다.

말론 도련님에게 맡기면 막힘없이 실현될 것이다.

본론은 지금부터다.

이 '역'은 시스템이다.

마차는 광고 수입으로 운행하고, 손님과 토지의 가치를 손에 쥔다. 이 샤샤트에서 '역'의 유용성을 보여주면 다른 장소에서도 모방하려고 들 것이다.

하지만 현시점에서 우리 말고는 모른다. 자유롭게 할 수 있다.

즉, 본론이란 우리 고로운 상회가 어디까지 손을 뻗을 것인가 하는 이야기다.

"귀족이 적이 되면 그대로 빼앗겨. 이 도시에서는 촌장이라는 존재가 상회를 지켜주고 있지만, 다른 곳에서 하게 된다면…… 힘들지 않을까?"

"그렇게 되면 귀족과 우호적인 관계를 구축하고 있는 도시에서 해야 하나……."

"음. 하지만 아무리 그래도 모든 곳에서 할 수는 없겠지. 큰 도시부터 우선해서 하자."

"다른 도시는 방식을 가르쳐 주고 은혜를 베푸는 방향으로."

"일부러 우리가 가르쳐 줄 필요는 없겠지. 상대가 머리를 숙이고 온 뒤에라도 상관없지 않겠어?"

"나도 그렇게 생각하는데."

"흠."

"아아, 그래서 가장 중요한 점인데……."

"왕도는 어떡하지?"

"회장님과 차기 회장님이 마왕님과 친분이 있으시죠……."

회장님과 말론 도련님은 그건 관두자며 고개를 저었다.

훌륭한 싱크로. 역시나 아버지와 아들이군.

그 뒤로도 중요한 이야기가 오가고, 결정이 났다.

회의는 끝났다.

회식에 나온 요리도 맛있다.

이것들도 촌장과 관계가 있다.

본점 점장이라는 직위 때문에 회장님과 함께 식사할 기회가 많지만, 질리거나 하지 않는다.

아니, 먹을수록 맛있어지는 느낌이 든다.

촌장의 이야기로는 이것들도 일반 사람이 먹을 수 있게 하고 싶단다…… 장대한 이야기다.

하지만 그러면 할 수 있을지도 모르겠군. 나는 아직 한 번도 만난 적이 없지만.

"사이드로 점장. 잠깐 괜찮겠나."

회장님이 불렀다.

"무슨 일이십니까?"

"이전에 점장이 제안했던 소형 와이번의 번식과 사육에 관해서인데, 소형 와이번의 소유자에게서 허가가 떨어졌네."

오오, 이전부터 부탁을 드렸던 안건이 통과한 것인가. 이것으로 좀 더 귀여워할 수…… 이게 아니지.

각지와의 연락이 조밀해지면, 상회 운영에 크게 공헌할 것이다.

"다음에 사육을 잘 아는 사람이 이곳으로 찾아올 것이야. 맡겨도 되겠나?"

"예, 맡겨 주십시오. 뭔가 준비해야 할 것은 없습니까?"

"일단은 지금 있는 건물이면 괜찮다는군. 그 뭐냐, 사육에 관해 잘 아는 사람은 그럭저럭 높은 신분이니까 실례가 없도록 잘 부탁하네."

"알겠습니다."

내 대답을 들은 뒤, 회장님의 분위기가 변화했다.

"장인어른. 정말 괜찮으시겠습니까?"

고로운 상회의 회장, 마이클 고로운은 내 딸의 남편이기도 하다.

"무슨 걱정을 하나. 지금은 보잘것없는 영감이지만, 옛날에는 왕족 상대로 한 발짝도 물러나지 않고 거래했던 남자야."

"역시나 장인어른. 그래서 말이죠…… 나중에 혼나는 것이 싫으니까 알려드립니다만, 사육에 관해 잘 아는 사람이라는 것은 '게이트 드래곤' 입니다."

"뭐……?"

"듣자니 카레 가게 '마를라' 에 흥미가 있다고, 그곳을 시찰하는 겸 이곳에 와서 번식과 사육방법을 가르쳐 준다고 합니다. 아, 그 자는 낯을 가리니까, 사람이 많은 장소에는 데려가지 않아야 합니다. 그리고 구찌 님이 동행하실 테니, 곤란할 때는 그분에게 의지해 주시죠."

"기, 기다리게, 사위!"

"괜찮아요, 인간 모습이니까! 평범한 왕족 같은 겁니다!"

"달라! 전혀 달라! 그리고 평범한 왕족이라니 무슨 소린가! 왕족이라는 것만으로도 특별하지 않나!"

"잘 부탁드립니다! 첫날은 저도 함께할 거니까요!"

"잠깐, 이보게!"

고로운 상회는, 오늘도 바빴다.

여름에도 열심히 일하는 촌장과 하이엘프

축제가 끝나고, 본격적인 여름이 찾아왔다.

마을 사람들은 이래저래 풀장에서 물놀이를 즐기고 있다.

"정말 깨끗하게 사용하는구나."

리저드맨들은 1년 내내 이용하니까 관리를 맡겼는데, 놀라울 정도로 깨끗하다.

"한 달에 한 번은 물을 빼고 청소하니까요."

"기특하지만…… 대충대충 해."

너무 무리하는 것은 좋지 않아.

나도 바로 풀장에 들어가고 싶었지만, 해야 할 일이 많다.

각 마을의 요청에 응답하고, 온천지의 설비를 늘려야 한다.

아아, 샤샤트에 있는 가게 상담도 마이클 씨와 해야 한다.

소형 와이번 통신이니까 시간이 걸리는 우편 왕래다. 정취가 있어서 좋지만, 같은 내용의 문장을 남기지 않으면 뭐라고 썼는지 잊어버리고 만다.

그 결과, 두 통을 써야 한다는 노력.

글자를 쓰는 연습이 되어서 좋다 싶지만, 귀찮다고 생각하는 부분은 개인차가 있을 것이다.

나는 귀찮다고 생각한다. 복사기가 있으면 좋겠다.

문관낭중들은 익숙한지 힘들어하는 기색 없이 당연한 것처럼 두 통을 쓴다. 일부는 귀찮아서 초고만 남기는 사람도 있지만…….

"초고를 진짜 깨끗하게 쓴단 말이지."

부럽다.

나는 하이엘프들과 함께 이동해, 각 마을의 요청에 응답했다.

하나 마을에는 버섯밭.

응, 알고 있어. 검은 송로 말이지?

송로버섯은 나무가 근처에 있어야만 하는 줄 알았지만, 평범한 밭에서도 괜찮았다. 역시나 '만능농기구'다.

따라서 이 부근 일면에 잔뜩…….

그리고 보니까 검은 송로 말고 하얀 송로도 있었지. 그것도 이쪽에서 좋은 평가를 받으려나.

쓸데없는 생각을 하면서 작업했으니까, 검은 송로와 하얀 송로가 섞였을지도 모른다.

뭐, 어차피 같은 송로버섯이다.

버섯은 한 번 수확한 장소에서 다시 수확이 가능하다. 열심히 수확해 주길 바란다.

그리고 개인적인 취향이라 미안하지만, 목재를 깔고 표고버섯을 재배해 봤다.

버섯을 돌볼 때…… 가장 많은 부분을 차지하는 것이 벌레나 새, 짐승 등의 외적 퇴치인데, 그것들은 하나 마을에 있는 자부톤의 아이들이 맡겨달라는 제스처를 취해서 그쪽에 부탁했다.

둘 마을에는 농기구를 추가로 제공하자.

괭이, 도끼, 낫. 그리고 요청을 받아 여물 등을 긁어모으거나 옮기거나 하는 쇠스랑을.

둘 마을의 미노타우로스들이 다루는 농기구라면 크기가 커진다.

하지만 쇠스랑을 그냥 크게 만들어도 도움이 되지 않는다. 작물이 보통 크기니까 말이지. 쇠스랑 사이로 전부 떨어지고 만다. 하하하하.

반성하고, 새롭게 다시 만든다.

이번에는 쇠스랑의 발을 늘렸다.

아, 농기구 제작은 거트가 열심히 일했으니까, 감사는 나보다도 거트에게 해 줘.

잘못 만든 쇠스랑은…… 장식하고 싶어? 상관없지만, 조금 부끄럽다.

셋 마을에는 새로운 집과 마을 바깥쪽을 둘러싸는 모양의 코스.

새로운 집은 하이엘프들과 협력해 며칠 만에, 마을 둘레를 도는 코스는 내가 '만능농기구'로 열심히 만들었다.

마을을 만들었을 때와 비교하면 길을 만드는 것도 빨라졌다.

코스의 단단함은 이 정도면 되려나? 너무 부드럽지 않을까 싶은데…… 밟아서 다질 테니까 괜찮다고? 오케이.

완성된 코스를 바로 켄타우로스들이 달리고 있다.

켄타우로스는 속도를 낼 수 있다면 전투력이 상당하다.

셋 마을의 방위를 생각해도 이것은 정답이구나.

그래서 저기…… 장렬한 레이스가 시작되었는데, 저건 뭐지? 아, 구혼의 의식 같은 레이스? 코스가 만들어지는 것을 기다리고 있었다고?

늦어져서 미안하다. 행복해야 해.

태양성이자 넷 마을은…….

조미료가 되는 것을 키우게 하자.

요청은 딱히 없었는데…… 요리를 만들어 주자.

뭐가 좋겠어? 전골? 아~ 뭐, 이곳은 계절을 신경 쓰지 않으니까 말이야. 그럼 전골로.

부족한 재료를 열기구로 옮긴다.

열기구의 숫자는 늘었지만, 한 번에 옮길 수 있는 양은 적으니까 말이지. 어떻게든 개선하고 싶지만, 지금은 방법이 없다. 연구가 필요하다.

요리한 뒤, 태양성의 통조림 공장을 견학.

본격적인 공장이 아니라, 선물을 보존하기 위한 설비라고 한다.

하지만 성능은 엄청나다. 캔의 원재료를 넣어주기만 해도 캔을 만들고 있다.

캔은 대단히 얇다. 그러면서 녹이 잘 슬지 않게 가공되어 있다. 내가 알고 있는 통조림의 캔과 큰 차이가 없다.

하지만 아쉽게도 캔 말고는 못 만드는 모양이구나.

캔에 내용물을 담는 작업도 자동이지만, 내용물은 따로 준비해야 한다.

처음 시험 삼아 제작하게 했던 통조림에는 껍질을 벗기지 않은 귤이 들어가 있었다.

게다가 시럽을 채우지도 않았기 때문에, 흔들면 캔 벽에 귤이 부딪혀 망가진다.

대단히 괴상망측한 통조림이다.

과일 통조림을 만들 경우, 과일을 잘라 시럽에 절인 상태로 장치에 세팅해야 하는 모양이다.

뭐, 하루 생산량이 적으니까 장사에는 이용하기 힘들 것이다.

벨의 이야기로는 이 장치를 잘 아는 자가 깨어나면 조금 더 잘될 것이라고 한다.

통조림을 이용할 수 있게 되면 조미료 등을 보존할 수 있게 되어 좋겠다 싶은 마음이 든다.

기대하고 싶다.

온천지로 이동해서, 시설을 늘리려고 한다.

하지만 그 전에 온천에 들어간다. 여름이라도 이러니저러니 해도 온천은 기분이 좋다.

문제는 온천에서 나간 뒤로구나. 덥다.

사자가 마법으로 얼음덩어리를 만들어주었다. 고마워. 그리고 마법을 쓸 수 있는 건가. 굉장하네.

자, 왔으니까 제대로 일하자.

우선은 시조님용으로 시설을 확충한다. 그렇다고 해도 오두막을 새로 만들기만 할 뿐…… 생각보다 상하지 않았네.

온천지니까 그럭저럭 상했을 줄 알았는데. 목재가 튼튼해서 그런 걸까?

어찌 되었든 이렇다면 리모델링할 필요는 없다. 따라서 새로운 오두막을 만든다.

뭐, 내가 하는 것은 목재 준비다. 건설은 하이엘프들에게 맡긴다.

한가해진 나는 사자의 요청을 들었다.

사자의 요청은 비를 피할 장소다.

비를 피할 장소는 몇 군데 있지만, 전부 좁아서 조금 더 넓은 장소를 원한다고 한다. 지금 계절이라면 응달로도 활용할 수 있다나. 그렇구나.

따라서 온천지에서 적당히 가까운 암벽을 파내, 비와 햇빛을 피할 수 있는 장소를 확보. 바닥을 낮은 언덕처럼 높이면, 비가 와도 젖는 일은 없을 것이다.

동물원의 한 구역 같은데…….

사자들은 이것으로 괜찮으려나?

우선은 아빠 사자가 체크. 다음으로 엄마 사자가 체크하고, 새끼 사자들이 뒤를 이었다.

문제는 없어 보인다.

응? 아아, 아직 이 부분이 딱딱해? 알았어, 조금 부드럽게 하자.

온천지에 늘어난 것은, 숙박용 오두막이 두 채. 한 채는 사령기사들이 쓸 것이다.

추가로 가까운 강에서 새롭게 끌어온 수도.

그리고 사자들을 위해 큼직한 지붕과 마루만 있는 장소를 만들어 두었다.

이러니저러니 해도 사자들은 사령기사의 곁에 있으니까 말이지.

사자들의 먹이는 사령기사들이 퇴치한 마물과 마수로 충분하다고 할지, 남아도는 상태.

썩은 것을 버릴 장소를 준비하자. 냄새 대책을 생각하면, 온천지에서 조금 떨어진 장소가 좋으려나.

그대로 파묻어도 되지만, 내가 왔을 때 처리하면 어떻게든 될 것이다.

이 정도인가.

사령기사들, 감사의 춤은 딱히 추지 않아도 돼…… 새로운 버전이구나. 연습했던 거야? 새끼 사자들도 참가해? 어울려 줄 수밖에 없을 것 같다.

'큰나무 마을'로 돌아가니, 이제 곧 수확 시기.

열심히 일해야지.

하지만 지금은⋯⋯ 잠시 논다.

내 손에는 태양성에서 받아온 빈 캔.

"깡통 차기를 하자."

나는 아이들을 모아 깡통 차기를 시작했다.

⋯⋯⋯⋯.

아이들의 체력을 얕봤다. 대단하네.

그리고 이대로는 내가 계속 술래.

몇 명 붙잡은 뒤에 깡통을 차이는 대미지가 한도 끝도 없다.

어쩔 수 없다.

술래를 늘리자. 참가하고 싶어 하는 사람들도 있으니 말이야.

규칙은 명확하게. 폭력, 마법은 금지. 마을 밖으로 나가는 것도 안 돼~.

뉴뉴 다프네, 나무가 되진 마.

하쿠렌, 전력으로 차는 것은 좀 그만해 줘. 힘 조절, 그래 힘 조절을 잊지 마~.

우리는 해가 저물 때까지 깡통 차기를 즐겼다.

종업원

빅 루프 샤샤트.

이곳이 내가 일하고 있는 가게. 귀족 저택보다도 커.

이곳에는 종업원이 400명 넘게 있어.

처음에는 열 명 정도였다고 하는데, 늘어나고 늘어나서 200명. 그것이 1기 팀.

나는 그 뒤로 들어온 2기 팀.

1기 팀, 2기 팀 모두 길바닥 생활 동료지만, 그렇다고 해서 모두가 사이좋은 것은 아니었어. 잠자리로 삼고 있는 장소나, 잘하는 것 못하는 것을 가지고 싸우는 등, 대립하는 것은 일상이었어.

빅 루프 샤샤트에서 일할 수 있다고 들었을 때는 기뻤지만, 거기에 1기 팀이 있는 것은 불안했어.

왜냐면 1기 팀은 골디 씨 쪽에서 신세를 지고 있는 아이들뿐. 2기 팀은 골디 씨의 권유에 응한 다른 아이들을 돌봐주던 사람 쪽의 아이들. 파벌이 달라.

게다가 1기 팀은 우리보다도 두 달 넘게 먼저 일을 시작했어. 틀림없이 일할 줄 모르는 나를 바보 취급할 거라고 생각했었어.

그런데 그런 일은 없었어.

1기 팀은 놀라울 정도로 친절했어.

그야 실수하거나, 멍청한 짓을 저지르면 혼나기는 해. 하지만 바보 취급을 당하거나 하는 일은 없었어.

어째서일지 의문스럽게 생각하며 일을 하고 있었더니 자연스럽게 이해가 됐어.

하찮은 일로 문제를 일으키고 싶지 않아.

이 일자리를 잃고 싶지 않다는 마음도 있겠지만, 최우선은 고용해 준 점장님, 점장 대리인 마르코스 님, 마르코스 님의 사모님인 폴라 님께 폐를 끼치고 싶지 않다는 마음.

은혜를 느끼고 있으니까, 나중에 온 사람을 바보 취급하기보다도 단련시켜 써먹을 수 있게 하는 것을 우선하게 되고 말아.

그렇게 되는 것도 어쩔 수 없다고 생각해.

왜냐면 이곳은 우리가 멀쩡한 생활…… 아니, 최상의 생활을 누리게 해 주니까.

우리가 잠자는 장소는 종업원을 위해 만들어진 전용 집. 기숙사로 불리고 있어.

빅 루프 샤샤트에서 일하는 종업원은 이 기숙사에 들어가.

기숙사는 세 동.

남자 기숙사, 여자 기숙사, 그리고 아이 기숙사.

남자 기숙사, 여자 기숙사는 그 이름 그대로 각각 남자, 여자만 들어갈 수가 있어.

아이 기숙사는 혼자서 생활하기가 어려운 어린아이들이 중심인 기숙사. 아이들을 돌보기 위해서 아이들의 언니 오빠들이 들어가 있는 경우가 많아.

어느 기숙사든지 한 방을 네 명이서 사용해.

네 명이 써도 방은 충분한 넓이. 아니, 꿈만 같은 넓이야.

그런 데다가 개인에게 침대, 책상, 옷을 넣는 옷장, 자물쇠가 달린 서랍장을 줘.

침대는 2층 침대의 위아래 중 한쪽이지만, 이것에 불평하는 사람은 없어.

왜냐면 이제까지 잠잘 곳도 제대로 없었던 사람들이니까.

이런데도 불평한다면 주위 사람들에게 두들겨 맞을 거야.

참고로 침대 시트는 매일 깨끗한 것으로 교환돼.

처음에는 그 깨끗한 시트를 더럽히는 것이 무서워 바닥에서 잠을 잤지만, 그것도 이제는 좋은 추억이네.

기숙사에는 목욕탕이 있어. 커다란 목욕탕. 목욕탕을 몰라?

음~ 그러니까, 따뜻한 물을 듬뿍 쓸 수 있는 장소야.

목욕탕을 사용하는 시간은 반마다 정해져 있으니까, 그 시간에 잘 맞춰서 가야만 해.

목욕은 매일 하는 것이 규칙. 이것은 빼먹으면 안 돼. 예외는 병에 걸렸을 때만.

식사는 하루에 세 끼.

이 기숙사에 오기 전까지는 하루에 빵 하나만 먹어도 사치스러운 부류였으니까 놀라웠어.

게다가 제대로 된 요리.

예를 들면 아침 식사.

빵도 굽고 나서 며칠이 지났는지 알 수 없는 딱딱한 빵이 아니라, 그날 구워서 나온 빵.

수프는 잡초를 쑨 물이 아니라, 멀쩡한 채소를 끓인 수프.

추가로 날마다 다르게 무언가 하나씩 나와. 삶은 달걀이라든지, 구운 생선이라든지.

아아, 수프는 얼마든지 더 먹어도 돼.

처음 아침 식사를 봤을 때는 이래도 되나 싶을 정도로 더 먹었어.

이것도 좋은 추억이네.

지금은 다른 사람을 생각해 한 그릇만 더 먹는 배려를 익혔어.

점심과 저녁은 아침 식사 이상으로 호화로워.

새로운 요리 연구라는 명목으로 때때로 이상한 요리가 나오지만, 그것도 충분히 맛있어.

적어도 종업원 중에서 식사에 불평하는 사람은 없어.

하지만 맛 평가는 확실하게 해 줘야 기뻐하더라.

빅 루프 샤샤트에 고용되면 지급되는 것이 있어.

그것이 의복.

일할 때 입는 옷이 세 벌, 일하지 않을 때 입는 옷이 두 벌, 잠잘 때 입는 옷이 두 벌.

그리고 속옷.

솔직히 이렇게 대량의 옷을 받아서, 어떡해야 하면 좋을지 알 수 없어 곤란했을 정도야.

자기 방에 비치된 옷장에 넣었을 때는 살짝 흥분했었어.

빨래하는 방법도 배웠어.

의복은 자기가 빠는 것이 원칙. 다른 사람에게 시키면 안 돼.

훔쳐갈 테니까 직접 관리하라는 이유일 줄 알았더니 아니었어.

이것은 종업원들이 만든 자주적인 규칙.

빨래를 다른 사람에게 맡기고 남은 시간에 일하려고 하는 것은 치사하다는 거야. 다들 일하고 싶어하니까.

신발도 지급돼. 두 켤레야.

발에 맞지 않게 되거나, 망가지면 새로운 신발을 받을 수 있으니까 참으면 안 돼.

신발은 중요하다고 점장이 강력하게 말했으니까 말이야.

아아, 신발을 더럽히고 싶지 않다고 맨발로 가게에 나오면 안 돼. 혼나. 그래, 좋은 추억이야.

자, 이제부터가 본론이라고 할지 가장 중요한 이야기.

그것은 일.

이만큼 생활할 수 있게 해 주니까, 그만큼 일해야만 해.

우선 종업원은 전문직을 담당하고 있는 사람과 그렇지 않은 사람으로 나뉘어.

전문직은 요리하거나, 간판을 그리거나 하는, 그 사람이 아니면 안 되는 일.

전에는 돌아가면서 한 모양이지만, 카운터에서 주문을 받는 일도 전문직이 되고 말았어.

전문직을 담당하고 있는 사람은 다른 종업원들에게 엄청 존경받고 있어.

나도…… 그렇다고 말하고 싶지만, 나는 아쉽게도 전문직을 담당하지 못하고 있어. 하지만 언젠가는 반드시.

전문직을 담당하고 있는 사람은 그 일을.

담당하지 않는 사람은 반에 따라서 행동해.

요리 보조, 손님 줄 정리, 테이블 청소, 물을 따라주는 일 같은 것을 말이야.

그리고 놀이 구역에서 볼링, 고리 던지기, 사격 도우미, 무대에서 무언가를 할 때는 그것을 도와주는 일도 있어.

모든 일이 인기가 있지만, 오늘의 나는 볼링 도우미야.

하는 일은 간단하지만, 그럭저럭 중노동. 이것은 하나의 레인에서 서너 명이 해.

우선은 모두가 레인을 청소.

그 뒤에 찾아온 손님에게 나란히 서서 인사. 이때는 웃는 얼굴로.

한 명을 남기고 나머지는 레인 너머, 핀 뒤쪽으로 이동.

남은 한 명은 볼링공을 닦으며 투구 타이밍 조정.

손님에 따라서는 던지는 타이밍이 다양하니까 말이야.

그리고 잘 던질 줄 모르는 사람에게 투구법을 가르쳐 주거나 해.

레인 너머로 이동한 사람은 손님이 굴린 공에 쓰러진 핀을 회수해서 다시 배치해. 이때는 잘 분담하지 않으면 시간이 오래 걸리니까, 자기 할 일을 확실하게 기억해야만 해.

주의해야 할 점은, 손님이 굴린 공이 안쪽에 닿을 때까지 건드리지 않을 것. 쓰러진 핀이 움직이고 있을 때도 성급하게 건드리면 안 돼. 쓰러진 핀이 다른 핀을 쓰러트리는 일도 있으니까 말이지.

굴러온 공을 옆에 있는 반환용 레일에 놓고, 쓰러진 핀의 수를 알리는 종을 울려.

무대에서 무언가 하고 있을 때는 종이 아니라 깃발을 써. 소리가 안 들리니까.

손님에 따라서는 항상 깃발이 좋다는 사람도 있으니까, 요청하는 사람에게는 그대로 해 줘.

아아, 손님이 희망한다고 해도 순서를 기다리는 손님이 있을 때는, 확실하게 교대해 달라고 해야 해. 모두가 즐길 수 있게 말이야.

손님과 접촉할 기회가 있으면, 팁을 받을 때가 있어.

화끈한 사람은 대동화를 주기도 해.

원칙적으로 팁은 받은 종업원의 것이야.

이것으로 처음에는 다툼이 있었다고 해. 받은 팁을 가게에 줘야 한다고, 종업원들끼리.

보통은 반대잖아.

가게가 종업원이 받은 팁을 빼앗는다는 이야기는 들은 적이 있지만, 종업원이 가게에 주려고 하다니.

하지만 점장 대리인 마르코스 님과 폴라 님은 종업원이 가지라며 받아주지 않았어.

가게에 무슨 일이 있을 때를 생각해 저금해두라고 하면서.

그러니까 팁은 받은 종업원들의 것.

뭐, 그것이 보통이지만, 낭비하지 않고 잘 저금해두고 있어.

참고로 다음에 종업원 일동이 점장 대리인 마르코스 님과 폴라 님에게 선물을 줄 계획이 있기도 해. 후후.

여러모로 열심히 하고 있는 나에게는 목표라고 할지, 라이벌로 보는 사람이 세 명 있어.

한 명은 1기 팀의 폿테.

카운터에서 주문받는 일을 전문으로 하고 있어. 폿테는 그 일의 대표격.

전용 웨이트리스 복장을 입어서 부러워. 나는 종업원임을 알리는 앞치마가 전부.

또 한 명이 간판을 그리는 라젝크.

옛날에는 바닥에다 그림만 그리는 아이로 유명했어.

그때는 그림 같은 것은 돈이 안 된다고 생각했지만, 지금은 간판을 그리는 일로 대활약하고 있어.

게다가 그 일은 점장이 직접 명령한 거래. 부러워.

몇 명인가 라젝크의 일을 도와주고 있는데, 그 사람들도 전부 그림을 그릴 줄 알아.

내 그림은…… 골디 씨의 파수견을 그렸지만, 아무도 그렇다는 것을 알아주지 않았어. 응, 하다못해 생물이라고 답해 줘. 아무리 그래도 책상은 너무하지 않아?

마지막 한 명이 샤 씨.

요리에 상당히 정열적인 손님이었는데, 어느새 일하게 되었어.

지금에 와서는 마르코스 님의 곁에서 요리를 돕고 있어.

때때로, 요리를 먹고 하이텐션으로 떠들어대는 것이 결점이지만, 우리에게 글자나 계산을 가르쳐 주기도 해.

대단히 친절하고 이해하기 쉬워. 하지만 어린애 취급을 해.

그야, 나이로 보면 그게 맞을지도 모르지만, 빨리 글자와 계산을 배워서 어린애 취급에서 벗어나고 싶어. 하지만 계산은 어려워.

그러니까, 무슨 말을 하고 싶었는가 하면, 나보다도 그쪽의 세 명을 보고 배우라는 거야.

나는 3기 팀으로 들어온 200명 앞에서 설명했다.

아~ 어째서 내가 이런 설명을 하고 있는 걸까.

빅 루프 샤샤트.

종업원은 순조롭게 늘어가고 있다.

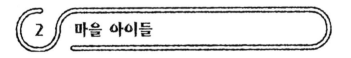

2 마을 아이들

수인족 남자아이들은 잔뜩 놀러 다니는 것 같으면서도 상당히 바쁘다.

마을에 처음 왔을 때부터 하는 일인 기름 짜기, 설탕과 소금 만들기. 나아가 달걀 줍기를 돕거나 소와 염소의 젖을 짜는 등 자잘한 일을 해 주고 있다.

거트의 딸 너트도 마을에 왔을 때부터 그런 일들을 도와주고 있다. 우르자와 그라루는 마을에 오고 약간 시간이 지나고부터 도와주게 되었다.

그러면서 일하는 사이사이에 공부.

읽고 쓰기와 계산을 중심으로, 예법을 가르치고 있다. 교사는 하쿠렌.

히이치로를 임신하고 있었을 때와 출산 뒤에는 한동안 쉬었지만, 지금은 활발하게 가르치고 있다.

견학해 본 적이 있는데, 생각보다 세심하게 가르치고 있었다.

그걸 빼면 자유 시간이지만, 자주적으로 검이나 창을 연습하고 있다.

하이엘프나 리저드맨들이 지도해 주고 있다.

함께 있는 걸프도 가르치는 쪽인가 싶었더니, 배우는 쪽이었다. 흐~음.

그런 그룹에 새롭게 들어가는 것이 내 아들, 알프레드.

아직 이르지 않나?

그런 주장을 내가 하고 있지만, 슬슬 이것저것 가르쳐야 한다는 모양이다.

그런 것인가 하고 납득.

뭐, 그룹에 새롭게 들어간다고 해도 서로 얼굴을 알고, 우르자와 그라루는 같은 저택에서 생활하고 있다.

터무니없는 짓은 하지 않으리라고 믿고 지켜보고 있다.

"저기, 촌장. 뭘 하고 계시나요?"

지나가던 문관낭중 중 한 명이 질문했다. 보고도 모르는 걸까?

"지켜보고 있는데?"

"모르는 사람이 봤다가는, 수상한 사람이에요."

"…………."

아니, 그렇지만 말이야.

"괜찮다니까요. 아이들은 멋대로 자라요. 게다가 라무리아스가 지켜보고 있잖아요?"

"그, 그렇지만……."

라무리아스는 귀인족 메이드 중 한 명.

수인족 남자아이들이 어렸을 때부터 수인족 서포트를 담당하고 있다.

지금도 수인족 남자아이들 곁에 있다.

"하지만 라무리아스는 수인족 전체의 서포터잖아. 아이 모두를 볼 수 있겠어?"

들리고 있었는지, 라무리아스가 이쪽을 봤다. 그리고 싱긋 미소 짓고 있다.

실례했습니다, 신용하고 있습니다.

"이해하셨다면, 일을 부탁드려요. 마왕님과 마이클 씨에게서 편지가 와 있어요."

나는 문관낭중 한 명의 손에 이끌려, 일하러 갔다.

그날 밤.

알프레드가 오늘 일을 보고해 줬다.

그렇구나, 열심히 했구나.

티젤과 트라인은 부러워하고 있지만, 아직 이르단다.

잘했다~ 잘했어.

아직 품 안에 있어 주길 바라지만, 아이들의 성장은 빠르구나.

그날의 심야.

고양이를 무릎에 안으며, 나는 술을 마셨다.

....

술 슬라임.

나눠줄 테니까, 분위기 깨지 마.

여름철 더위가 수그러들고, 지내기 편해졌을 무렵.

우르자는 창을 들고 쿠로의 등에 타고 있었다.

그러면서 그대로 숲으로…….

야! 멈춰 멈춰 멈춰.

"왜 그래?"

"왜 그래가 아니야. 어딜 가는 거야."

"숲."

"아…… 그게 아니라, 숲에 뭘 하러 가는 거야."

"사냥."

"……."

우르자라면 괜찮을 것 같지만, 어린아이가 숲에서 사냥하는 것을 묵인해도 괜찮은 것일까.

쿠로가 함께 있고, 그 밖에도 일행이…… 조금 떨어진 곳에 쿠로네 아이들이 몇 명 있다.

아아, 쿠로3과 우노도 있구나. 쿠로 패밀리는 확실하게 경호할 작정이다.

나무 위에는 리아와 하이엘프들의 모습도 보인다.

…………

허가해 줘야 할 것인가.

생각할 필요도 없다.

이전에는 어땠을지 모르지만, 지금의 우르자는 아무리 봐도 어린아이다.

안 되겠네.

하지만 여기서 안 된다고 말해도 그것을 따라줄까.

이 자리에서는 물러날지도 모른다.

하지만 다시 몰래 나가는 것이 아닐까?

하이엘프들이 우르자를 막지 않고 지켜보는 것도, 그런 점 때문이 아닐까.

…………

"어째서 사냥하러 가고 싶은 거야?"

"알프레드가 고기를 원한다고 말했으니까."

"알프레드가……?"

나는 쿠로를 봤다. 쿠로는 거짓말이 아니라고 고개를 끄덕였다.

그렇군. 그렇군 그렇군.

지금은 아버지로서 멋진 모습을 보여줄 장면이 아닐까?

우르자 양, 그 역할을 나에게 양보해 주지 않겠니? 안 되니. 그렇군. 어쩔 수 없지.

함께 가는 것으로 타협하자. 안 된다면 숲에 가는 것은 금지다. 하하하, 어른은 치사한 법이야.

자, 알프레드가 원하는 거라면…… 엄니가 난 토끼려나.

하지만 고기를 먹고 싶다면 루나 앤에게 말하면 내줄 것이다.

어째서 우르자에게 말한 것일까?

우르자는 아이들의 골목대장 같은 포지션. 그런 이야기를 하면, 우르자가 고기를 찾아 사냥하러 가는 것은 자연스러운 흐름이다.

뭐, 수인족 남자아이들이나 너트, 그라루를 동행시키지 않은 것은 좋은 판단이다. 그 아이들을 함께 데리고 가면, 알프레드도 동행하고 싶을 테니까 말이지.

앗, 토끼다.

내가 '만능농기구'를 들기 전에 우노가 일격에 처리했다.

…………

우르자가 낸 "앗." 하는 목소리에, 우노가 아차 싶은 표정을 지었다. 평소의 버릇이 나왔구나.

일단, 확인한다.

"우르자, 저 고기면 되겠어?"

"안 돼. 내가 사냥해야 해."

그렇겠지.

누군가가 사냥해 준 고기로 괜찮다면, 우르자는 숲으로 나오지 않고 식량창고로 갔을 것이다.

즉, 우르자가 사냥해야 한다.

어쩔 수 없다. 나는 서포트에 전념하자.

일단 토끼는 피를 빼고…… 옮기기에는 조금 무겁다.

미안하지만, 호위로 동행하고 있는 쿠로네 아이들을 시켜서 마을로 가지고 돌아가게 하자.

자, 다음 사냥감은 어디 있으려나…….

나무 위 하이엘프 중 한 명이 신호를 보내 주었다.

전방?

그쪽을 보니…… 커다란 멧돼지!

음…… 평소 보는 멧돼지보다 크지 않나? 아무리 그래도 우르자에게 저것은 힘들겠지.

그런 생각을 하고 있었더니, 우르자를 태운 쿠로가 멧돼지를 향해 맹렬하게 달렸다.

쿠로는 할 작정이다.

그리고 우르자도 창을 단단히 들고 있다.

어이어이, 괜찮겠어?

나는 황급히 '만능농기구' 창을 꺼내 언제라도 던질 수 있는 태세를 취했다.

걱정할 필요는 없었다.

쿠로의 속도가 실린 우르자의 창은, 커다란 멧돼지의 옆구리에 명중했다.

쿠로가 멧돼지의 옆을 지나쳐서 창이 우르자의 손에서 벗어나고 말았지만, 좋은 판단이다.

그대로 잡고 있었다면, 멧돼지에 꽂힌 창과 함께 날아갈 뻔했다.

하지만 창을 잃는 바람에 우르자에게 공격 수단이 없어졌다.

멧돼지는 옆구리에 창이 박혔지만, 아직 움직일 수 있을 것이다.

그럼 내가 나설 차례다.

그렇게 생각했더니, 우노가 멧돼지에게 박힌 창을 입으로 물어서 뽑더니 우르자의 손에 돌려주었다.

그리고 다시 시작되는 쿠로와 우르자의 공격.

저기~ 우노.

아까 말이야, 그대로 창을 더 쑤셔 넣으면 되지 않았어? 토끼 때 저지른 실수를 신경 쓰고 있는 거야?

확실히 그때는 탓하는 듯한 눈으로 보고 말았지만, 신경 쓰지 않아도 돼.

쿠로와 우르자의 공격, 그리고 우노의 헌신으로 커다란 멧돼지는 숨이 끊어졌다.

잘 먹겠습니다.

쿠로와 우르자는 사냥한 멧돼지의 곁에서 의기양양한 모습이지만, 생각하고 있으려나.

이 멧돼지를 어떻게 갖고 돌아갈지.

아, 이제 알아챘다.

조금 당황하고 있다.

평소 커다란 사냥감을 사냥할 때는, 해체해서 옮기고 있다.

하지만 쿠로 가족에게 해체는 무리. 따라서 나나 하이엘프를 부른다.

나무 위의 하이엘프들이 '나설까요?' 하는 제스처를 취했지만, 나는 '기다려'라는 제스처로 답했다.

지금은 내가 나설 차례일 것이다.

그렇게 생각했더니 자부톤의 아이인 마쿠라가 있었다.

너도 있었던 거냐. 너무 과보호 아니려나?

아니, 기회를 빼앗겼다고 그렇게 생각하는 것이 아니야.

마쿠라는 커다란 멧돼지를 거미줄로 묶고, 그대로 끌고 갔다.

엄청난 파워.

하지만 이대로라면 나는 그저 구경만 하는 것이라, '만능농기구'를 고리 같은 모양으로 해서, 커다란 멧돼지에 꽂았다.

이것으로 커다란 멧돼지는 가벼워진다. 마쿠라의 움직임이 단숨에 빨라졌다.

좋아, 슬슬 돌아갈까.

하지만 마쿠라 군. 의욕이 있는 것은 알겠지만, 그 속도라면 내가 따라가질 못해. '만능농기구'는 내가 들어야만 하니까 말이야.

마을에 도착했다.

평소라면 재빨리 피를 빼고 해체하겠지만, 이번에는 피만 빼고 사냥감의 모습을 남겨두었다.

우르자는 쿠로에 탄 채로, 알프레드를 부르러 갔다.

알프레드는 우르자를 격찬했다.

우르자도 싫은 기색은 아니다.

하지만 내 위치상 나는 우르자에게 주의를 줬다.

이번에는 동행했지만, 멋대로 숲으로 가지 마.

지켜보고 있던 하이엘프들과 쿠로, 쿠로3, 우노, 마쿠라에게도 지켜보지 말고 말리라고 부탁했다.

우르자는 괜찮을지도 모르지만, 다른 아이들이 따라 할 테니까.

응? 그란마리아, 너도 주의를 주려고? 아, 내 호위 말이지.

"숲에 갈 때는 꼭 말해 주시면 감사하겠습니다."

그렇겠지. 걱정 끼쳐서 미안하다.

그래서 알프레드는 어째서 고기를 원했던 거지?

루가 원했다고? 그렇군.

실험에 쓰려는 걸까? 그렇다면 나한테 말하면 될 텐데…….

그리고 알프레드.

어머니에게 줄 선물이라면, 자기 힘으로 잡아야 하지 않을까.

확실히 숲에 가면 안 된다고 항상 말했지만…….

네 부주의한 발언으로, 우르자가 힘을 쓰고 말았다.

우르자라면 괜찮겠지만, 만에 하나를 생각하면 앞으로는 주의하도록.

뭐, 이번에는 애쓴 우르자를 봐서 전부 용서하마.

이 커다란 멧돼지는 오늘 저녁이다.

루에게는 식량창고에서 꺼내 줄 테니까.

사람들을 모아 지금부터 준비하자.

희망사항은 있나? 밖에서 고기를 구워? 아아, 바비큐인가.

날도 선선해졌으니까, 좋을지도 모르겠네.

그날 저녁 식사는 이래저래 떠들썩한 연회가 되었다.

그날 밤, 나는 방에서 루에게 물어봤다.

"루. 고기가 필요하다고 했다며?"

"어?"

"알프레드가, 루가 그렇게 말했다고 하던데."

"……아!"

짐작 가는 것이 있는 모양이다.

"아하하. 얼마 전까지 더웠잖아. 조금 늘어지는 느낌이었으니까, 어떡하면 좋을까 싶어서 앤과 상담했었어."

"그래서 고기인가."

"맞아. 오늘의 바비큐로 해소해 버렸네."

"그렇네. 그런데 늘어지는 느낌이었던 건가. 미안해. 알아채지 못해서."

"아하하. 평소 생활에는 지장이 없어."

"응?"

"늘어지는 느낌이었던 건, 저기…… 밤에."

어, 그러니까…….

"슬슬, 한 명 더…… 어떠려나 싶어서."

어라? 지금, 문이 잠기는 소리가 들리지 않았나?

이유는…… 알겠다.

올해는 아무도 임신하지 않았으니까 말이지.

조급해하지는 않겠지만, 신경 쓰고 있는 사람들이 있다.

오늘의 바비큐를 먹었던 멤버를 떠올렸다.

응, 열심히 할 테니까.

기왕이면 내일부터 하지 않겠어?

아직 나, 아버지 모드니까. 남자 모드가 아니니까.

무리라면 인원수를 제안하는 방향으로.

알프레드여.

살다 보면 무의미한 저항을 해야 할 때가 있단다.

하지만 절대로 저항을 포기해서는 안 된다. 때로는 온정을 받을 때가 있다. 기억해.

아빠의 가르침이다.

 빵집의 페어리나

빵집.

누구나가 알고 있는 빵을 구워 파는 가게야.

이 가게는 우리 집이야. 나는 여기서 판매원을 하고 있어.

아, 내 이름은 페어리나야. 친한 사람은 나를 푸나로 불러.

얼마 전까지는 나에게 고민이 두 가지 있었어.

한 가지는 가게의 앞날.

빵 재료인 밀가루의 가격 상승과 빵을 굽는 가마의 연료인 장작의 가격 상승이 겹치면서 가게의 저금이 점점 줄어들었어. 누구라도 걱정이 되겠지.

나라에 따라서는 면허제로 관리되는 빵집이지만, 마왕국에서는 누구라도 할 수 있는 가게니까 라이벌도 많아. 사 주는 사람은 거의 고정 단골뿐이라는 상황.

그러니까 수입이 확 늘어나는 일은 없단 말이지~.

아빠, 엄마는 열심히 일하지만, 아무리 생각해도 미래는 어두워.

어? 어떤 단골이냐고? 그러니까~ 근처에 사는 아주머니나, 식사를 내주는 여관이라든가.

매일은 아니지만, 3일에 한 번 정도 보롯코 팀…… 목수들인데. 아침에 사러 와줘.

나머지는…… 자경단의 대기소려나. 이쪽은 우리 가게만이 아니라, 근처의 빵집을 돌아가며 빵을 사 줘. 10일에 한 번 정도지만, 무시할 수 없는 매출이야.

또 한 가지의 고민이 연애 관계야.

자랑은 아니지만 나에게 구애하는 남성이 있었어. 평소에는 연애에 별로 흥미가 없지만, 구애받아서 기분이 나쁘거나 하지는 않아.

하지만 그 상대가, 얼굴은 괜찮지만 조금 무서운 것으로 유명한 길스파크야.

난폭한 짓은 하지 않지만, 항상 짜증이 나 있는 사람이었어. 내 앞에 있을 때는 그러지 않지만 말이야.

하지만 나는 조금 고민한 다음에 거절했어. 아깝다는 생각이 들었지만, 그때는 결혼 같은 것을 생각할 수 없었으니까.

아직 어린아이였던 나였습니다.

나로서는 분명하게 거절했다고 생각했지만, 길스파크는 포기하지 않고 자주 가게에 와 주었어.

빵은 사 주지 않았지만.

그가 말하기로는 목적은 나지 빵이 아니라는 모양이야.

서투른 사람이네. 뭐, 나도 괜히 미안한 마음을 느끼지 않아도 되니까 좋지만.

얼마 전까지의 고민이라고 말했으니까 알 수 있겠지만, 이 두 가지 고민은 해결되었어.

가게 쪽은 가까이에 빅 루프 샤샤트라는 놀라울 정도로 큰 가게가 생겨서 말이야. 거기에 빵을 납품하게 되었어.

빵을 납품하는 것은 우리 가게만이 아닌 모양이지만, 그래도 하루 매출은 2배로, 아니 더 많이 늘었으려나. 감사합니다.

빅 루프 샤샤트가 만들어졌을 때 쓸데없이 커다란 가게라 방해된다고 생각했던 것은 용서해 주세요.

카레, 엄청 맛있었어요.

그리고 또 한 가지 고민.

연애 관계 쪽은 뭐, 그게, 뭐라고 할까요.

결국은 넘어갔느니, 쉬운 여자라느니 말하지 않도록.

뭐, 길스파크는 나쁜 사람이 아니고, 나 말고는 쳐다도 안 보겠다고 말해 주었으니까…… 어험.

결혼은 더 나중 이야기지만, 순조……로우려나.

자, 지금부터가 이야기의 본론.

지금, 나에게는 세 가지 고민이 있습니다.

한 가지.

가게의 매출을 크게 지탱해 주고 있는 빅 루프 샤샤트 말인데, 이곳은 직접 빵을 굽고 있어.

하지만 그 빵은 판매용이 아니라, 종업원용.

판매용으로 굽지 않는 것은 주변 가게를 배려해서 그럴 거야. 그곳의 종업원용 의상도 한 곳에서 사지 않고 여러 가게에서 사고 있으니까 말이야.

돈벌이를 독점하지 않고, 주위 가게와 협조해 가는 자세에는 솔직히 감탄하고, 감사하고 있어. 고마워.

문제는 그 뒤.

종업원용으로 구운 빵 말인데, 우리 빵보다 압도적으로 맛있어. 어쩌다 먹어볼 기회가 있어서…… 아~ 솔직히 말할게.

길스파크가 그 종업원용 빵을 먹고, 나에게 자랑했어. 나, 빵집의 딸이야.

그것을 알면서, 다른 데서 구운 빵을 칭찬해? 무슨 생각이야?

아무리 그래도 화가 나 길스파크의 턱을 때려버렸어.

그리고 나는 그대로 빅 루프 샤샤트에 쳐들어가 생떼를 부려 종업원용 빵을 얻어먹었어. 분하지만 맛있었어.

비교가 되지 않아. 근본적으로 다른 그런 느낌.

길스파크가 나에게 머리를 숙이며, 근래에 들어 귀족 사이에서 유행하는 빵이라고 설명해 주었어.

그런 빵이 종업원용.

그걸 손님에게 낼 수 있는데도, 주변 가게를 배려해 그러지 않아.

빅 루프 샤샤트의 종업원은 손님에게 내놓을 빵까지 구우면 큰일이고, 가격도 올라가 버린다고 말해 주었지만…… 굴욕이잖아.

폭발할 것 같았어.

정확히는 폭발했지만, 길스파크가 나를 안고 도망쳐 주었으니까, 폭발하지 않은 거나 마찬가지야.

이제까지 납품했던 빵을 회수하고, 대금을 던져 주고 싶은 기분.

하지만 우리 가게는 아빠의 가게. 나는 그저 딸일 뿐. 제멋대로 할 수는 없어.

게다가 우리 가게의 빵을 회수해도, 다른 가게에서 사면 그만이니까 아무것도 변하지 않아.

자존심만으로는 먹고살 수 없어. 그럼 해결책은 한 가지.

우리 가게 빵이 뒤지지 않을 정도로 맛있게 하는 거야.

…………

현재, 연구 중.

우리 가게만의 문제가 아니라고 생각했으니까, 다른 빵집 사람들과도 상담하며 연구하고 있어.

진척 상태는…… 뭐, 그게, 빈말로도 좋다고 할 수 없어. 아니, 이제까지의 빵과 비교하면 훨씬 맛있는 빵이 만들어지고 있지만…….

아직 빅 루프 샤샤트의 종업원용 빵에는 미치지 못해.

자신의 실력 부족을 통감. 이것이 첫 번째 고민.

두 번째 고민은, 길스파크가 대리 통치인님의 아들이었다는 것이 판명된 일이야.

그걸 말하지 않았던 길스파크를 때려 줬어. 정말 신분 차이를 어떻게 생각하고 있는 건지.

샤샤트의 대리 통치인님은 귀족, 나는 평민. 동화가 아니니까, 그리 쉽게 결혼할 수 있을 리가 없잖아.

헤어지자는 이야기로 발전했지만, 길스파크가 울며 저항해서 마음을 다졌어.

귀족과 평민이 결혼할 방법은 얼마든지 있으니까 괜찮다고 길스파크가 말했으니까 그것을 믿고.

지금은 길스파크의 부모님께 인사를 드리러 갈 타이밍을 둘이서 한창 노리고 있는 중.

우리 부모님은…… 지켜보기로 한 모양이야.

그리고 또 하나, 길스파크의 친구가 빅 루프 샤샤트에서 나쁜 짓을 해서 교회에 맡겨졌어.

감금 같은 것이 아니라, 평범하게 봉사 활동에 종사하고 있어.

그 친구와 함께 길스파크도 봉사 활동을 하고 있어.

들자니 얼마 전에 길스파크와 싸웠던 것이 나쁜 짓을 하게 된 원인이라고 생각하고 있는 모양이야.

응, 여기까지는 딱히 고민이 아니야.

고민인 것은 이 친구와 길스파크가 봉사 활동을 하는 곳 중에 빅루프 샤샤트가 있어.

이곳에서 봉사 활동을 하는 중에 먹었던 빵이 첫 번째 고민이 되었던 것이지만…… 이 봉사 활동은 현재도 계속되고 있어.

즉, 길스파크는 그 종업원용 빵을 굽는 모습을 볼 수가 있어.

사랑하는 사람에게 조사해 달라고 해야 하나.

원래는 길스파크의 친구가 반성하기 위한 봉사 활동의 도우미.

한창 그런 일을 하는 중에 맛을 훔치는 짓을 시킬 수는…… 그렇게 고민하고 있었더니, 길스파크가 말한 것이야.

"점장 대리인 마르코스 씨가 빵을 굽는 방법을…… 있잖아, 그 맛있었던 종업원용 식사로 나오는 빵. 그 빵을 굽는 방법을 가르쳐 주겠대. 어때?"

…………고민스럽다. 이것이 고민.

자존심이…… 아니, 그딴 건 시궁창에 던져야만 해.

맛있는 빵을 굽기 위해, 지금은 고분고분하게…… 으으.

후일.

빅 루프 샤샤트의 점장과 만났어.

점장인데 촌장으로 불리고 있는 조금 특이한 사람.

평소에는 가게에 없지만, 해산물을 구입하러 왔다는 모양이야.

얼굴은…… 길스파크가 더 잘생겼어.

하지만 장사 재능은 점장이 훨씬 뛰어나.

점장과 잠시 이야기하고, 나는 깨닫게 되었어.

맛있는 빵을 굽는 것은 당연해. 중요한 것은 빅 루프 샤샤트가 원하는 빵을 굽는 것.

빅 루프 샤샤트가 원하는 빵이 뭐냐고? 당연히 카레에 어울리는 빵이야.

나에게는 그런 관점이 빠져 있었어.

역시나 큰 가게의 점장이네.

점장과 만나고 나서 몇 개월 뒤.

맛은 아직 종업원용 빵에는 미치지 못하지만, 카레와 함께 먹는다면 뒤지지 않는 빵은 만들어졌다고 생각해.

하지만 이것으로 자만해서는 안 돼.

이 정도로는 그 점장을 놀라게 할 수 없으니까 말이야. 후후.

훨씬 더 맛있는 빵을 굽겠어.

 3 다툼? 아니요, 회식입니다

사람이 모이면 사이가 좋아지는 일도 있고, 대립하거나 싸우는 일도 있다.

'큰나무 마을' 에서도 그것은 마찬가지다.

기본적으론 사이좋지만, 드물게 다툼이 발생한다.

하지만 폭력은 안 돼. 내가 그렇게 정했다.

따라서 다툼의 결판은 폭력이 아닌 다른 방법으로 낸다.

최근의 주류는 스모, 팔씨름, 체스, 그리고 경주. 사냥감의 크기를 비교한다거나, 팔굽혀펴기나 턱걸이 횟수를 겨루거나. 많이 먹기, 많이 마시기로 승부를 내려 한 사람이 나왔지만, 그것은 아무리 그래도 막았다.

도시의 이벤트에서 열리는 많이 먹기 대회 등을 비판할 마음은 없지만, 마을에서는 식량을 소중하게 여기길 바란다.

많이 마시기에 관해서는, 술이 아니라 물로 하라고 했더니, 싸우고 있었을 터인 드워프 둘이 똑같은 표정으로 불만스러워했던 것에는 웃음이 터졌다.

하지만 불필요하게 마시는 것은 좋지 않다. 급성 알코올 중독의 가능성도 있으니 말이야.

술은 맛있게 마시자.

그런데 장소가 바뀌면 풍습도 변한다. 다툼의 결판 방법도 다양하다.

이번에 샤샤트의 어부와 바다 종족이 다퉜다.

바다 종족이란 바다를 주 생활권으로 삼는 종족을 말한다. 대표적인 예가 인어.

샤샤트는 바다에 인접하고, 당연히 항구가 있다.

그 항구나 배에서 일하는 것은 인간과 마족이 중심. 바다 종족의 모습은 그다지 보이지 않는다.

하지만 해산물을 얻기 위해서는 바다 종족의 협력이 필수다.

예를 들면 해산물을 얻을 경우. 인간과 마족은 어선에 타고 출항, 바다 종족에게 물고기가 있는 장소를 묻고, 물고기 몰이의 도움을 받는다.

더욱이 바다에 사는 마물이나 마어(魔魚) 등의 접근을 한발 앞서 알려주어 위험을 피한다.

인간과 마족은 물고기를 얻고, 대금으로 바다 종족이 바라는 물건을 준다. 그들이 바라는 물건은 돈일 때도 있고, 닭이나 돼지, 염소, 소 등의 육상 가축, 아니면 육지에서 얻을 수 있는 약초 등일 때도 있다.

대체로 달마다 협의가 이루어져, 이제까지 그다지 다투는 일은 없었다. 다툰다고 해도 몇 년에 한 번 정도다.

하지만 이번에는 다퉜다. 바다 종족이 원하는 물건을 주지 못했으니까.

"카레를 원하고 있다고?"

"아무래도 항구에서 일하는 사람이 이야기하는 것을 들은 모양이라……."

하지만 빅 루프 샤샤트 안의 카레 가게 '마를라'는 포장 서비스를 하고 있지 않다.

포장해서 가져간 카레가 원인으로 식중독 같은 것이 발생하면 곤란하다고, 내가 그렇게 지시를 내렸기 때문이다.

바다 종족에게 그것을 설명하고, 먹으러 간다면 문제없다고 전했다고 한다.

하지만 바다 종족이 먹으러 가기에는 너무 도시 안쪽에 있다. 걷지 못하는 것은 아니지만, 바다 종족은 기본적으로는 몸이 마르는 것을 선호하지 않는다고 한다.

그렇다면 자기들이 만들 테니까 레시피와 조미료와 재료를 달라고 했지만…… 레시피는 논외. 조미료와 재료는 가격이 나간다.

카레 가게 '마를라' 이기에 그런 가격인 것이다.

채산이 맞지 않는다고, 어부들이 난색을 표해 실랑이가 벌어졌다고 한다.

그 이야기가 '큰나무 마을' 에 있는 나에게 전해진 것은, 다툼이 발생하고 며칠이 지나고 난 뒤였다.

연락은 소형 와이번 편으로, 다툼이 결판이 날 때까지 해산물을 손에 넣을 수 없게 되었다고 알려 왔다.

고로운 상회의 해산물도 어부를 거쳐 바다 종족에게 부탁했었다.

특히 다시마와 게는 바다 종족이 가져다주고 있었다.

원래라면 내가 나설 상황이 아니겠지만…… 해산물 공급이 끊긴 현재 상황은 간과할 수 없다.

아니, 솔직하게 말하자.

다툼의 결판 방법에 흥미가 있었다.

나는 샤샤트로 갔다.

드래곤 모습인 하쿠렌의 등에 타고 이동.

동행자는 수인족 걸프. 그리고 루와 티어.

걸프는 역시 샤샤트에 익숙하니까. 루와 티어는 내가 불렀다.

지난번에 나 혼자 다녀온 것은 조금 마음이 아팠으니까 말이지.

다음 기회에는 리아나 앤이라든지, 다른 사람도 데려가고 싶다.

드래곤 모습으로 방문하면 도시가 패닉에 빠진다고 하니, 상당히 떨어진 장소에 착지.

사전에 연락했기 때문에 마중을 나온 고로운 상회의 마차를 타고 시가지로.

마이클 씨가 준비해 준 숙소에 머물러, 다툼의 결판이 나는 날을 기다렸다.

그사이 루와 티어, 하쿠렌과 데이트 비슷한 것을 하면서 빅 루프 샤샤트를 도왔다.

응~? 루와 티어는 이 도시에 온 적이 없는데, 나보다 잘 알고 있지 않아? 그렇지 않다고? 그렇군.

빅 루프 샤샤트는…… 종업원, 늘었구나~.

그리고 그날이 왔다.

장소는 해변. 모래사장이구나.

육지 쪽에 샤샤트의 어부와 상인들이 줄지어 있고, 바다 쪽에 바다 종족이 줄지어 있다.

구경꾼은 조금 떨어져서 지켜보려나 싶었더니, 의외로 가까운 거리까지 다가와 있다.

뭐, 치고받는 것이 아니니까 말이지.

바다 종족은 상반신 인간에 하반신 물고기인 인어 이외에, 상반신 물고기에 하반신 인간인 사하긴.

겉모습이 산호 같은 생물은, 뉴뉴 다프네의 해양생태종.

그 옆에 리저드맨 같은 것이 있구나~ 싶었는데, 말 그대로 리저드맨이라고 한다.

하지만 이쪽도 해양종인지라, 마을에 있는 리저드맨과는 전혀 다른 종족이라고 봐도 된다는 모양이다.

이 부분은 루와 티어가 설명해 주었다.

우리는 어부와 상인들이 있는 쪽에 있다.

나와 걸프는 참가하지만, 루와 티어, 하쿠렌은 참가하지 않는다.

"그럼, 시작할까."

바다 종족의 대표자 같은 노령의 남자 인어가 선언했다.

그리고 곧바로 준비된 테이블.

자리는 열 개.

어부 다섯 명이 앞으로 나와 앉고, 상인 중에서 고로운 상회의 매입 담당인 랜디와 다른 두 명이 앞으로 나와서 앉았다. 남은 두 개의 자리에 나와 걸프가 앉았다.

"지금부터 오랜 규정에 따라, 우리와 도시의 분쟁을 해결한다."

노령의 남자 인어가 과장된 몸짓과 손짓으로 주위에 선언했다.

"그대들이 시련을 돌파한다면, 우리는 도시의 결정에 따르도록 하지."

이 말에 어부들이 큰 환성을 터트렸다.

"시련을 돌파하지 못할 경우, 도시는 우리의 결정에 따르도록."

이 말에 바다 종족들이 큰 환성을 터트렸다.

뭐, 따른다고 해도 종속이 아니라 요구를 관철한다는 의미다.

"그럼 첫 번째! 앞으로!"

그리고 착석한 열 명의 앞에 줄지어 놓이는 요리.

그렇다. 바다 종족의 시련이란, 바다 종족이 내놓는 해산물을 먹기만 하면 되는 것이다.

어째서 이것이 시련인 걸까?

의문으로 생각하며 특이한 해산물이 나온다는 이야기를 들어서 구경하러 왔더니…… 어부 측 멤버가 모이질 않았다고 해서 내가 나서기로 했다.

어지간히 괴상한 것이 나오려나?

맛의 취향이 있으니까, 조미료를 직접 챙겨서 써도 된다는 규칙인 것은 다행이다.

우선은 첫 번째 품목.

깨끗한 붉은 살 참치회. 턱 하니 두껍게 세 점.

응, 맛있다.

간장이나 와사비가 없더라도 먹을 수 있다. 더 주면 좋겠다.

아니지, 다음 접시가 있으니까 배를 채우는 건 안 되지. 자중.

자, 다음 접시를 생각했지만, 주위 상태가 이상하다.

우선 나 이외의 아홉 명.

어부 다섯 명, 랜디와 상인 둘, 걸프.

떨고 있었다.

"마, 말도 안 돼…… 갑자기 날생선은 반칙이잖아."

"지난번에는 진짜 마지막에 나왔던 품목이잖아."

상인 둘은 생선회를 노려 보는 채로 움직이지 않았다.

랜디는 결심을 하고 한 점을 집어…… 거칠게 호흡하며 입으로 가져간다…… 하지만 실패. 실격.

걸프는 울상을 짓고 나를 보고 있었다.

날생선이 그렇게 안 되는 건가? 걸프는 자신의 회를 나에게 내밀고, 실격.

어부 다섯 명은…… 둘은 어찌어찌 먹었다. 나머지 셋은, 나에게 기대하는 눈빛을 보였다.

응, 내가 열심히 할 테니까 기브업해도 돼. 상인 두 사람도. 무리하지 마.

맛있는 것을 맛있게 먹지 못하는 건 음식에 대한 모독이라고.

아~ 하지만 식습관은 어려운가.

나라도 익숙하지 않은 것을 맛있게 먹으라고 해도 곤란하니까 말이야.

"후후후. 세 명 남았나. 하지만 그것도 다음으로 끝이지."

남자 인어는 악역 같은 소리를 하며, 다음 접시를 내오도록 지시했다.

두 번째 품목, 살아 있는 시라스(멸치, 청어, 은어 등의 치어).

간장을 살짝…… 응, 밥을 먹고 싶어진다.

어부 둘도 힘내고 있었다.

세 번째 품목, 성게.

아무리 그래도 껍질은 먹지 않아도 괜찮겠지? 맛있다.

여기서 어부 둘이 기브업.

나만 남게 되었다.

네 번째 품목, 복어.

"독은 안 돼. 제대로 독이 없는 부분을 내줘."

"그대는…… 겁이 나지 않나?"

"복어를 거절하는 바보는 없어."

내가 복어를 먹자 바다 종족들 사이에서도 감탄사가 흘러나왔다.

"굉장해."

"저 물고기는 우리도 싫어하는데……."

반대로 같은 편일 터인 어부와 상인들에게서 비명에 가까운 목소리가 터졌다. 어째서야.

다섯 번째 품목, 게.

응, 게로 만든 회, 맛있다.

견학하고 있던 어부들 사이에서 기절하는 사람이 나온 것을 이해할 수 없다.

"다, 다음 접시부터는, 그쪽이 희망하는 조리법으로 내놓겠다."

"응? 괜찮겠어?"

"아쉽게도, 우리 종족에서도 그대로 먹을 수 있는 자가 적으니 말이지."

"그렇군."

상당한 페어플레이 정신.

여섯 번째 품목, 이크라(연어나 송어 알을 소금물에 절인 식품).

………….

이걸 어떻게 조리하라고? 페어플레이 정신인 줄 알았더니.

간장을 살짝 넣고, 그대로 먹었다. 역시 쌀밥을 먹고 싶어진다.

일곱 번째 품목, 소라.

이건 통구이로.

어라? 이건 샤샤트의 노점에서 굽고 있는 걸 본 적이 있는 것 같은데…….

"바다 종족은, 소라를 먹지 않는 건가?"

"아니, 생긴 게 징그러워서…….'

아~ 듣고 보면 그럴지도? 하지만 맛있다고.

여덟 번째 품목, 전복.

한 번 말린 다음에 다시 불리면 훨씬 맛있는데 말이지~.

구워서 먹었다.

아홉 번째 품목, 곰치.

끓여 달라고 했다.

응, 나쁘지 않다.

"저, 정말 용맹한 사람이로군."

아니, 그냥 먹는 건데 말이야.

"다음 접시가 마지막인데…… 아무리 그대라고 해도, 이건 못 먹겠지."

남자 인어가 그 식재료의 이름을 밝히자, 주위에서 큰 비명이 터져 나왔다.

바다 종족 사이에서도 싫어하는 사람이 많구나.

열 번째 품목, 문어.

"다리 한 개는 회로 먹지. 다른 다리는 밀가루를 발라서 기름에 튀겨줘. 머리는…… 내장을 빼고 구워서 먹도록 할까."

대단히 맛있었다.

이렇게 샤샤트의 어부와 바다 종족의 다툼은 결판이 났다.

지난번과 같은 내용으로 이번 달에도 거래하게 되었다.

뭐, 여기서 시련을 통과했다고 해서 폭리를 취하거나 할 사이는 아닌 모양이다.

바다 종족이 카레를 먹고 싶어 했던 건에 관해서는, 한 달에 한 번 정도, 해변에 분점을 열어 영업하기로 결정되었다.

이것은 마르코스와 폴라의 제안이다.

듣자니 해변 말고 다른 곳에도 분점을 내자는 의견이 있어서, 앞날을 생각하면 해 보고 싶다는 이야기였다.

종업원들의 장래도 생각하고 있는 것이려나.

바다 종족과의 다툼을 해결한 나에 대한 감사 인사로, 어부와 상인들이 돈을 각출해 해변에 간단한 점포를 세워주겠다고 한다.

고마운 이야기다.

하지만 저런 상태로 이제까지는 어떻게 괜찮았던 거지?

괴식하는 어부가 있었다고? 하지만 수명으로…… 그렇군. 삼가 고인의 명복을 빕니다. 그리고 괴식이라고 하지 말도록. 해산물을 좋아하는 것뿐이니까.

바다 종족도 폐를 끼쳤다고 머리를 숙였다.

분점 비용의 이야기를 해 주었지만, 그것은 거절하고 나는 거래를 제안했다.

물론 고로운 상회를 통해서다.

"지금 나왔던 해산물. 그것을 정기적으로 받고 싶어. 시라스, 이크라는…… 뭐, 시기가 맞으면. 곰치는 무리하지 않아도 돼. 참치, 게, 소라, 전복, 문어는 가능한 만큼. 복어는…… 마을에 조리할 수 있는 사람이 있으려나. 독이 있는 부분만 제거할 수 있으면…… 아, 루가 할 줄 알아? 독을 제거하는 마법도 있어? 그렇군. 그럼 복어도."

그 외에 오징어나 날치 같은 것도 있으면 기쁘겠는데.

어? 오징어는 평범하게 먹고 있으니까 어부들이 잡고 있어? 문어는 안 되는 건가?

으~음, 식문화.

아무튼 수확이 많은 여행이었다.

후일.

나와 마찬가지로 해산물을 먹을 수 있는 것은, 자부톤과 우르자와 고양이뿐이었다.

아니, 무리해서 먹으라고는 말하지 않지만…… 특히 문어를 기피하는구나~.

하지만 문어 튀김의 맛을 알게 되면 어쩌려나. 후후후.

아, 무리하지 않아도 돼. 흥미가 생길 때 먹으면 되니까.

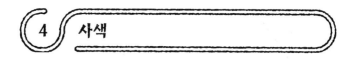

4 사색

가을.

아니, 얼마 전부터 가을이었지만.

태양성 덕분에 비주얼적으로 계절을 알 수가 있다.

태양성 달력은 상당히 우수하다.

시계방향이 아닌 것이 조금 신경 쓰이지만.

수확 시작.

마을 총동원으로 열심히 한다. 알프레드도 도와주는 건가. 잘 부탁한다. 하지만 무리하면 안 돼.

각 마을에서도 수확이 시작되었다.

상당한 수확량이라고 한다. 하지만 일부 밭에서는 성장이 미묘하다는 보고도 받았다. 나중에 확실하게 이야기를 듣자.

가을 수확이 끝나면 무투회.

올해는 준비부터 진행까지 문관낭중에게 맡겼다.

나는 나대로 생각해야만 할 일이 있다.

빅 루프 샤샤트. 아니, 그 일대의 발전에 관해서다.

가을 초에 샤샤트에 갔을 때 보고 돌아다녔는데, 빅 루프 샤샤트의 남쪽이 절반 정도 목장이 되어 있었다.

역으로 삼기 위한 준비일 것이다.

이 부분은 마이클 씨와 말론에게 맡겼으니 말이지. 쓸데없는 참견은 하지 않는다.

시운전이라고 할지, 마부 육성을 위해 몇 대의 마차가 빅 루프 샤샤트의 주위를 돌고 있었다.

빅 루프 샤샤트는 이러니저러니 해도 커다라니까 말이지.

한 바퀴 800미터.

각 모퉁이에서 손님을 태우기 위해 정지하고 있지만, 그것을 포함해도 한 바퀴 15~20분 정도의 안전운전이라고 한다.

이, 어디로 가는 것도 아닌 유람 마차가 의외로 인기를 끌었다.

어린아이들이 타고 싶어 하는 것이라면 이해가 되지만, 대부분은 이 부근의 부인들이다.

도시에서 다른 도시로 이동하는 경우가 아니라면 탈 기회가 없는 마차를 무료로 탈 수 있다는 이유가 크다는 모양이다.

한 번에 한 바퀴로 제한해도 차례를 기다리는 줄이 제법 생겼다.

그것을 보고 마이클 씨와 말론은 역의 성공을 확신했지만……의외로 마무리가 어설프다고 할지, 뭐라고 할지.

주행하는 마차의 광고가 글자뿐이었다.

읽고 쓰기를 할 줄 아는 주민이 적다는 것을 생각하면, 광고효과는 그다지 볼 수 없을 것이다.

나는 광고를 그림으로 할 예정이었기 때문에 인식에 차이가 있었던 모양이다. 반성하자.

지금 단계에서 판명되어 다행이었다고 생각하자.

생각의 핵심은, 빅 루프 샤샤트의 동쪽을 어떻게 할 것인가다.

마이클 씨 일행과 이것저것 이야기하고 있지만, 최종적으로 어떻게 할지는 나에게 맡긴다고 한다.

그래도 괜찮아? 샤샤트에서 체류한 시간이 합쳐서 일주일도 되지 않는 남자인데.

저 토지를 산 것은 나이니까, 내가 정하는 것이 당연하다고 한다. 그렇군.

나로서는 사람을 모을 시설을 만들게 되면, 빅 루프 샤샤트의 수익이 올라가지 않을까 하고 생각하고 있다.

퍼뜩 생각이 떠오르는 것이 극장. 하지만 거기서 무엇을 할 것이냐고 하면 곤란하다.

프로 극단 같은 것은 존재하지 않는다고 한다. 아니, 있기는 있지만, 귀족에게 고용되어 있어 일반공개 같은 것은 하지 않는다고 한다.

프로 음악가 같은 것도 마찬가지. 귀족에게 고용되어 대중들에게 공개하지는 않는다.

귀족의 파티 같은 곳에서 피로할 뿐이라고 한다.

귀족에게 고용되지 않은 극단이나 음악가는 존재하지만, 고용되지 않은 것이 아니라, 못했다는 것이 정답인 아마추어다.

그들은 빅 루프 샤샤트 안에 설치된 무대로 충분한 것 같다고 할지, 제대로 활용하지 못하는 느낌도 있다.

전용 극장을 만들어도 내용이 받쳐 주지 못할 것이다.

그렇다면 아쉽지만 극장은 포기하고…… 따로 손님을 모을 수 있을 만한 시설을 생각한다.

이전에 남쪽에 수족관을 제안했지만, 물고기 운송과 사육 문제 등으로 장소가 좋지 못하다고 했다.

마찬가지로 제안했던 학교는, 상인이 생각할 수 있는 수준의 이야기가 아니라고 난색을 보였다.

확실히 학교 정도가 되면 도시나 국가의 지원이 필요하니 말이지. 너무 스케일이 큰 일은 그만두도록 하자.

나는 시장이 아니라, 촌장이니까.

그럼 학교는 스케일을 낮춰서, 학원 같은 것은 어떨까.

거창한 것이 아니라, 하루에 몇 시간의 공부 같은.

…………..

가르치는 사람을 모으는 것이 문제인가.

아니, 빅 루프 샤샤트의 종업원들이라면 가능한가.

응, 학원은 나쁘지 않아 보인다.

문제는 그 학원만으로는 동쪽의 200미터 × 200미터의 광대한 공간을 채울 수 없다는 것이구나.

뭐, 하나의 시설에 고집할 필요는 없나.

건설비는 늘지만, 몇 가지 건물로 나누는 것도 나쁘지 않다.

그렇게 되면 이전부터 마이클 씨에게 제안을 받고 있는 대욕탕을 채용하고 싶다.

샤샤트는 비위생적이지 않지만, 목욕탕이 없는 것은 불만이다.

종업원들의 기숙사에 있는 목욕탕은 나름 인기가 있다고 하니까 수요는 있다…… 있으려나?

종업원은 무료니까 이용하는 건데, 돈을 받으면 목욕을 습관으로 삼을까?

…………..

아니, 내가 샤샤트에 왔을 때 목욕할 수 없는 것은 문제다.

마르코스와 폴라의 집에는 목욕탕이 있지만, 빌리러 가는 것은 부끄럽다. 아니 그보다 폐를 끼치게 된다.

실제로 빌리겠다고 말을 걸었더니, 휴식 중인 종업원들이 일제히 마르코스 집의 목욕탕을 청소하기 시작했으니까 말이야.

동행했던 루와 티어, 하쿠렌은 당연하다는 표정이었지만, 나로서는 신경이 쓰인다.

목욕은 마음 편하게 하고 싶다.

그런 이유로 대욕탕도 추가.

나머지는…… 숙박 관련은 어떨까.

역이 본격적으로 시작되면, 이래저래 여행객이 모이기 쉬운 장소가 될 것이다.

그 가까이에 숙박시설은 나쁜 생각이 아니다.

숙박업소라면, 마이클 씨가 준비해 준 샤샤트의 숙박업소는 호화로워서 나쁘지 않았다.

널찍한 방에 제대로 된 침대, 테이블, 의자. 창문도 튼튼하고, 커튼도 깨끗했다. 방마다 화장실이 있다는 것도 높은 점수를 줄 수 있다.

목욕탕이나 수도는 없었지만, 옆방에서 대기하고 있는 메이드나 보이에게 지시하면 물을 갖고 와주었다.

아니 그보다 옆방에 항상 메이드와 보이가 대기하고 있다니……대단하다 싶다.

하지만 개인적인 감상은…… 마을의 숙소 쪽이 소박해서 마음이 편하다.

테이블과 침대, 커튼 같은 것도 마을에서 쓰고 있는 물건 쪽이 더 품질이 좋다고 생각되고.

애착의 차이려나. 편애일지도 모른다.

루와 티어는 서민을 상대로 하는 숙박업소치고는 질이 좋은 부류라고 했다.

하쿠렌은…… 노코멘트였지.

그것도 그럴 것이다.

샤샤트로 오기 전에 우리는 드라임의 둥지에서 하루 머물렀다.

드래곤의 둥지니까, 바위밭 같은 이미지가 있지만 그런 곳은 일부뿐이고, 드라임 등이 거주하는 장소는 평범한 집이었다.

평범? 평범이 아니지. 산속에 종횡무진으로 펼쳐진 집이다. 궁전이라고 해도 좋을지도 모른다. 알현장 같은 장소도 있었고.

벽과 바닥, 천장에 빼곡하게 장식이 있고, 바닥에 깔린 융단은 잘 모르는 사람이 보기에도 최고급품이라는 것을 알 수 있었다.

그것들을 악마족 집사와 메이드가 관리하고 있다.

나는 대단하다고 생각했지만, 도스의 둥지나 라이메이렌의 둥지는 훨씬 굉장하다고 한다.

이런 장소에 살고 있는데 마을의 숙소나 저택의 객실로 만족해 주고 있는 것인가 싶어 조금 불안해졌지만, 드라임의 방은 4~5평 남짓하게 차분한 공간이었다.

아마 아직 가을인데 탁자난로가 나와 있기 때문이겠지.

'큰나무 마을'에서 구입한 이불도 애용해 주고 있는 모양이다. 고마워.

나는 그런 느낌의 방이면 됐지만, 준비해 준 객실은 18평 정도로, 미술관 한 구역 같은 느낌의 방이었다.

쉽게 잠이 오지 않았다.

루와 티어는 그런 내 옆에서 숙면을 취했지.

이야기를 되돌려.

내가 머물렀던 샤샤트의 숙박업소는 호화로웠다.

그러나 나에게는 아직 개선점이 있는 것처럼 느껴졌다.

하지만 걸프의 이야기로는 그 방이라도 서민에게는 뒷걸음질 칠 만한 레벨이라고 한다.

자세하게 물어보니, 내가 머물렀던 방은 귀족이 머물러도 문제가 없는 방이란다.

조금 믿을 수가 없어서, 걸프에게 싸구려 숙박업소로 안내를 받아보고 반성했다.

싸구려 숙박업소는…… 숙박업소조차 아니었다. 개인실은 칸막이로 구분한 공간. 문이나 침대 같은 고급품은 없다.

더욱 낮은 랭크가 되면, 지붕만 달랑 있는 장소였다. 칸막이도 없이, 자유롭게 끼어 들어가 잠을 자도 될 뿐인 장소.

당연히 보안 같은 것은 없으니까, 자기 책임으로 지켜야 한다.

솔직히 이곳에 머물라고 해도 거절하고 싶다. 숲에서 노숙하는 편이 차라리 마음이 편할 것 같다.

일단 중간 정도의 숙박업소에도 안내받았지만, 이쪽은 1층이 식당이고 2층이 개인실인 중세 판타지물에 자주 등장하는 식당 겸 숙박업소 스타일이었다.

식사는 별도 요금이 기본이라고 한다.

방은 좁지만 침대가 있었다. 침대밖에 없었다고 해야 하려나?

잠만 자는 방이겠지.

창문에는 쇠창살. 도망치는 것을 막기 위해서라고 한다.

그것을 떠올리고 생각했다.

숙박 요금은 마이클 씨가 준비해 준 호화로운 숙박업소가 식사 포함 1박 은화 2개. 중동화로 환산해서 2000개.

중간 정도의 숙박업소가 식사 별도에 1박 대동화 3개 전후. 중동화로 환산해서 30개.

싸구려 숙박업소가 1박이라고 할지 입장에 중동화 2개.

격차가 심하네.

숙박시설을 만든다고 치고…… 타깃은 어떻게 잡아야 하지? 지금 있는 숙박업소를 방해하고 싶지 않으니까…… 대동화 1개 정도? 아니면 과감하게 은화 10개 정도의 숙박업소? 고민이 된다.

………….

장소는 있으니까, 전부 만들면 되나.

그래서 실패한 숙박업소는 문을 닫고 인기 있는 것을 남기면.

응, 그렇게 하자.

문제는…… 이것도 일손이구나.

마이클 씨나 골디에게 의지하면 어떻게 되려나.

뭐, 초안이다. 세부적으로 고민하지 말고, 대범하게 하자.

이것으로 학원, 대욕탕, 숙박시설은 됐고…….

나머지는 점포만 준비하고 임대하는 방향으로 어떠려나.

나로서는 미용 계통이나 장식 계통을 취급하는 가게가 들어와 주길 바란다.

목표는 여성층.

그것도 샤샤트에 사는 여성이 아니라, 여행하는 여성.

마차를 타고 역에 온 여성 손님의 마음을 미용, 장신구 가게로 끌고, 그 가까이에 대욕탕과 숙박시설.

　그러면서 대로 맞은편에는 빅 루프 샤샤트의 음식점.

　응, 좋지 않으려나.

　일단 초안.

　하지만 마이클 씨에게 보이기 전에 마을 사람들에게 보여서 반응을 물었다.

　학원의 평판은 나쁘지 않았다.

　원하는 타이밍에 다닐 수 있다는 것이 좋다는 모양이다.

　리저드맨과 걸프가 무기 다루는 법을 가르쳐 주겠다고 말해서 채용했다.

　대욕탕은 누가 봐도 문제가 없었다.

　단지 샤샤트의 물 사정은 괜찮은지 걱정했다.

　바닷가에 있다고 해서 물이 풍부하다고 단정할 수는 없다.

　깨끗한 담수 확보는 바닷가가 더 힘들다고 한다.

　이 부분은 마이클 씨와 확실하게 상담을 나누도록 하자.

　숙박시설은…… 찬반양론.

　찬성 의견은, 안심할 수 있는 숙박업소는 있어서 곤란한 일이 없다는 것.

　반대 의견에 큰 부분을 차지한 것은 손님의 매너.

과연 그렇구나 싶었다.

이곳은 내가 예전에 살던 세계가 아니다. 무기를 들고 다니는 사람이나 마법을 쓰는 사람이 있는 세상이다.

무언가 트러블이 발생해 날뛰었을 때를 생각하면 고가 숙박시설은 문제라고.

숙박시설의 요금이 저렴해지면 물건이 적어지는 것은 그 때문일지도 모른다.

그렇게 되면 고급지향이 정답이려나.

대동화 1개의 숙박시설은 캡슐호텔 느낌을 생각했는데…… 음.

뭐, 마이클 씨의 의견을 듣고 나서 최종 판단을 내리자.

가게의 형태와 경영 스타일에는 어느 정도 참견하겠지만, 실제 운영은 고로운 상회와 지금 있는 종업원들에게 맡기게 될 테니까.

내가 그쪽에 있으면 조금 더 움직일 수 있겠지만……. 응, 안 된다.

나는 촌장. 마을이 중요하다.

그쪽은…… 가벼운 마음으로 시작한 가게가 예상 이상으로 커졌을 뿐이다. 반성하자.

금화의 가치를 내가 착각했기 때문이란 말이지.

내 생각의 100배 이상이었을 줄이야…….

그러면서 토지의 가격이 예상보다도 저렴했다. 대체로 10분의 1에서 20분의 1.

그럼 저 정도의 넓이가 되겠지.

하지만 나에게도 할 말이 있다.

금화의 가치를 착각했던 것은 내 탓이 아니다. 도스 등 드래곤들과 거래한 탓이다.

마을의 수확이 끝나면 드래곤들에게 나눠주고 있다. 이것은 대금을 받지 않는다.

대금은 그 뒤 무투회나 축제에 왔을 때 선물로 받고 있다.

이 선물은 처음에는 무구나 장식품, 마도구였지만, 지금은 금화가 되었다.

무구나 귀금속, 마도구로는 환금이 어려운 것과 가치가 지나치게 높아 평소에 쓰기 어렵기 때문이다.

샤샤트에서 화폐가 부족하다는 이야기도 들었으니까 말이지.

그래서 받은 것이 마을에서 만든, 사람이 들어갈 수 있을 크기의 나무통.

와인을 담았던 큰 나무통이다.

빈 통이었던 것에 가득히 금화가 채워져 있었다.

100개나 1000개의 레벨이 아니었다.

나는 움찔했지만, 드래곤의 둥지에는 금이 썩어날 정도로 있다고 한다.

도스의 둥지라면 이 큰 통을 10000개 준비해도 남는다는 모양이다.

드라임의 둥지는 적다는 모양이지만, 그래도 1000개 분량 정도는 있다.

그리고 우리가 이제까지 받았던 무구와 귀금속을 돈으로 바꾸면 이 정도라고 하니까, 금화는 그다지 대단한 가치가 없다고 생각할 수밖에 없잖아.

마을 주민들도 딱히 놀라지 않았었고.

응, 내가 바보였다.

도스는 이 세계에서 가장 상위 드래곤이라는 사실을 깜빡했었다. 반성하자.

참고로 마을 주민들이 놀라지 않았던 건, 작물 거래로 감각이 마비되어 있었다는 이유.

곡류와 과일은 일반가의 100배에서 1000배의 가격. 벌꿀, 조미료는 하늘 높은 줄 모른다.

거래는 금화가 중심이었다.

이것도 내 감각이 이상해진 이유 중 하나.

아니 그렇다기보다, 이 정도의 가치가 없으면, 일부러 마이클 씨가 올 일도 없나.

말을 듣고 납득.

하아…….

나는 세상 물정을 너무 몰랐다.

가치를 알았으니까, 일단 내년부터는 드래곤들에게 선물은 필요 없다고 전했다.

문화적으로 보면 실례되는 일이라지만, 내 말을 듣고 입을 다물었다.

"딸(하쿠렌)과 손자(히이치로)를 만나는데 선물이 필요해?"

마찬가지로 시조님에게도 선물은 받지 않는다.

실제 혈연은 아니라도, 루의 할아버지 같은 포지션이니 말이야.

마왕은…… 프라우나 문관낭중으로는 어려운가. 하지만 어떻게 든 이유를 붙여서 선물을 거절하자.

마이클 씨도 선물은 거절. 해산물 거래로 충분합니다.

하지만 내가 그쪽으로 갔을 때는 대량의 선물을 줄 예정이다. 후 후후…… 어?

상인에게는 선물을 줄 필요가 없어? 그런 거야? 그러고 보니 이 제까지 준 적이 없었다.

조금 더 세상을 공부하자.

여담.

모험가에 의해 드래곤의 둥지가 공략되면, 대량의 금화가 세상 에 도니까 금화의 가치가 떨어진다고 한다. 그렇군.

"최근 몇백 년 동안에 드래곤을 이긴 인간은…… 촌장밖에 없지 만요."

5 문관낭중의 무투회

가을 수확 뒤의 무투회는 예년대로 무사히 종료.

응, 잠시 무대를 세 번 정도 다시 만들 필요가 있었던 정도로, 이 렇다 할 부상자는 없었으니까.

개최 기간이 이제까지 하루나 이틀이었던 것이, 나흘이 되고 말앉다는 정도.

허용 범위다. 완전, 허용 범위. 아무런 문제 없다.

그러니까 그렇게 머리를 숙이지 않아도 괜찮아.

이번 무투회는 모두 문관낭중에게 맡겨 보았다.

진짜 편하……지는 않았다.

불려 나가서는 무대를 다시 만들고, 싸움을 시작한 쿠로네 아이들을 중재하고, 술에 취한 드래곤들을 상대하면서…….

평소와 큰 차이가 없는 느낌이 든다.

아니 그보다 쿠로네 아이들, 내가 돌봐주기를 바란다고 싸우는 흉내를 내는 건 좋지 않아. 나는 너희가 사이좋은 걸 알고 있다고.

그리고 기라루.

무슨 일이 있었는지는 모르겠지만, 술통에 머리를 처박는 짓은 하지 않기를 바란다. 술 슬라임이 넘친 술을 노리고 기뻐하고 있잖아.

아니, 진짜 무슨 일이지? 대체로 그라루 관련이겠지만…….

음…… 그라루가 히이치로의 손을 잡은 것이 충격이었다고?

어이어이, 히이치로는 이제 겨우 한 살이 됐을 뿐인데…….

한 살. 1년인가. 시간도 참 빨리 흐르는구나~. 얼마 전까지 엉금엉금 기어 다니지 않았던가? 깨닫고 보니, 어느새 서 있었으니까 말이야.

뭐, 그런 상대에게 질투하는 건 이른 감이 있는데? 딸을 시집보낼 때가 되면 알 수 있다고? 하하하.

티젤은 시집보내지 않을 거니까 괜찮아.

이야기가 탈선했다.

문관낭중들은 잘 일해 주었다고 생각한다.

이번 무투회는 조금 예상 밖의 일이 많았다.

우선 손님.

평소대로의 드래곤 일가에 마왕 일행, 그리고 시조님.

이번에는 마이클 씨는 불참. 샤샤트의 일이 바쁘다는 모양이다.

분명 빅 루프 샤샤트 관련일 것이다. 미안하다.

드래곤 일가는 도스, 라이메이렌, 드라임, 드라임의 아내 그라파룬.

거기에 하쿠렌의 동생 스이렌과 스이렌의 남편 마크스벨가크, 둘의 딸인 헤르젤나크가 찾아왔다.

마왕 일행은 마왕과 딸인 유리, 사천왕인 비젤, 랭던, 글라츠, 호우가 전원 참석.

시조님은 후슈를 동반해 찾아왔다.

여기까지는 평소대로다.

평소와 달랐던 것은 각자 새로운 동행자가 있다는 것이다.

드래곤 일가가 데리고 온 것은 악마족 남성.

이제까지 온 적이 있었던 구찌나 조산사를 해 주었던 자들이 아니라, 뭐라고 할까…… 역전의 장군 느낌의 투박한 남성이다.

대단히 기합이 들어간 느낌이었지만, 인사한 뒤에는 온화해졌다.

무투회에서는 마구 날뛰었지만.

마왕이 데려온 것은 딱 봐도 대귀족 느낌인 노령 남성이 둘.

지위로는 사천왕의 아래라고 하는데, 대화나 태도를 보면 사천왕보다 높은 느낌이 든다.

비젤이 슬쩍, 선대 사천왕이라고 가르쳐 주었다. 그렇구나.

그리고 그들의 손녀 셋이 문관낭중에 있다고 한다.

어떻게 인사해야 하나 고민하며 다가갔더니, 엎드려 절하는 수준에 가까운 인사를 받았다. 자세가 낮은 사람들인 모양이다.

무투회보다도 슬라임이나 말과 놀고 있는 시간 쪽이 길었으니까, 성격도 온화할 것이다.

앞으로도 잘 부탁하고 싶다.

시조님이 데리고 온 것은 성격이 드셀 것 같은 여자아이.

생김새는 열다섯 살 정도의 아가씨인데, 어딘가 타인의 접근을 용납하지 않는 듯한 분위기를 두르고 있다.

시조님의 소개로는 당연하게도 평범한 아가씨가 아니라, 신의 가호를 얻은 성녀라고 한다. 장소에 따라서는 사도라든지, 신의 대행자로 불리는 존재.

어째서 그런 사람을 무투회에 데리고 온 거지? 창조신상을 보러 온 것인가? 아니면 그 검은 바위를 깎아 만든 조각상?

그것도 있지만, 진짜 목적은 달라? 높은 콧대를 꺾어 주려고?

영문을 모르겠는데…….

뭐, 신경 쓰지 않아도 된다면 신경 쓰지 않는다.

그런데 저 아이, 고양이에게 무진장 겁먹고 있는데. 도와주지 않아도 되겠어? 우르자가 고양이를 들고 쫓아가기 시작했다고. 아, 쿠로네 아이들도 참가하기 시작했다. 술래잡기가 아니라고~.

이들 새로운 멤버의 존재가 문관낭중들의 방문객 관리를 혼란스럽게 했다.

그룹으로 나눠 텐트에 밀어 넣고 술과 식사를 내놓았던 나와는 달리, 자리 순서니 뭐니로 이것저것 고민에 빠지고 말았다는 모양이다.

내가 너무 대충인 걸까.

여러모로 생각해 준비한 자리에는 손님이 거의 머물지 않았으니까…… 내 방식으로 괜찮은 느낌도 들지만.

확실하게 생각하지 않으면 안 돼? 특히 높은 사람이 있는 경우는 중요하다고? 사람에 따라서는 자리 순서를 이유로 전쟁을 벌이는 일도 있어?

그럴지도 모르겠지만, 그것은 그런 것을 신경 쓰는 사람이 왔을 때만 하면 되지 않으려나? 아아, 새로 온 사람이 그런 부분을 신경 쓸지 어떨지는 모르나. 그렇군.

그러면서 이번에는 남쪽 던전의 라미아와 북쪽 던전의 거인족이 함께 스무 명씩 찾아왔다. 게다가 상당히 기합이 들어가 있다.

무투회를 목표로, 1년 정도 단련한 정예라고 한다.

너희, 그렇게 호전적이었던가?

웅? 라미아와 거인족이 서로 춤을 선보이고 있구나.

이러니저러니 해도 우호적인 관계를 쌓고 있는 모양이다. 좋은 일이다.

어? 아니야? 저건 워크라이? 싸우기 전에 전의를 고양하는 춤? 전의 고양이라니…… 무투회는 내일인데.

뭐, 즐거워 보이니까 상관없나.

둘 마을의 미노타우로스들과 셋 마을의 켄타우로스들도 참가하기 시작했다. 아앗, 전초전이 시작되고 말았다. 본 게임 전에 상처 입으면 안 돼.

문관낭중도 억지로 말리려고 하지 않는 편이 좋겠다 싶은데…… 아~ 예선 장소에서 날뛰고 있는 건가.

할 수 없지, 이동하게 하자.

자, 전부 오른쪽으로 이동.

그쪽에서 팔씨름하는 중인 드워프들도 이동이야~.

하나를 보면 열을 알 수 있듯이, 이런 식으로 예정이 조금씩 어긋났다.

게다가 평소의 일반부, 전사부, 기사부의 세 부문과는 별도로, 새롭게 인페르노 울프부, 데몬 스파이더부, 제왕부를 설립한 까닭에…….

응, 수용치 오버.

물론, 문관낭중도 바보가 아니다.

갑작스러운 손님도 예상했고, 멋대로 싸우기 시작하거나 하는 사람들이 나올 것도 상정하고 있었다.

그런 일들의 대처를 생각해 준비했던 것이다.

부족하게 될 일손에 관해서는 수인족 여성들에게 협력을 요청하고, 트러블 진압 담당으로 드라임과 사전에 상담했었다.

하지만 그것들을 엎었다고 할지…… 전부 뭉갠 일이 있었다.

문관낭중을 통괄하는 프라우의 임신이 발각. 아니 그 정도를 넘어 배가 눈에 띌 정도로 커져 있다. 한겨울쯤에 출산한다고 한다.

본인에게 자각이 없어, 조금 살이 쪘는가 싶은 정도였던지라 발각이 늦어진 것이다.

이 사실을 안 아버지인 비젤이 엄청나게 기뻐했다. 한동안 제대로 대화를 나눌 수 있을 것 같지가 않다. 이미 이름을 생각하기 시작했다. 프라우와 다투지 않으면 좋겠는데…….

더욱이 수인족 대표인 세나도 임신이 발각.

최근에 적극적이었으니까 말이지~. 짐작이 가는 부분이 있다. 여기에는 수인족이 대단히 기뻐했다.

하울린 마을에도 연락해, 그쪽에서는 축제가 벌어진 것처럼 시끌벅적하다고 한다.

그러면서 라스티도 임신이 발각.

라스티는…… 평소 생김새는 중학생 정도지만, 밤이 되면 몸을 성장시켜서 온단 말이지. 미묘하게 내 취향으로…… 루에게 배운 것일까.

출산하기 전까지 임신했을 때의 모습…… 즉, 사람의 모습으로 고정되어, 드래곤의 모습이 될 수가 없게 되는지라, 라스티의 임신은 일찌감치 발각.

내 정신을 안정시키기 위해, 임신 중에는 되도록 성장한 모습으로 있어 달라고 했다.

드라임과 그라파룬은 라스티의 임신을 기뻐해 주었지만, 어떻게 기뻐하면 좋을지 알 수 없는 느낌이었지.

드라임과 동행한 구찌가 재빨리 이것저것 준비해 주었다.

이해가 되었을까.

문관낭중들의 중심인 프라우가 임신으로 이탈. 수인족을 통괄하고 있던 세나가 임신으로 이탈. 그리고 라스티가 임신한 것으로 혼란스러운 기색인 드라임……

응, 그래도 마지막까지 완수했으니까 문관낭중들은 열심히 했다고 말해도 좋을 것이다.

실패가 아니야. 성공, 성공이니까. 울지 않아도 돼.

프라우와 세나를 임신시킨 것은 나이니까 말이지.

전체적으로 봐서 잘했어. 열심히 했어.

일반부	승자 다수
전사부	우승자 : 드워프 도노반
기사부	우승자 : 천사족 키어비트
인페르노 울프(수컷)부	우승자 : 악마족 구찌
인페르노 울프(암컷)부	우승자 : 자부톤
데몬 스파이더부	우승자 : 코퀴토스 울프 후부키

제왕부	우승자 라이메이렌

이렇듯 잘못 표기된 우승자 리스트에서도 무투회의 혼란 정도가 이해될 것이다.

일반부, 전사부는 순조로웠지만, 기사부는 우승자가 서로 맞붙은 틈을 잘 파고든 키어비트의 우승.

강자인 우노와 마쿠라가 다른 부문에 출장한 것도 있지만, 대단한 일이다.

인페르노 울프부와 데몬 스파이더부는, 이제까지 알아서 진행했던 쿠로네 아이들 예선과 자부톤 아이들의 예선이 그대로 대회가 된 느낌이다.

인페르노 울프부에 관해서는 쿠로네 아이들의 강한 요청에 따라, 남녀별…… 아니, 암수별이 되었다.

트러블은 그 정도려나 싶었지만, 난입자가 나왔다.

인페르노 울프에 도전하고 싶다는 모양이다. 상당한 용기.

한 명이 나오니, 나도 나도 해서 차례로 참가하기 시작해, 혼란이 가속되었다.

자부톤이 나온 것은 혼란을 수습하기 위한 협력이었을 것이다.

제왕부는 드래곤과 마왕에 각 부문의 우승자를 더한 부문으로 계획했던 것인데…… 라이메이렌이 강했다.

원래는 참가하지 않을 예정이었지만, 히이치로가 응원하고 말았다는 모양이다.

기사부에서 우승하고 말았다는 이유로 참가하게 된 키어비트와 라이메이렌의 싸움은…… 언급하지 않도록 하겠다.

아무튼.
문관낭중은 잘해 주었다. 열심히 했어.
자, 약속했던 보상 메달을 내려주겠어.

완고하게 거절하고 벌을 청했다. 그렇게까지 마음 쓰지 않아도 되는데.
뭐, 벌을 원한다면…… 부탁할 일이 있다.
빅 루프 샤샤트에 관련해서 말인데, 일손이 부족해서 말이지. 아니, 노동력이 아니라.
그 왜, 전에 상담했던 학원 선생님 역할이나, 숙박업소의 지배인을 할 수 있는 사람이 필요해.
종업원 교육도 마르코스와 폴라만으로는 한계가 있을 테니까.

문관낭중은 귀족 영애들.
그런 일에 적합한 지인이 있다면 소개받고 싶다.
그래, 아무나 괜찮아. 빅 루프 샤샤트에서 일해 준다면. 급료도 확실하게 주겠어.
인원수는…… 일단 열 명 정도면 어떨까? 오오, 흔쾌히 맡아 주는 건가. 부탁하겠어.
어……? 이건 벌이 아니니까, 다른 벌을? 자신에게 엄하구나~.

하지만 너희에게 엄한 벌을 내리지 않는 이유가 분명히 있어.

너희를 엄하게 벌주면, 도중에 빠진 프라우와 세나가 신경 쓰게 되잖아.

그러니까 이번에는 이 정도로.

각자, 반성하고 다음에 살릴 수 있도록.

그러면 이제 해산해.

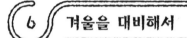

6 겨울을 대비해서

무투회가 끝나면, 마을은 겨울을 앞두고 대비하기 시작한다.

그렇다고 해도 모두 익숙해졌다. 무투회 전에 이미 준비를 시작한 사람도 있을 정도라, 모든 것이 순조롭게 진행되고 있다.

"촌장, 촌장."

그래, 모든 것이 순조롭게 진행되고 있다.

"촌장, 현실도피는 좋지 못해요."

문관낭중은 나에게 엄격하다.

겨울 준비는 늦어지고 있었다.

원인은 무투회가 절반, 나머지 절반이…… 뭐, 이것저것.

무투회 쪽은 단순히 뒷정리에 일손을 빼앗기고 말았다.

응, 무대가 부서진 것은 어쩔 수 없다고 치고, 관객석과 풀장에 큰 구멍을 낸 것은 좋지 못하다.

내가 수리하면 금방 끝나지만, 반성의 의미를 담아 열심히 수리하라고 하자.

하지만 그래서 겨울 준비가 늦어질 줄은 예상 밖이었다. 겨울 준비를 마치고 난 뒤에 시켰어야 했을까.

뭐, 수리는 곧 있으면 끝날 것 같으니까 열심히 늦어진 것을 만회해 주길 바란다.

그리고 나머지 절반의 절반 정도는…… 시조님이 원인.

우선 시조님이 루, 티어, 리아, 하쿠렌을 데리고 외출했다.

듣자니 봄과 여름의 사이 정도…… 시조님이 샤샤트에 데려다주었던 시기에 약속했다고 한다. 시조님을 도와줄 예정이라고 한다.

위험한 일은 없다고 하지만, 조금 걱정이다.

바람피울 걱정? 조금도 의심하지 않는다. 반대로 내가 의심받고 있다.

안심해 주길 바란다. 절대로, 그래 절대로 바람 같은 것은 피우지 않을 테니까! 그러니까 부재중 상대 같은 건 준비하지 않아도 돼.

아니야? 그런 것이 아니라고? 그렇구나. 하하하.

루, 티어, 리아, 하쿠렌은 마을 안에서도 나름의 발언력이 있는 사람들이라, 겨울 준비에는 크게 공헌해 주고 있었다.

특히 루와 티어는 내 비서 같은 역할을 해 주고 있어, 없어진다면 대단히 곤란하다.

그래서 곤란해졌다.

인원수가 늘어도 탈 없이 지낼 수 있었던 것은 루와 티어, 그리고 리아 등의 협력이 있었던 덕분이라고 다시금 확인.

나아가 루, 티어, 리아, 하쿠렌은 내 아이를 낳았다.

리아의 아이인 리리우스는 하이엘프들이. 하쿠렌의 아이인 히이치로는 라이메이렌이 기쁘게 돌봐주고 있으니까 문제없다고 보고.

루의 아이인 알프레드, 티어의 아이인 티젤을 돌보는 것은 귀인족에게 부탁하게 된다.

그렇게 되면서 전체적으로 작업에 딜레이가 발생했다.

루, 티어, 리아, 하쿠렌이 빨리 돌아와 주길 바란다.

시조님의 예정으로는 본격적인 겨울이 되기 전에는 돌아올 수 있을 것이라고 한다.

겨울 준비가 늦어지는 것은 어쩔 수가 없다.

그만큼 손이 비는 사람이 열심히 일하면 되는 것인데…….

가장 열심히 일해야 하는 내 손이 비지를 않는다.

주로 대인관계…… 아니, 임신한 프라우와 라스티, 세나 관련으로.

라스티가 임신한 것으로 발생한 문제.

그것은 라스티가 출산할 때까지 인간 모습으로 고정되기 때문에 드래곤이 될 수 없다는 것이다.

그런 데다가 하쿠렌이 자리에 없다. 마을의 운송력은 크게 저하되고 말았다.

그래서 나서준 것이 드라임과 그라파룬이었다.

라스티 대신에 열심히 일하겠다는 것인데…… 드라임과 그라파룬에게 지시를 내릴 수 있는 사람이 많지 않다.

사양할 필요는 없는데 말이야.

지시를 내릴 수 있을 만한 루나 티어, 하쿠렌은 부재중. 어쩔 수 없이 내가 거의 붙어 있는 상태가 되었다.

그런 나의 대역이 가능할 사람이 실은 존재한다. 부르가와 스티파노다.

원래 드라임의 둥지에 있었으니까 드래곤들에게 익숙하다.

드라임과 그라파룬에게 지시를 내릴 수 있을 것이다.

그렇게 생각했지만…… 그들의 지금 업무는 라스티의 시중. 라스티의 출산을 앞두고, 평소 이상으로 열심히 하고 있다.

아예 올해 무투회에 출전하지 않았을 정도다. 부탁하기 어렵다.

"아니, 부탁하셔도 무리예요. 드라임 님이나 그라파룬 님께 지시라니, 가능할 리가 없어요."

그런 것인가. 시무룩.

프라우의 임신이 발각되면서 비젤은 마을에 항시 체류하고 있는 수준인데, 전이 마법으로 마왕성에서 통근 중이다.

프라우를 위해 어떻게 해야 하는지로 이것저것 나에게 상담을 요청했다.

듣자니 프라우를 위해서 전속 메이드를 두고 싶다고 한다.

나도 프라우도, 귀인족 메이드가 있으니까 괜찮다고 말했지만, 불안한 모양이다.

라스티를 위해 악마족의 베테랑 조산사가 다시 왔는데…….

그야 라스티와 프라우가 동시에 출산을 시작하면 라스티를 우선할지도 모르지만, 출산은 프라우가 먼저일 것이다.

무슨 일이 생길지 모른다고? 확실히 그렇기는 하지만…….

비젤과 이것저것 대화를 나눈 결과.

비젤의 집을 도맡아 관리하는 베테랑 고용인이 와주기로 했다. 비젤이 어릴 적부터 신세를 졌다고 하는 여성으로, 그 사람이 있다면 안심할 수 있다고 한다.

당연히 프라우도 아는 사람이라 문제가 없겠다 싶었는데, 프라우 쪽에서 걱정하는 목소리가 흘러나왔다.

"홀리가 이쪽으로 오면, 왕도의 저택이 걱정입니다만……."

베테랑 고용인의 이름은 홀리.

비젤의 집…… 마왕국 왕도에 있는 크롬 백작가 저택을 도맡아 관리하는 사람이라고 한다.

"저택보다 아가씨의 출산이 더 중요해요. 잘 부탁합니다."

홀리는 고령이었지만, 몸은 구부정하지 않다.

똑 부러지는 태도를 보고, 나도 모르게 '할멈' 이라고 부르고 말 것만 같다.

실제로 비젤이 그렇게 부르고 있었다.

홀리는 마을에 익숙해지는데 이틀 정도 걸렸지만, 익숙해지고 난 뒤 일하는 모습은 역시나 베테랑 고용인이라고 느끼게 되었다.

입장은 프라우의 전속 메이드지만, 귀인족 메이드와 협력해 저택의 집안일도 분담해 주고 있다.

알프레드와 티젤도 잘 따르고 있다.

응, 우르자를 붙잡아 혼낼 수 있는 귀중한 존재다.

하쿠렌이 부재중인 지금, 든든하다. 계속 있어 주지 않으려나.

세나에 관해서는 거트의 아내인 너시가 도맡아주고 있다.

수인족 여자아이들도 자기 차례가 올 때를 대비해서 이것저것 배우고 있다고 한다.

차례가 온다……. 할 일을 하고 있으면, 올 때가 있겠지. 응, 준비는 중요하다.

세나는 하울린 마을 촌장의 딸이기도 해서, 하울린 마을과의 연락도 빈번해졌다.

연락하다 보니, 얼굴을 볼 수 있는 자리를 만들어 달라는 이야기가 넌지시 나왔다.

듣고 보니 나는 하울린 마을에 간 적도 없고, 하울린 마을의 촌장과 만난 적도 없다.

딸이 시집간 상대의 얼굴을 모른다는 것도 드물지는 않다고 하지만, 가능하면 얼굴을 보고 싶다는 이야기다.

그렇다면 내가 갈까 싶었지만, 마을 사람들이 말렸다.

위치상으로는 그쪽 촌장이 이쪽으로 와야 한다고.

그런 것인가? 그런 것이라고 한다.

하지만 앞으로 겨울이 시작되는데 숲속을 걸어서 오라고는 말하기 어렵다.

그런 데다가 하쿠렌은 부재중, 라스티는 무리.

드라임에게 부탁할까 싶었지만…… 거트와 걸프가 말렸다.

게이트 드래곤에게 송영을 맡기는 것은 좋지 않다고 한다.

어쩔 수 없이, 어딘가에서 만나자는 약속만으로 끝났다.

"촌장, 죄송해요. 아버지가 고집을…….."

"아니, 상관없어. 마음은 이해가 되니까."

세나가 신경 쓸 일은…… 쓰이겠지. 아버지니까.

하울린 마을과의 연락은 평소보다 조밀하게 할 테니, 여유가 있을 때 편지라도 써주길 바란다.

그리고 시조님이 무투회에 데려왔던 성녀도 마을에 남아 있다.

남아 있지만, 거의 방에 틀어박힌 상태.

이곳에 살 예정이 아니라, 시조님이 볼일을 마칠 때까지 맡고 있을 뿐이라 그래도 상관없지만…… 신경은 써 줬다.

자자, 봐봐~ 날씨가 좋다고~. 온천에는 흥미가 없어? 말을 타보는 건 어때? 숲은…… 다가가면 안 돼.

내 제안은 거절당했지만, 어째선지 하나 마을 주민들은 잘 따르고 있다.

정확히는 하나 마을에 살고 있는 몇 사람의 말을 듣는 느낌이려나.

어째서일까?

우르자의 말도 듣는단 말이지.

아, 우르자. 네 말을 듣는다고 해서, 억지로 고양이와 사이좋게 만들려고 하지 마. 너도 싫은 일을 억지로 시키는 것은 싫잖아?

공부도 빼먹지 말고…….

하쿠렌이 없다고 방심하면 돌아왔을 때 혼날 거야.

함께 일하는 것은 상관없어. 열심히 해.

야외작업이라면 옷을 한 겹 더 입어.

내뱉는 숨은 아직 하얗지 않지만, 방심하면 안 돼. 순식간에 추워지니까 말이지.

후우.

겨울 준비, 열심히 하자.

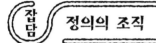

정의의 조직

마침내. 마침내다.

내가 세상의 위기를 안 것은 40년 전. 내가 열 살 때다.

하늘의 계시였다. 신의 목소리가 세상을 구하라고 나에게 말했다.

망상이 아니다. 그것은 분명히 신의 목소리다. 나의 기도가 닿은 것이다.

그리고 나는 움직였다. 세상을 구하려고. 악을 처단할 군세를 모으기 위해.

구체적으로는 공부. 배우지 않으면 지위를 얻을 수 없으니까 말이야.

지위가 없으면 아무리 훌륭한 말을 해도 들어주지 않는 것이 세상이다.

예를 들면 행정관과 일반 시민. 같은 말을 해도 행정관이 더 신뢰를 받는다.

지위가 있는 사람이 하는 말이니까 진실일 것이라는 신뢰가 필요하다.

더욱 중요한 것은 연줄. 높은 사람과의 관계는 중요하다.

내 출신이 일단 귀족이라는 것도 좋았다.

남작가의 삼남이기는 하지만, 얼마간이라도 높은 사람과 접촉할 기회가 있었다.

서민이라면 어떻게 해도 무리였을 것이다.

나는 20세에 행정에 종사하고, 30세에 하나의 도시를 맡게 되었다. 50세가 된 지금에 와서는 재상이다.

물론 일만 했던 것은 아니다. 사생활도 열심히 했다.

25세에 결혼해서 아이는 다섯. 장남은 유력 귀족의 딸을 맞이해 손자도 태어났다.

차남은 조금 방탕한 면이 있지만, 요소요소에서 도움이 되어 주고 있다.

삼남은 기사가 되어 각지의 전장을 돌아다녔다. 영웅 후보 같은 소리를 듣고 있지만, 내가 보기에는 아직 멀었다.

장녀는 조금 덜렁거리는 면이 있어서 결혼하기 힘들지 않을까 불안했지만 어떻게 되었다.

세상에는 취향이 독특한 사람이 있는 법이다. 아, 아니, 그에게는 감사하고 있다. 정말로다. 아내도 걱정하고 있었으니 말이지.

정말로 잘됐다.

차녀는 내성적이라 책만 읽고 있다. 마법에 흥미가 있는 모양이지만, 재능은 없다고 한다. 아쉬운 일이다.

하지만 다행스럽게도 우리 집은 유복하다. 납득할 때까지 공부하면 된다.

개인적으로는 포기해 주면 좋겠지만, 남의 말을 듣고 포기할 수 있는 것이 아니겠지.

그렇게 다른 사람에게는 영화의 끝을 누리고 있다고 뒷말을 듣고 있는 나이지만…… 본래의 목적을 잊지 않았다.

세상을 구한다. 그러기 위해 악을 벌할 군세를 갖춘다.

나는 열심히 했다.

그 성과가 눈앞에 있다.

컴컴한 회의실에 촛불의 빛.

회의실 원탁에는 나를 포함해서 열세 명의 남녀가 앉아 있다.

"의장님, 마스크를 잊었어요."

"아, 미안하군."

악에 정체를 들키면 위험하니 신분을 감추기 위해 마스크를 착용하는 의무가 있다. 마스크는 통기성과 대화의 편의성을 고려해, 얼굴 전체를 부드럽게 덮는 삼각형이다.

모두가 같은 마스크면 구분하기 어려우니 이마에 번호를 넣었다.

나는 No. 1이다.

최근에 이 마스크를 조금 이상하지 않나 하고 느끼고 있다. 이상하군. 채용했을 때는 멋진 디자인이라고 생각했었는데…… 그때의 마음이 사라졌다.

하지만 취소하자고 말할 정도는 아니다. 애착도 있으니 말이지.

회의는 No.2인 부의장을 중심으로 진행된다.

부의장의 정체는 나라의 코린교 간부 중 한 명.

정의감이 강하고, 악을 용서하지 않는 그 자세에는 감명받았다.

"악을 보호하는 도시 따위는 멸망시켜 버리면 그만입니다."

하지만 조금, 악에 대해 지나치게 가혹한 느낌이 안 드는 것도 아니다.

"마도군단은 준비되어 있습니다. 명령을 내려 주신다면 곧바로 2000은 움직일 수 있습니다."

마도군단을 관리하는 것은 No.4.

마도군단이란 강력한 마법사를 중심으로 한 전투집단이다.

원래는 호위 정도를 예정했었지만, 어째선지 이런 규모가 되고 말았다.

진심을 보이면 5000명 정도 규모가 된다고 한다.

"현재, 확인되고 있는 용사는 여덟 명. 하지만 그중 다섯 명은 활동이 저하. 원인은 불명입니다."

첩보 활동을 중심으로 하는 No.8이 보고했다.

"활동이 저하라니? 싸우러 가지 않게 된 것인가?"

"예. 하지만 그것만이 아니라, 밖으로 나오질 않게 되었다는 느낌일까요. 어째선지 장사를 시작한 자도 있는 모양이라…… 솔직히 곤혹스럽습니다."

"용사의 행동을 이해하는 건 어렵겠지. 그 영문을 알 수 없는 부분이 강점이니까."

"음. 뭐, 용사는 용사대로 움직이게 하도록 하지. 우리의 진짜 목표는…… 성녀다."

성녀.

신의 목소리를 들을 수 있는 사람이자, 장소에 따라서는 신앙의 대상이 되거나 한다.

신의 목소리를 들을 수 있다면, 우리의 동포다. 그렇게 생각하고 접촉하려 갔지만…….

코린교 본부가 선수를 쳤다. 확보하지 못한 것은 아쉽다.

"성녀를 보호하는 건물은 특정한 상태입니다. 호위는 소수. 할 수 있습니다."

할 수 있다니, 무엇을 말할까? 강행은 좋지 않다고 생각하는데?

"내 군대가 가도록 하지. 후후후."

마도군단은 조직의 군이지만, 이 자리에 있는 사람에게는 사적으로 군대를 보유한 자도 있다.

자신만만하게 손을 든 No.11도…… 어라? No.11은 우리 나라의 왕자였지.

왕자는 군대를 보유하지 않았다. 그렇다면 설마 근위대를 움직일 작정이신지?

예산 등의 문제로 군무대신과 재무대신이 끙끙 앓을 건데요.

안 그래도 근위대는 외양을 중시해서 돈이 드니까요.

잠깐. 성녀를 보호하고 있는 건물은 외국에 있지.

그곳에 우리 나라 근위대가 가면…… 문제 아닌가? 괜찮나?

왕자……가 아니라 No. 11, 그 자신감의 근거는?

"우리가 정의이기 때문입니다."

………….

이상하다.

얼마 전까지의 나라면 그것으로 납득했을 텐데…… 지금의 나는 납득하지 못하고 있다.

나는 어떻게 되고 만 것일까…….

"습격이다!"

회의실의 주위를 경비하고 있던 자가 소리쳤다. 다른 사람들이 무기를 든다.

이럴 때 말하기 그렇지만, 내 말 좀 들어보지?

모두 들고 있는 무기가 좀…… 흉기라고 할지 생김새가 나쁘지 않나?

정의를 체현한 듯한 무기니까 괜찮아? 그렇습니까.

내가 40년에 걸쳐 만든 조직은 무너졌다.

5~6명 정도의 습격자에 의해서다. 상대는 누구인지 알 수 없다.

하지만 마도군단이 자랑하는 강력한 마법사의 공격을 막고, 드래곤의 브레스 같은 공격을 해 왔다. 그런데 죽은 사람은 없다.

습격자는 우리를 공격할 때 말했다.

정신을 차리라고.

신기한 일이다. 조직은 무너졌지만, 묘하게 시원스럽게 느끼는 자신이 있다.

나는 무언가 잘못되었던 것일까?

40년 전에 들었던 신의 목소리는 착각이었던 것일까?

신이여. 다시 한번 목소리를 들려주십시오.

"상황은 변화하는 법이니까…… 미안해."

후일, 성녀에게 전해진 신의 말이었다.

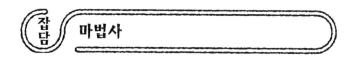

잡담 마법사

내 이름은 가블스로. 마법사다.

젊었을 적에는 뛰어난 마법사로 각지에서 활약하고, 나라에서 자금을 얻을 수 있게 된 위치가 된 뒤에는 마법 연구자의 길을 걷고 있다.

실적? 젊었을 적에는…… 정말로 이것저것 했지만 말이지.

마르고스트 던전이라고 알고 있느냐? 그래, 지금은 관광 던전이라는 소리를 듣는 장소.

그곳을 가장 먼저 공략한 것은 우리 파티였다.

음. 보충 멤버 같은 것이 아니라, 공략할 때도 던전에 들어갔어. 의심이 많구나.

봐라, 증거인 던전 공략 기념 메달. 여기에 공략 멤버였다고 새겨져 있지 않으냐.

이쪽은 나라에서 받았던 감사장. 이름이 있지 않으냐. 음, 겨우 믿는구나.

이것 말고도 정말 여러 가지 일을 했었다.

그중 최고는…… '철의 숲' 와이번과 조우한 것이려나.

그래, 그 '철의 숲' 와이번 말이야. 죽을 뻔했지만, 간신히 도망쳤단 말이지.

아쉽게도 증거는 없지만 말이다. 사양하지 말고 존경하는 눈으로 보아라.

어? 마법 연구자로서의 실적?

그쪽은…… 조금 이해하기 어려울지 모르지만, 3레벨 불 마법을 개량해, 4레벨에 맞먹는 위력을 내는 데 성공했다.

…………

이봐, 지금은 놀라야 하는 타이밍이야.

뭐라고, 그 화염 마법을 만든 위대한 마법사가 당신이냐면서.

몰라? 그렇게 유명하지는 않은가. 일단, 이쪽 업계에서는 위업인데 말이지.

아무렴 어때.

내 연구는 주로 중급마법 계량이다.

새 마법을 만들고 싶다는 마음은 있지만, 그쪽은 실패하면 피해

가크니 말이지.

제1실험장, 어제 낮에 폭발했지? 새 마법을 만들려고 한 결과다.

나는 안 해. 안전제일이니까 말이지.

그래서 나름 마법을 개량해 책으로 남겨두었다.

돈이 되느냐고?

되지. 이 책을 보고 싶은 자는 널렸다. 돈을 쌓아 놓고 순서를 기다리고 있지.

음, 대단하지 않으냐?

보고 싶다고?

미안하지만 아무리 그래도 그건 좀…… 의심하지 마라. 정말로 썼으니까.

에잇. 그럼 내가 그 마법을 써서 보여주면 되지 않느냐.

자. 실험장으로 가자. 제2쪽이다.

"그래서? 이것이 연구의 결과?"

"그런 모양이네요."

"아무리 봐도 허접한 마법이잖아."

"마력의 소비량이 억제되어 있어서, 꽤 효율이 좋네요…… 뭐, 약간이지만요."

마법을 쓴 내 옆에서 뭔가 이야기를 나누는 여자가 둘.

한쪽은 천사족인 모양인데…… 어라? 어떻게 된 것이지?

나는 취재를 온 사람과 함께 제2실험장에 와서, 자랑스러운 마법을 피로했다. 득의양양하게 취재하러 온 사람을 봤더니, 어느새 여자 둘이 있었다.

그리고 이 여자들.

나에게 계속해서 마법을 요구했다.

뭔가 신분이 높아 보이는 분위기라 나는 따르고 있지만…… 화내는 편이 좋으려나?

"있잖아, 확인 좀 할게. 당신은 앗트마의 제자인 가블스로지?"

"어, 아, 예. 그렇습니다."

어라? 스승님을 알고 있어? 게다가 스승님의 성을 알아? 스승님과 아는 사이인가?

나의 스승님은 엄청나게 유명한 마법사이지만, 사람과 어울릴 줄을 몰라 지인이라고 할 만한 지인이 없었을 텐데.

"그러면 진짜인가. 앗트마에게 추천받고 왔는데, 이래서는 제1 실험장을 날린 마법 쪽이 재미있을 거 같네."

…………

울컥. 울컥했어.

나보다도 그 폭발 바보 쪽이 좋다는 것이려나? 너무 건방진 태도를 보이지 마라, 계집아이가.

내 실력은 이미 스승님을 능가했다……고 생각한다. 틀림없이!

나를 온화한 노인으로 봤다면, 그 인식을 뒤집어 주마!

"일단 마법 효율화라면 이 정도는 해야지."

여자 한 명이 그렇게 말하자, 표적인 나무 인형이 순식간에 불타 재가 되었다.

…………

지금 건, 레벨7 마법을 무영창으로?

게다가 마력은 레벨1 정도밖에 쓰지 않았어?

어험…….

나는 온화한 노인.

그래서, 저기…… 두 분께선 어쩐 일로 이곳을 찾으셨는지?

용건은 스카우트였다.

듣자니 학원을 시작한다고 해서, 그 강사를 찾고 있다고 한다.

············.

왕족 전용 학원이려나?

아니야?

서민에게 마법을 가르치는 학원? 그곳에 나 같은 사람을?

············.

이, 일단, 나는, 마법 세계에서 손꼽히는 연구자입니다만…….

어? 스승님도 참가한다고? 정말로? 그 스승님이? 밖으로 나왔어? 아, 나왔구나. 그렇군.

그래서 그 스승님이 나를 끌어들이려고 이름을…….

스승님의 몸통을 한 방, 세게 때리고 싶은데요. 어디 있습니까?

30년 만입니다만, 사양하지 않아요. 하하하.

아~ 그래서 모처럼 권해 주셨지만, 저도 일이 있으니까…….

어? 나는 필요 없어? 폭발 바보를 데려가겠다고? 나는 이곳에서 연구를 계속하라고?

············.

열은 내지 않아. 나는 쿨하다. 울컥하기는 했지만, 여기서 열을 올려도 좋은 일은 없다는 것을 알고 있다.

아, 돌아가십니까. 그럼 이쪽으로.

괜찮아. 나는 쿨. 지나치게 쿨한 남자.

....

기다려, 이것들아!!!

나보다도 폭발 바보가 더 좋다는 거냐!

내가 더 위라는 것을 증명해 주마! 나도 가겠다!

여담이기는 한데, 내 스승님이 항상 자랑했던 일이 한 가지 있다.

루루시 루가 자신의 스승이라고.

알고 있나? 그 루루시다.

뱀파이어 프린세스로 불리는 흡혈귀이자, 희대의 마법사.

마도구 제작, 마법약학에 있어서는 세 손가락 안에 꼽히고 있다.

내가 스승님의 제자로 들어간 데는 그런 점이 크게 영향을 미치기도 했다.

무슨 말을 하고 싶은가 하면, 루루시 루는 굉장한 사람이다.

그 라이벌이 천사족 티어.

섬멸천사라는 이명을 지닌 그자도 희대의 마법사다. 골렘을 사역하는 마법이라면 세계제일로 회자되고 있다. 이쪽도 대단히 굉장한 사람이다.

....

학원에서 성실하게 일하면 이것저것 마법을 가르쳐 주겠다고 했다.

나쁘지 않을지도 모른다.

어? 플로라 샤크투도 있어?

치유 마법, 배우고 싶네~.

아니, 그보다…… 여기에 모인 멤버.

엄청나지 않아? 실력 있는 프리 마법사가 전부 모인 느낌인데?

아, 한가할 때는 자유롭게 마법 연구를 해도 된다고? 후후후.

내 실력을 피로해 주도록 할까.

그런데 어느새 돌아온, 처음에 취재하러 왔던 사람.

도망쳤던 거지? 나를 두고 도망쳤던 거지?

아니야? 너도 도중에 스카우트된 마법사라고?

나를 불러내는 것을 도왔다고…….

호오.

즉, 나의 위업은 알고 있었겠군.

마법사이니 말이지.

너 말이야. 그럴 때는 빈말이라도 안다고 해야지. 상처받잖아.

아무렴 어때.

동료라면 친하게 지내자고.

우선…… 학원생을 모아야지.

설마 한 명도 없을 줄이야.

뭐, 없어도 상관없어. 내가…… 어험. 우리가 있으면 금방 모여
들겠지.

열심히 하자.

7 로프이터

겨울 직전.

나는 온천지에 와 있었다. 동행자는 하이엘프가 세 명에 쿠로와 유키, 그리고 드라임.

온천에 가고 싶다는 것도 있지만, 목적은 온천지 시설 정비.

이러니저러니 해도 쓰다 보면 노후가……. 어라? 그다지 노후되지 않았는데.

시조님이 이쪽에 왔을 때 마법으로 어떻게 했다고? 그렇구나.

그럼 나는 청소를 중심으로 할까.

사령기사가 간단하게 청소해 주고 있지만, 그들의 주임무는 경비다.

사령기사는 온천지 주변을 순찰해 주고 있다.

최근에는 사자가 동행해 주니까 경계할 수 있는 범위가 상당히 넓어졌다. 좋은 일이다.

온천지에 다가오는 마물이나 마수는 기본적으로 전부 사냥하는 스타일인 사령기사와 사자.

사자가 자기 영역을 주장하고 있는 모양이지만, 그래도 다가오는 마물이나 마수는 어느 정도 있다고 한다.

그것으로 자존심에 상처가 났는지, 사자의 공격은 가차 없다.

봐줄 여유가 없을 뿐이라고? 그렇군. 무리하지 않는 범위에서 해도 괜찮아.

사령기사도 물러날 때를 오판하지 않도록……. 이건 괜찮은가.

나무 갑옷과 방패의 상태는 어때? 문제없어? 다행이야.

온천에 들어간 뒤 몸을 식히고, 숙박시설의 거실에 있는 탁자난로에 발을 넣었다.

응, 역시 탁자난로는 좋구나.

테이블에 귤을 놓고, 잠시 여유를 즐기자.

온천에서 나온 하이엘프들, 드라임과 함께 느긋함을 만끽한다.

쿠로와 유키는 교대로 탁자난로에 들어왔다.

같이 들어올 정도로 크지 않으니 말이지.

사령기사는 갑옷을 벗은 상태로 탁자난로를 이용하고 있다.

사자는…… 응, 미안해. 들어올 수가 없네.

다음에 너희 전용 탁자난로를 만들어 볼까.

응?

순찰 중이던 사령기사가 방으로 뛰어들어 왔다. 당황하고 있다.

긴급사태 같다. 여유로웠던 분위기가 단숨에 긴박해졌다.

탁자난로에 있던 사령기사가 마법을 써서 갑옷을 장착한다.

변신 히어로 같구나.

다음으로 쿠로와 유키, 그리고 사자가 밖으로 가고, 나와 하이엘프들, 드라임도 뒤를 이었다.

밖에는 순찰을 나간 사령기사와 동행한 사자의 새끼가 있었다.

새삼 보니까 크게 자랐구나.

사자의 새끼가 다친 기색은 없어 일단 안심.

사령기사는 사자의 새끼가 물고 있는 커다란 벌레를 가리켰다.

그 벌레를 본 내 감상은…… 크다. 전체 길이가 1미터 정도인가? 형태는 메뚜기 같다.

………….

그리고 묘한 위화감.

뭐지? 메뚜기? 지금은 겨울인데, 이런 시기에?

이쪽 세계에서는 이상한 일이 아닌가?

하이엘프들을 보니, 표정이 파랗게 질려 있었다.

"촌장, 큰 문제입니다. 긴급사태입니다."

"?"

하이엘프들이 말하기로는 이 벌레가 이런 시기에 존재한다는 것이 문제.

이쪽 세계에서도 겨울에 메뚜기는 이상한 건가? 아니, 그런 것이 아니야?

"이것은 로프이터라고 하는 마충(魔蟲)입니다."

겨울 동안에 번식하고, 봄이 되면 무리를 만들어 일제히 날아오른다.

그 진행 방향에 있는 물건은 뭐든 먹어치우는 위험한 생물.

농작물을 망치는 메뚜기 무리 같은 것이려나?

아니, 그것보다도 지독하다고 한다.

들자니 먹을 것이 아닌 물건도 먹는다고 한다.

"이 숲에서 로프이터를 보는 것은 처음입니다만…… 방치하면 위험합니다."

"대책으로는 겨울 사이에 로프이터의 둥지를 발견해 없애는 겁니다."

하이엘프들은 마을로 돌아가, 지원을 부르자고 제안했다.

사령기사들도 서둘러 대응하는 편이 좋다고 어필해 주었다.

원한다면 부하를 소환할까요?

어? 그런 것도, 가능해? 해골 병사를 소환할 수 있어? 시간제한은 있지만?

헤~ 조금 보고 싶다.

"촌장, 무슨 여유로운 소리를."

하이엘프 중 한 명에게 혼이 났다.

아니, 하이엘프들과 사령기사가 당황하고 있으니까, 나도 당황해야 할지도 모르지만…….

쿠로, 유키, 그리고 드라임이 당황하지 않았다.

그 당황하지 않는 이유를 드라임이 설명해 주었다.

"벌레의 왕이 가만히 있지 않겠지. 문제없을 것이야."

드라임의 말을 보충하듯이 쿠로가 머리로 뒤에 있는 숲 위쪽을 가리켰다.

내가 슬쩍 눈길을 돌리자…….

자부톤의 아이들이 있었다. 크고 작은 것이 섞여서 몇백 마리가.

내 시선을 알아챘는지, 큰 것이 다리를 하나 들고 흔들어주었다.

아, 마쿠라다.

그리고 일제히 이동을 개시.

겨울 전에 고생이 많아.

로프이터 따위는 없었다.

그런 느낌이 되었다.

이제까지도 몰래 대처해 주고 있었을지도 모른다. 고맙다.

우리는 다시금 온천에 들어가고, 다시 탁자난로에서 느긋하게
시간을 보냈다.

사자의 새끼가 물고 왔던 로프이터는…… 아, 이미 먹었어?

맛없어? 고기가 더 좋아?

좋았어~. 그러면 오늘 밤에는 고기를 구워 먹을까. 하하하.

"고기를 굽는 건 상관없지만, 이곳에 머무르면 혼나지 않을까?"

드라임의 주의에 나는 고개를 끄덕였다.

괜찮다, 알고 있다.

루, 티어, 리아, 하쿠렌이 시조님과 동행해 부재 중인 지금.

내 밤에 자유는 없다.

이제까지 이러니저러니 해도 관리해 주고 있었던 거였구나.

따로 의지할 만한 세나, 프라우, 라스티는 임신 중. 부담을 줄 수
는 없다.

남은 것은 앤과 플로라와 야인데…… 앤은 알프레드와 티젤을
돌보는 것이 한계다.

플로라는 그런 방면에는 한 발짝 물러나 있다.

그쪽보다도 마법과 발효식품의 연구 쪽이 즐겁다고 한다.

야는…… 본인이 적극적이니 말이지.

사실 온천지에 온 것도, 밤의 압박감이 낮에도 영향을 주기 시작해서 도망쳤다는 의미도 있거나 한다.

루네 일행이 빨리 돌아와 주지 않으려나~.

아니, 돌아오면 돌아오는 대로 문제인가.

온천지에서 고기를 구운 뒤, 우리는 되도록 천천히 귀가했다.

나중에 프라우와 상담해, 홀리에게 그쪽 관리를 부탁했다.

수고를 끼칩니다.

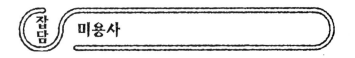

내 이름은 멜. '마를라'에서 일하는 여자아이.

아빠는 샤샤트에서 일하는 항만작업원, 엄마는 술집 도우미.

유복하다고는 할 수 없지만, 아직 어린 내가 일하지 않아도 먹고 사는데 곤란한 집은 아니야.

그러니까 내가 '마를라'에서 일하는 것은 돈 때문이 아니야.

물론 식사도 아니야. 확실히 맛있기는 하지만 말이야.

내 목적은 '마를라'의 웨이트리스 복장으로 불리는 근무복.

굉장히 세련되었어. 나는 한눈에 반하고 말았어.

스스로 만들 기술이 나에게 있다면 굳이 일하지 않겠지만……
바느질은 절망적으로 서툴거든.

그러니까 나는 여기서 일하기로 결심했어.

하지만 오산이 있었어.

아무나 그 웨이트리스 복장을 입을 수 있는 것이 아니야.

웨이트리스 복장은 특정 업무를 하는 사람만. 다른 사람은 앞치
마로 끝.

앞치마도 나름대로 귀엽지만, 내 목표는 웨이트리스 복장.

나는 진짜 열심히 일했어. 내가 이렇게 일한다는 것을 알면 부모
가 깜짝 놀랄 정도로.

일 말고도 열심히 했어.

중요한 것은 청결감. 그러니까 일하기 전에는 기숙사 목욕탕에
매일 들어가고 있어.

이곳에서 일하기 전까지는 젖은 수건으로 몸을 닦기만 했으니
까, 처음 목욕탕에 들어갔을 때는 충격이었어.

나는 그렇게나 더러웠던 거네.

목욕 말고 열심히 한 것은 통근.

'마를라'는 종업원을 위해 기숙사를 준비해 주고 있지만, 나는
시내에 집이 있으니까 그곳에서 출퇴근해.

기숙사에 들어가면 부모님도 걱정할 테니까 말이야.

하지만 집은 샤샤트 남쪽에 있으니까 마를라에 출퇴근하는 것은 조금 힘들어.

아니, 상당히 힘들어.

마차 운행이 시작되고 가장 기뻐한 것은 틀림없이 나였을 거야.

출퇴근이 엄청나게 편해졌어.

그리고 내가 애쓰는 것이 머리카락.

머리에도 신경 쓰고 있다는 어필하려고 그런 거야.

하지만 일하는 중에 머리를 만지는 것은 바람직하지 못하다고 하니까, 목욕이 끝난 뒤에 열심히 관리하고 있어.

머릿결은 목욕이 끝난 뒤의 손질이 중요해.

그래, 맞아. 혹시 알고 있어? '마를라'의 기숙사 목욕탕 탈의실에는 큰 거울이 있어.

정말 엄청나. 온몸을 비출 수 있으니까.

그러니까 내가 머리에 신경을 쓰기 시작한 것이지만 말이야.

머리카락은 질만이 아니라, 길이도 중요해.

머리카락을 자르는 것은 계속 엄마에게 맡기고 있었어.

이것은 내가 응석을 부리는 것이 아니라, 대부분의 가정에서 머리는 엄마가 잘라 주고 있어.

그러니까 딸의 머리 모양은…… 어머니의 센스를 표현하는 것이라고도 말할 수 있어.

우리 엄마의 실력과 센스는 평균보다 낫다고 생각해. 다소 치우

친 평가일지도 모르겠지만.

하지만 지금은 거울이 있으니까 앞머리는 직접 자르기로 했어.

사실은 귀족님처럼 미용사에게 부탁하고 싶지만…… 아무리 그래도 요금을 지불할 수가 없으니 말이야.

스스로 자른다고 해도 꽤 나쁘지 않다고 생각해.

주의하는 점은 지나치게 자르지 않는 것이네. 머리카락은 다시 자라지만, 자라기 전까지는 계속 침울한 기분이 드니까.

다른 종업원들도 조금 더 머리에 신경 써야 한다고 생각하고 있었지만, 얼마 지나지 않아서 깨닫게 되었어.

'마를라'에서 일하는 종업원 대부분이 길거리 출신이라, 엄마가 없다는 것을.

그래서 머리에 그다지 신경 쓰지 않는 거네.

뭐, 나와는 상관없어.

그때는 그렇게 생각했지만, 함께 일하는 사람들 머리가 부스스한 것은 문제라고 생각해.

그래서 나는 '마를라'의 높은 사람, 폴라 씨에게 종업원의 머리 상태에 관해 호소했어.

그랬더니 폴라 씨는 '그러고 보니까 슬슬 시기가 됐네.'라고 중얼거렸어.

무슨 시기였으려나 싶었더니, '마를라'의 기숙사에 미용사가 찾아왔어.

스무 명이나.

미용사들은 '마를라'에서 정기적으로 부른다는 모양이야.

목적은 종업원의 머리 커트.

원래 미용사는 머리카락을 자르는 것 이외에도 피부 손질과 화장, 마사지 등을 해 주지만, 여기서는 커트만.

하지만 커트할 때, 어느 정도 머리 모양의 희망을 들어주는 모양이야.

엄마에게는 미안하지만, 나는 강하게 요청하고 말았어.

지금의 나는 아름다워.

아아, 멋져. 거울을 계속 보고 있을 정도로.

그리고 내 주위에서 부스스한 머리로 있는 다른 종업원들.

어째서 요청하지 않는 걸까? 미용사들이 손이 비어 있잖아?

머리카락을 자르는 것이 무섭다고?

그래 그렇구나.

에잇, 말이 필요 없어. 전원, 미용사에게 맡기고 잘라 달라고 해!

폴라 씨, 커트는 강제하는 편이 좋아요!

후일.

내가 말해서 그런지는 모르겠지만, '마를라'의 종업원을 대상으로 머리 모양에 관한 규정이 생겼다.

'보기 흉하지 않은 정도로 머리카락을 다듬을 것'

폴라 씨, 물러요…….

머리 모양은 아름다워야 한다고 생각해요!
특히 웨이트리스 복장을 입는 사람은!

Farming life in another world.

Chapter.2

Presented by
Kinosuke Naito
Illustrated by
Yasumo

[2장]

고양이와 전이문

01.빅 루프 샤샷트 02.큰길 03.사거리 04.기숙사 05.마르코스&폴라의 집 06.목장
07.정류장 08.숙박시설 09.마구간 10.마차 창고 11.토지 매입 완료 구역

고양이의 파트너

겨울.

시조님 일행이 돌아왔는가 싶었더니, 리아와 하쿠렌을 두고 다시 나갔다.

일은 끝난 모양이지만, 여러모로 뒤처리할 일이 있다고 한다.

루와 티어는 시조님의 직장 근처에 아는 사람이 있다고 해서 만나러 간다고 한다.

운이 좋으면 빅 루프 샤샤트에서 학원 선생님을 해 줄지도 모른다고 한다. 살짝 기대해 보자.

하지만 빅 루프 샤샤트의 학원 선생님 역할은 문관낭중에게도 부탁해 두었다.

너무 많이 모으게 되지는 않을까?

그런 실수를 자주 하는 느낌이 드니까 걱정이다.

모이면 모이는 대로 멋대로 연구하니까 괜찮아? 그런 것인가? 그럼 일단 안심…… 보수 부분이 조금 걱정이구나.

급료는 제대로 지급하겠지만, 그것 말고도 가르치는 학생 수에 따라서 수업료 일부를 지급하기로 예정되어 있다.

학생을 두고 서로 다투는 일이 안 생기면 좋겠는데…….

걱정해도 소용없나.

모인 뒤에 걱정하자.

알프레드가 마법을 연습하고 있다.

원래라면 선생님 역할을 루가 맡지만, 지금은 없어서 리아가 대신 해 주고 있다.

"잘 안 돼."

"괜찮습니다. 마법 구성은 잘되고 있습니다. 나머지는 마력 조작이지만, 이것은 감각이니까 자꾸 연습하는 수밖에 없습니다."

"열심히 할게."

…………

자식이 열심히 하는 모습에 훈훈함을 느끼며, 나는 슬쩍 리아에게 물었다.

"알프레드가 하고 있는 건, 어느 정도의 레벨이야?"

"아직 기초의 기초네요. 마법의 힘을 높이는 훈련 같은 겁니다."

"그런 거야?"

"예. 아직 어린아이이고, 함부로 공격 마법을 가르쳤다가 폭발을 일으켜도 곤란하니까요."

"맞아, 확실히 그래."

알프레드는 얌전하지만, 역시 어린아이.

짜증을 부려 마법을 쓰게 되는 것도 곤란한가.

…………

"그런 이유가 있으니까, 히이치로에게 마법을 가르치는 것은 조금 더 성장한 뒤에 해 주면 좋겠는데요……."

나는 히이치로에게 마법을 가르치려 하는 라이메이렌을 말렸다.

응, 역시 아직 이르지.

고양이가 탁자난로 위에서 배를 드러내고 누워 자고 있다.

조금 전까지 탁자난로 안에 들어가 있었으니까, 더워진 거겠지.

그것은 상관없다. 항상 있는 일이다.

내가 신경 쓰고 있는 것은 고양이의 파트너…… 번식 상대에 관한 것이다.

이제까지 숲에서 다른 고양이를 본 적이 없다.

조만간 쿠로네 아이들처럼 파트너를 찾으러 나갈 줄 알았더니, 그런 분위기는 느껴지지 않는다.

이대로 괜찮은가?

너무 걱정하는 것일까.

아니, 절대로 게으름피우는 고양이에게 수컷의 사명을 떠올리게 해 주려는 것이 아니다. 강제하는 건 좋지 않다. 자주적으로…… 는 무리구나.

내버려 두면 절대로 무리다. 술 슬라임과 함께 술을 마시고 뒹굴거리고 있을 것이 틀림없다.

지금의 내 마음이, 맞선을 보게 하려는 사람의 심리인 것일까.

딱히 결혼이 필수라고 생각하지는 않지만, 가능하다면 하는 편이 좋지 않나? 새끼 고양이도 보고 싶으니 말이지.

이전에도 생각했지만, 어디선가 암컷 고양이를 받아와야 할 것이다.

어디선가…… 마이클 씨겠지.

하지만 이것저것 부탁해서 받고 있다. 고양이 한 마리만 부탁하는 것은 미안하다.

취향이 맞을지 어떨지 모르니까, 열 마리 정도 부탁할까?

그렇게 하면 이번에는 암컷이 남는구나. 그러면 수컷을…… 무한으로 반복될 느낌이 든다.

냉정하게.

암컷을 아홉 마리, 수컷을 열 마리로 어떨까.

나머지는 멋대로 짝이 되는…… 고양이 마을이 되고 말겠네. 안된다.

냉정하지 못하다.

심플하게 암컷 고양이 한 마리를 어디선가 손에 넣으면 된다.

짝이 될지 어떨지는 운에 맡긴다.

마이클 씨에게 한 마리만 부탁하는 것은 미안하니까 이상한 방향으로 생각이 넘어가고 만다.

마이클 씨 이외라면…… 비젤인가? 귀족이라면 고양이를 기르고 있을 것만 같은 이미지.

문관낭중에게 물어볼까.

"어지간히 호사가가 아니라면 고양이는 기르지 않아요."

"고양이는 저택을 망가트려서 전용 건물이 필요하니까요."

"개를 더 선호해요."

"항구마을에는 엄청나게 많이 있으니까, 일부러 기르는 사람이 적은 것이 아닐까요……."

"…………."

즉, 비젤에게 부탁해도 무리라고?

"아니요. 어떻게 해서든 손에 넣겠죠."

"다소는 강압적인 수단을 쓸지도요."

그만두자.

그 정도로 원하는 것은 아니다.

고양이를 기르고 있는 귀족 중 아는 사람에게 새끼 암컷 고양이라도 양도받을 수 없을까 생각했을 뿐이다.

으~음.

이것은 스스로 야생 고양이를 붙잡아 오는 것이 빠르려나.

샤샤트의 바다 쪽으로 가면 고양이를 볼 수 있었다.

그렇게 하자. 나는 결의하며 탁자난로로 돌아갔다.

고양이는 탁자난로 위에서 탁자난로 안으로 돌아가 있었다.

좋은 위치지만, 그곳이라면 내가 발을 뻗을 수가 없다. 조금 더 옆으로 가. 저항하지 마. 나한테 잘 보이는 게 좋을 거야.

왜냐면 나는 너의 파트너를 붙잡아 올 테니까 말이지.

후일.

루와 티어가 돌아왔을 때, 그 품에 새하얀 고양이가 있었다.

평범한 고양이…… 가 아니다.

이마에 반짝 빛나는 보석이 박혀 있다. 누가 장난치거나 한 것이 아니라, 태어났을 때부터 있는. 보석 고양이라는 마수라고 한다.

그 마수 중에서도 하얀 보석 고양이는 귀중해서 신성한 마묘(魔猫)로 숭배받는 일도 있다고 한다. 헤~.

그리고…… 암컷.

내가 붙잡아 오지 않아도 괜찮을 것 같다.

고양이랑 사이좋게 지내길 바란다.

겨울 동안 보석 고양이에게서 도망치는 고양이의 모습을 때때로 볼 수 있었다.

보석 고양이가 더 적극적인 건가.

…………힘내라.

응, 어라? 보석 고양이, 마법을 쓰고 있지 않나? 때때로 믿을 수 없는 움직임을 하고 있는데?

"보석 고양이니까요."

"신체강화가 특기예요. 그리고 치유 마법이라든지."

"헤~."

그런 보석 고양이도 쿠로네 아이들이나 자부톤의 아이들에게는 이길 수 없는 모양이다.

고양이는 쿠로네 아이들이나 자부톤의 아이들이 있는 장소까지 도망치는 승부가 되었구나.

아~ 이번에는 붙잡힌 모양이다.

목을 물린 고양이가 끌려가고 있다.

포기한 듯한 고양이의 눈…….

이럴 때는 일단 내가 도움을…… 보석 고양이가 노려봤다.

………….

남의 연애에 끼어드는 것은 좋지 않아. 응.

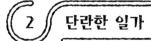

2 단란한 일가

　보석 고양이는 조금 특이하더라도 고양이다.

　내 방의 탁자난로 안에 자주 있다. 더워지면 탁자난로 위에서 몸을 식힌다.

　아직 배를 드러내고 누울 정도까지는 아니지만, 그럭저럭 친숙해졌다고 생각한다.

　내 무릎 위에서 잠을 자는 일도 있다. 귀엽지 않은가.

　하지만 신참자에게는 사치스러운 포지션이었는지, 무릎 위에 있는 보석 고양이를 쿠로가 상냥하게 물어서 다른 장소로.

　그런 다음에 쿠로가 내 무릎 위에 턱을 올린다.

　그래그래. 너와 함께한 것도 오래되었지~.

　알았어. 유키도 쓰다듬어 줄 테니까, 쿠로를 밀어내려고 하지 마.

　알았어 알았어. 루도 쓰다듬어 줄 테니까, 줄을 서지 마.

　오, 알프레드도 왔나. 하하하.

　알프레드는 오늘 뭘 했지?

　다가와 걸프에게 검술을 배우고 있었구나. 그렇구나.

　너라면 순식간에 나…… 아빠보다 강해지겠지. 열심히 배워.

　그리고 다가 씨, 걸프 씨라고 불러야지. 네가 반말로 부르는 건 좋지 않아.

우르자도 그랬다고? 알았어, 나중에 혼내지. 아, 아니, 혼내는 거 중지.

혼내면 네가 고자질한 것처럼 되니까 말이야. 다음에 현장을 잡아서 주의를 주도록 하자.

응? 티어와 티젤도 왔나.

끼어도 돼. 새삼스럽게, 신경 쓰지 마.

앤도 트라인을 데리고 오도록.

이전부터 말했지만, 트라인도 내 아들. 알프레드의 동생이야.

본인이 원한다면 모를까, 억지로 종자로 삼지는 않을 테니까.

이 부분은 리아와 하이엘프등에게도 말하고 있지지만, 좀처럼 성과가 보이질 않는다.

아이들을 차별하고 싶지 않은데 말이야.

이쪽 세계의 습관이나, 종족의 풍습 등이 있을지도 모른다. 로마에 가면 로마법을 따라야겠지만, 내 나름대로 아이에 대한 취급은 이해해주기를 바란다.

다음에 다시 잘 이야기하자.

인원수가 있으니까, 트럼프라도 할까?

그렇게 되면 다른 멤버도 부르고 싶다.

히이치로는…… 낮잠 중. 방해해서 미안합니다.

우르자는? 그라루와 함께 밖을 뛰어다니고 있어? 숲에는 가지 않았겠지.

아아, 하쿠렌이 같이 있는 건가.

………….

함께 숲으로 들어가는 모습밖에 상상되지 않는다.

뭐, 그렇게 되더라도 괜찮겠지. 쿠로네 아이들도 함께 있는 모양이니까.

리아는…… 나중에 해도 괜찮다니, 그런 것이 아니야.

에잇, 말이 필요 없어. 데리고 오도록 해.

그래그래.

응?

알프레드와 티젤은 카루타가 더 좋아?

트라인과 리리우스 등도 그쪽이 좋은 건가.

상관없지만 루와 티어, 앤은 봐주지 않을 텐데? 알았어. 카루타로 하자.

그렇게 되면…… 어른과 아이로 나누는 것은 조금 아닌데.

그럼 콤비전이다. 엄마와 자식으로 콤비를 짜도록 하자.

루와 알프레드, 티어와 티젤처럼 말이다.

나는…… 좋아, 고양이.

자, 구석에 있지 말고 끼어.

나와 콤비…… 아, 보석 고양이와 콤비를 짜는구나.

응, 그렇게 미안한 표정을 짓지 마.

괜찮아. 마음은 이해해.

서로 열심히 하자.

그러면…… 쿠로는 유키랑 콤비란 말이지.

방 위에 깔린 스파이더 워크에서 보온석을 지닌 자부톤의 아이들에게 부탁할까.

일제히 앞다리를 들어서 입후보해 주는 것은 기쁘지만, 조금 곤란하다.

결국, 나는 문제를 읽는 사람이 되었다.
승자를 말할 필요는 없겠지. 가족끼리 사이좋게 즐겼다.

겨울에는 사냥을 자제하기 때문에, 신선한 육류는 고맙다.
고맙지만…….
"하쿠렌, 우르자와 그라루를 데리고 숲에 들어가는 것은 어떨까 싶은데?"
"숲이 아니라 던전이야."
"더 안 좋아!"
"왜~."
"왜는 무슨. 그래서 남쪽 던전이야? 북쪽 던전이야? 본 적이 없는 마수인데…… 사과하러 가자."
"아, 그건 괜찮아. 동쪽 던전이니까."
"동쪽?"
"그래. 인페르노 울프들이 발견한 모양이야."
"들은 적 없어."
"우리가 가장 먼저 들었으니까 말이야."
"너 말이야."
"장소 확인과 주변 마물 퇴치만 했어."
"안에는 들어가지 않은 거야?"

"살짝만. 정말로 살짝만이야."

"그걸로 사냥감이 이만큼 잡혔다고?"

"아하하…… 위험할 거 같으면 돌아오려고 생각했어."

드래곤인 하쿠렌이 위험할 것 같다고 느끼는 일이 있나?

"하아. 우르자와 그라루가 무사하니까 됐지만, 앞으로는 안 돼."

"예~."

우르자와 그라루는 지쳐서 자고 있다. 혼내는 것은 깨어난 뒤구나.

"그러면 다음. 드라임."

"누, 누님에게 협박당해서 어쩔 수 없이…… 반성하고 있다."

드래곤이 하쿠렌, 드라임, 그라루인가…… 뭐, 안전하겠지만.

"다가, 걸프."

"재미있을 것 같아서…… 저도 모르게."

"나도."

두 사람은 이러니저러니 해도 상처투성이다.

지나가던 플로라가 치유 마법을 사용해 주었으니까 괜찮지만, 골절도 있었다고 한다.

무리하지 않기를 바란다.

그리고 함께 있었던 것이 쿠로네 아이들.

동쪽 던전을 발견하고 보고하고자 며칠에 걸쳐 마을로 달려왔는데, 도착한 순간에 하쿠렌에게 붙잡혔다고 한다.

그 뒤에 하쿠렌을 타고 동쪽 던전으로 돌아가 마지막까지 동행.

좋아, 너희는 나쁘지 않아. 쓰다듬어 주마.

"뭐야~ 함께 던전에 들어갔는데. 편애잖아."

"아니야. 피해자야."

그러면서 내가 쓰다듬어 주는 중인데, 쓰다듬어 달라고 오지 않는 쿠로의 아이가 몇 명.

알고 있다. 너희는 우르자와 그라루를 감시하니까 말려야 하는데도 함께 가서 던전을 즐기고 말았던 것이지.

쓰다듬어 달라고 오지 않는 것은 솔직해서 좋아. 하지만 오늘은 별로 쓰다듬어 주는 것은 없다.

…………

그렇게 풀이 죽지 않았으면 좋겠다.

꼬리가 축 처지고…… 아아…… 아니, 지금은 엄하게.

다음에 동쪽 던전을 탐색할 때는 당당하게 가면 되니까 말이지.

좋아, 반성했으면 밥이다.

지금은 심야. 저택의 식사 시간은 진작에 끝이 났다.

너희가 확보한 신선한 고기…… 는 며칠 뒤에 먹어야 더 맛있지. 지금 남은 재료로 대충이라 미안하지만, 뭔가 만들어 주자.

응? 술 슬라임인가. 왜 그러지? 아직 요리는 만들지 않았어.

아아, 성녀가 야식을 원하는 건가? 요즘 함께 있었으니까.

알았어, 준비할게. 술도 말이지.

알고 있겠지만, 성녀가 마시게 하지 마.

한 방울도 주지 않아? 전부 자기가 마신다고?

어디에 있는지도 모를 가슴을 펴도 말이지.

성녀에게는 과일 주스를 주자.

3) 동쪽 던전 조사대와 잔류팀

　시조님은 바쁜 모양인지, 성녀는 아직 마을에 체류 중.

　성녀를 맡길 장소는 여러 곳이 있다는 모양이지만, 안전을 생각하면 '큰나무 마을'이 가장 좋다고 한다.

　그리고 성녀를 과하게 공경하지 않는 것도.

　얼마나 대단한 것인지 나는 알지 못하니까 말이지. 공경하는 편이 좋으려나?

　새삼스럽다 싶네.

　불평하면 공경하도록 하자. 아니, 물어보는 편이 좋으려나?

　"공경하는 편이 좋아?"

　"공경한다는 말의 의미를 알고 있나요?"

　공경의 의미는 알고 있지만, 성녀는 마을에 처음 왔을 때 이렇게 말했다.

　"나는 성녀야. 궁상스러운 마을이지만, 특별히 나를 공경하는 것을 허락해 주겠어."

　곧바로 후슈에게 관절기를 당했었지~.

　성녀의 성장을 기뻐하자.

　겨울에도 이래저래 일은 있다.

나는 저택의 공방에서 압착기와 마주하고 있었다.

단순한 형태의 압착기라 튼튼하지만, 세밀하게 조정할 필요가 있다.

"저희가 할까요?"

산 엘프들이 그렇게 말해 주었지만, 산 엘프들에게는 스프링을 탑재한 마차의 차체를 제작하는 일이 쌓여 있다.

그런데 내 일을 빼앗으려고 하지 마. 그게 아니구나.

"차체 제작 이외의 일을 하고 싶은 것뿐이구나?"

"에헤헤."

주문이 끊이질 않으니까 말이지.

"알았어, 이 압착기 조정은 내가 하겠지만…… 새로운 압착기 제작을 부탁할게. 단, 차체 제작은 늦지 않도록 해야 해."

"맡겨 주세요!"

신기하게도 다른 일을 추가하는 것이 차체 제작의 속도가 안정된단 말이지.

다른 일을 기분전환으로 잘 이용해 주고 있는 것일지도 모른다.

"이 형태의 스프링을 발주해도 됩니까? 하울린 마을이라면 해 줄 겁니다!"

"그리고 여기에 조금 특수한 금속기구가 필요합니다만, 이것은 세밀하게 지시하고 싶으니까 거트 씨에게……."

"촌장, 이 정도 크기의 목재를 앞으로 열 개, 부탁드립니다."

한 달 뒤에 완성된 신형 압착기는 이용 기회가 많은 수인족 여자아이들이 대단히 기뻐했다.

………….

내가 조정한 압착기는 쓸모없게 된 것일까.

"괜찮아요. 이쪽도 소중하게 잘 쓸 테니까요."

"익숙한 압착기 쪽이 쓰기 쉬우니까요."

애들아…… 훌쩍.

무리하지는 말도록. 딱히 구석에서 먼지를 뒤집어쓰고 있어도 상관없어. 내 눈에 들어오지 않는다면.

동쪽 던전이 발견되면서 조사대를 보내는 것이 검토되고 있다.

동쪽 던전에도 라미아 족이나 거인족처럼 마을과 교류할 수 있는 자들이 있을지도 모른다.

하쿠렌의 사견으로는 있을 것 같지 않다지만…… 문제는 조사대를 언제 보낼지다.

겨울에 가는 것은 과연 어떨까? 봄이면 되지 않을까? 봄에는 여러모로 바쁘니까, 간다면 지금? 잠깐 기다려, 서두르지 마.

"촌장, 동행하고 싶다고 지연시키려는 것 아닙니까?"

"프라우 씨의 출산이 가까우니까, 지금은 마을 밖으로 나갈 수 없습니다."

"그러니까 봄에……."

잘 손질된 무기를 장비한 하이엘프들이 내 의견을 각하해 간다.

"우선은 우리끼리 안전을 확보할 테니 촌장은 다음에 오시죠."

다가여, 리벤지 기회를 빠르게 얻고 싶다고 나를 따돌리는 것은 어떨까 싶구나.

"따돌리다니…… 아무리 그래도 안전할지 어떨지 모르는 장소에 촌장을 보낼 수는 없습니다."

논의는 계속되었지만, 어떻게 해도 나는 동행할 수 없을 듯했다.

동쪽 던전 조사대 멤버.

하이엘프가 리아를 포함해 열 명.

리저드맨이 다가를 포함해 다섯 명.

수인족에서 걸프.

인페르노 울프가 스무 명.

조사대와의 연락 담당으로 하피 족이 다섯 명.

이동 보좌에 하쿠렌.

조사대 대장에 천사족 키어비트.

"어? 어째서 내가?"

"지나치지 않기 위한 인선이야. 부탁해."

하쿠렌을 대표로 삼으면 멈출 것 같지 않으니 말이지. 잘 부탁해.

그리고 내가 지금 우르자, 그라루, 알프레드, 수인족 남자아이들을 붙잡고 있는 동안에 가는 거야!

드라임, 홀리, 도와줘~!

던전 탐색은 위험을 동반한다고 한다.

어느 정도 경험을 쌓지 않으면 금방 다치고…… 최악의 경우는 죽음과 직결된다고 한다.

하지만 누구나 처음은 있다고 생각해! 그런 사람은 어쩌라고!

…………

베테랑과 동행해 이것저것 배워 간다고 한다. 그렇구나.

어라? 그러면 내가 배울 기회였던 거 아닌가? 여러분, 어째서 눈을 피하는 걸까요~?

후후후.

던전 탐색을 갈 수 없다면, 스스로 던전을 만드는 게 어떨까?

직접 만든 던전이라면 안전하니까 말이지.

거기서 연습하면 던전 탐색에 갈 수 있게 될지도 모른다.

좋은 아이디어라고 생각한다.

어드바이저로…… 던전은 누가 잘 알지?

루와 티어가 손을 들어 주었다. 그리고 드라임.

고맙지만, 드라임은 라스티가 출산할 때까지 여기 있을 작정인가?

부인인 그라파룬과 교대로 집에 가니까 괜찮아? 그렇군.

둘 다 쭉 마을에 있는 기분인데…… 뭐, 본인이 괜찮다고 하니까 괜찮은 거겠지.

구찌의 모습이 보이지 않으니까, 그가 둥지를 운영하고 있는 것일지도 모른다.

다음에 그를 위해 과자라도 만들자.

이야기를 되돌려서.

"던전을 만든다고 치고, 장소는…… 마을 남쪽에 입구를 만들고, 그대로 남쪽으로 뻗어가게 하고 싶네."

마을 밑에 만들었다가 붕괴라도 했다가는 끔찍하다.

"어느 정도 깊이로 하는 거야?"

루가 의욕적으로 던전 설계를 시작했다.

"너무 깊게 하기는 어렵겠네. 물이 나와서."

"어? 수맥에 닿지 않으면 괜찮잖아?"

"그래? 어느 정도 파면 물이 나오던데…… 지금까지는 전부."

'큰나무 마을' 만이 아니라, 하나 마을과 둘 마을, 셋 마을에서도 그랬는데…….

"그것은 알고 있지만…… 수맥, 조사한 거 아니었어?"

나는 상당히 운이 좋았던 모양이다.

아, 아니, 어쩌면 '만능농기구' 덕분일지도 모르겠네. 고맙다.

던전은 3층.

1층은 간단한 던전에 장애물이나 트랩을 배치한 연습 존.

2층은 무난한 존.

3층은 드래곤의 둥지를 모델로 삼은 존.

………….

스케일이 너무 크지 않아? 이건 내 인력으로 파야 하잖아? 열심히 파겠지만.

우선 입구에서 대각선으로 구멍을 파고, 한 층의 깊이로.

내가 파고, 티어의 골렘이 흙을 밖으로 옮겨 준다.

던전 내부의 환기와 조명은 루가 마법으로 대처해 준다.

그 옆에서 산 엘프들이 웃으며 무언가 장치를 만들고 있다.

공략 불가능한 장치는 안 돼~.

걸프의 아들은 던전 출입구 부근에 돌로 바닥을 깔아 주었다. 고마워.

그런데 디자인이 지나치게 사악한 느낌이 들지 않나? 던전은 무서워야 하는 법이라고? 그럴지도 모르겠다.

그럼 이 주변 벽은 조금 무서운 느낌으로…….

"촌장, 디자인은 나중입니다. 지금은 먼저 형태를 잡아 주시죠."

예, 열심히 하겠습니다.

이렇게 시작된 던전 만들기지만…… 그렇게 간단히 완성될 리가 없다. 겨울 동안이라고 해도 일은 있는 것이다.

틈틈이 조금씩…… 드라임, 그 수상쩍은 마도구는 뭐지? 하피들, 거기에 둥지를 만들지 마. 산 엘프, 그 트랩은 안 된다고 했잖아. 첫 시도 성공이 너무 어려워.

그리고 우르자, 그라루, 아직 완성되지 않았어. 위험해.

이것저것 하고 있었더니 프라우가 출산할 기색을 보였다.

4 프라우의 출산

사람마다 의견은 있겠지만, 출산을 시작한 아내에게 남편이 해 줄 일이 없다.

엄마와 자식 모두 무사히 태어나길 기도할 뿐.

같은 방에서 손을 잡아준다든지, 응원해 준다든지 하는 것도 있을지도 모르지만…….

"남자는 출입금지예요."

그렇게 말해 프라우가 있는 방에 다가갈 수도 없다.

이제까지의 출산에서도 그랬으니까 새삼 당황하지는 않는다.

악마족 조산사들과 홀리, 이제까지 출산에 입회했던 하이엘프들이 열심히 일해 주고 있다.

차분하게 자리를 잡고 기다리기만 하면 된다. 기다리기만 하면 되는데…….

"어우우, 어우우, 어, 어, 어떡하면…… 아아, 괜찮을까, 괜찮겠지, 괜찮을 것이야."

눈앞에서 당황하고 있는 사람을 보면, 나도 당황해야 하려나~ 하는 마음이 들거나 한다.

눈앞에서 당황하고 있는 것은 비젤.

프라우의 출산을 알아챈 것인지, 내가 연락하기 전에 찾아와 대기하며 허둥거리고 있다.

딸을 걱정하는 아버지의 모습으로는 올바를지도 모른다.

나는…… 너무 익숙해지고 만 것이려나.

이 세계에서만이 아니라, 출산은 목숨을 걸어야 한다.

그렇지만…… 이 마을에서 사산은 아직 없다. 내 아이에 한정되지 않고, 둘 마을의 미노타우로스와 셋 마을의 켄타우로스들도 모두 무사히 출산하고 있다.

리저드맨의 알도 전부 부화하고 있다. 그런 탓에 조금 감각이 둔해진 것일지도 모른다.

만일을 생각하면…… 아니다. 나쁜 일은 생각하지 않는다.

프라우도 무사하고, 아이도 무사하다. 무사히 태어난다. 좋아.

일단 눈앞에 있는 비젤의 신경을 분산해 주도록 할까.

하지만 이전부터 프라우에게 주의를 받았다.

함부로 아이의 미래를 이야기하는 것은 안 된다고.

만일 비젤이 폭주하면 태어나기 전에 결혼 상대를 정해서 올 가능성이 있다고.

아무리 그래도 부모인 나와 프라우를 무시하고 결혼 상대를 정해서 오는 일이 있을까?

그것이 있다고 한다. 아이의 미래를 말한다는 것은, 넌지시 상담하는 모양새라는 듯하다.

즉…….

"아이가 올바르게 자라준다면 더는 바랄 것이 없어요."

같은 순수한 소리를 해도 다음과 같이 변환된다.

"우수한 교사를 찾고 있습니다만, 누가 없을까요?"

말도 안 된다 싶었지만, 문관낭중에게도 그렇다고 주의받았다.

소위, 직접 말하지 않는 귀족식 언어, 귀족식 표현이라고 한다.

비젤도 평소라면 내 말을 그런 식으로는 받아들이지 않지만, 딸의 임신으로 들떠 있는 지금은 미심쩍다는 모양이다.

함부로 말을 꺼내면 '약혼자를 찾으라고 말했었잖아(말한 적 없지만, 그렇게 받아들일 수 있는 언동을 했잖아!)' 라고 나중에 다툼의 원인이 된다.

따라서 아이의 화제는 금지. 솔직히 힘들다.

종교 쪽 화제는 어떨까?

새삼스럽지만 순산을 기원하며 내가 신상을 조각하겠다고…….

실은 이 세계, 순산을 담당하는 신이 잔뜩 있다.

원인은 코린교.

원래 순산은 대지신이 담당하지만, 코린교가 각 종파의 포교 활동을 억제했기 때문에 각 종파는 자기들이 신앙하는 신이 다재다능하다고 선전했다.

간단히 말하자면, 인기가 있는 은총이 있다고 해서 신자를 늘리고자 한 것이다.

"우리 신께서는 농사에 은총을 내려주셔. 순산? 물론 순산에도 은총이 있어. 봐봐, 농업은 열매를 맺는 일과 관계가 있잖아. 그러니까 순산도 괜찮아. 그 밖에도 이것저것 있어."

따라서 대부분의 신에 안산, 승전, 합격, 건강, 장수 등의 은덕이 있다고 되어 있다.

신이 실제로 있는 세계에서 그래도 괜찮나 싶었지만, 괜찮다는 모양이다.

신으로서도 자신에 대한 신앙이 깊어지는 것, 다재다능하다고 숭배받는 것은…… 기쁜 일이려나?

아무튼 그런 사정인지라 사람에 따라서 순산을 기원하는 신이 다르다.

나도 순산은 창조신께 기도하고 있다.

프라우는 나와 똑같은 것으로 해도 괜찮다고 말했지만, 비젤은 어떨까?

물어봤다.

"마신입니다."

…………

한순간 움찔했지만, 생각해 보면 마신은 마법의 신이다. 또한 마족의 신이기도 하다. 그렇군.

비젤에게 마신의 생김새를 물었다.

마신만이 아니라, 사람에 따라 신의 생김새는 변화한다.

이것은 신앙하는 사람의 종족이 크게 영향을 미친다.

예를 들어 엘프가 상상하는 마신은 귀가 길고, 드워프가 상상하는 마신은 키가 작다.

따라서 켄타우로스가 상상하는 마신은 켄타우로스 형태일 것이다.

전에 미노타우로스들을 위해 신상을 조각했지만, 비주얼에 집착하지 않는 것도 그런 부분이 영향을 끼쳤다고 한다.

중요한 것은 신앙이지, 신의 생김새가 아니라고 하는 모양이다.

하지만 유명한 신이라면 나름대로 고정된 특징이 있다고 한다.

여성이라든지, 팔이 열 개 있다든지, 머리카락이 바닥에 닿을 정도로 길다든지.

마신의 특징은 지팡이를 들고 있다는 것이다.

'만능농기구'로 30센티미터 정도의 목재를, 비젤이 상상하는 마신으로 조각해 나간다.

조각하기 전에 상상을 굳히고, '만능농기구'를 쓸 때는 무심. 이것이 신상을 조각할 때의 요령이다.

정신 차리고 보니 마신이 완성되어…… 나는 왜 고양이를 조각한 것이지? 잡념이 들어갔나?

　이것은 옆에 두고, 재시도. 한 번 더.

　…………………….

　좋아, 괜찮은 느낌으로 만들어졌다고 생각한다. 비젤, 어때?

　"이것은……굉장해. 마신을 훌륭하게 체현하고 있군."

　"프라우의 순산을 이것에 빌자."

　"예. 하지만, 저기…….”

　"왜 그래?"

　"옆의 고양이 조각상 쪽이, 신성함이 느껴집니다만?"

　"기분 탓이야…… ."

　나와 비젤은 마신상에 순산을 기원했다.

　고양이상은………………………………………………………
………………………………… 어떡하지.

　고민하고 있었더니, 술 슬라임이 가져갔다.

　장난감으로 삼는다……? 그런 짓을 할 슬라임이 아니지.

　그렇다면 대체 어쩌려는 거지? 성녀에게 가져가려는 모양이다.

　하지만 성녀는 고양이를 무서워하지 않았던가? 그걸로 익숙해지게 하자는 건가?

　효과적으로 이용해 준다면 상관없지만.

　………….

　성녀가 제단을 요청했다.

그 고양이상을 모시겠다고…….

원한다면 큰나무의 창조신 옆에 둘까?

그건 안 돼? 알았어 알았어. 그러면 작은 제단 말이지.

…………

산 엘프 집합.

작고 휴대하기 편한 제단을 설계하자.

평소에는 상자 형태고, 필요에 따라 제단으로 변형한다.

어때? 아, 이미 그런 제단이 있어? 아쉽네.

하지만 열심히 만들자.

프라우의 출산을 가만히 기다리고 있는 것보다, 나도 기분을 전환할 수 있지만…….

시간이 꽤 지났는데 괜찮은가? 산통이 시작된 거 아니었어? 조금 불안해진다.

아니지, 긍정적으로 생각하자. 무사히 태어난다. 내가 믿지 않으면 어쩌겠다는 거냐.

그렇게 생각했을 때, 커다란 아이 울음소리가 들려왔다.

마신상 앞에서 기도하던 비젤이 허둥지둥 프라우의 방문 앞에서 대기한다.

비젤, 거기 있으면 문이 열렸을 때 부딪히…… 내가 뭐랬어, 부딪혔잖아.

"여자아이예요."

문 밖으로 악마족 조산사가 한 명 나와서 나와 비젤에게 보고해 주었다.

그런가, 여자아이인가.

초산이어서 그런지, 조금 고생했다고 한다. 하지만 프라우는 무사하다. 다행이다.

초산. 그리고 보니까 그랬지.

이제까지 루와 티어도 초산이었지만, 딱히 고생한 적은 없었으니까⋯⋯. 휴. 아무튼, 무사히 출산을 마쳐서 다행이다.

제단 제작은 중단.

그날은 연회가 열렸다.

비젤이 평소보다 더 마시고 다운되었다.

출산을 걱정했던 피로도 있었을 것이다.

⋯⋯⋯⋯⋯.

생각해 보면 비젤이 장인어른이 되나.

도스에 드라임, 비젤.

처음에 만났을 때는 상상도 못 했다.

그리고 보니까 비젤의 부인과는 만난 적이 없구나.

열심히 영지 경영을 하고 있다고 하니 건재하겠지.

다음에 프라우와 함께 만나러 가는 것도 좋겠네.

시조님이 연회에 중도 참가했다.

성녀와 함께 성대하게 축복을 내려 주었다.

프라우의 딸, 프라시아.

정식으로는 프라시아벨.

틀림없이 미인이 될 것이다.

앗, 티젤. 너도 미인이 될 거란다. 이 아이는 네 동생이야. 사이좋게 지내렴.

알프레드는 어디 갔지? 연회에서 음악 연주하니까 그쪽에? 동생의 탄생을 축하하는 곡을 연주해 준다고…… 좋은 아들을 두었다.

그럼 들으러 가 보도록 할까.

미안하지만 프라시아는 조용한 방에서 휴식이다. 홀리, 프라시아를 부탁해.

"맡겨주십시오, 주인마님. 덤으로 자고 있는 비젤 도련님도 돌봐드리도록 하지요."

"부탁하겠는데…… 괜찮겠어?"

"예. 만일의 경우에는, 프라시아 님을 우선하려고 합니다."

든든하다.

든든하지만, 비젤이 불쌍하니까 만일의 경우에는 순순히 지원해 줄 사람을 불러.

 5 동쪽 던전 조사대의 귀환

마왕과 유리, 랭던, 글라츠, 호우에게서 프라시아의 탄생 축하 선물이 전해졌다.

탄생 축하 선물은 어지간히 가깝고 친한 사이가 아니면, 본인이 직접 가져가지 않는 것이 마왕국의 풍습이다.

출산으로 정신이 없을 때 찾아오는 손님은 민폐이기 때문이다.

좋은 풍습일 것이다.

비젤로서는 손녀딸을 자랑하고 싶었던 모양이지만…….

조금 더 차분해진 다음에 하고 싶다.

프라시아의 육아는 홀리를 중심으로 귀인족 메이드가 담당.

하이엘프와 문관낭중 몇 명이 육아 연습으로 도와주고 있다.

나도 뭔가 하고 싶지만, 육아보다 다른 할 일이 있지 않으냐는 압력에 거역할 수가 없다.

때때로 안게 해 준다. 그걸로 만족하자.

중단했던 일을 재개했다.

우선 성녀에게 요청을 받은 제단 제작.

순서가 이상하다고?

이상하지 않다. 빨리 끝날 일을 먼저 끝내고 있을 뿐입니다.

산 엘프들과 협력해서 3일 만에 완성했다.

들고 다니기 쉬운 직사각형 상자가 열리면 제단이 된다.

기초 부분은 하루 만에 끝났지만, 제단 느낌이 나게 해주는 세공에 하루가 걸렸다. 상당한 완성도.

성녀는 그 제단에 고양이상을 놓고 기도하기 시작했다.

오오, 뭔가 신성한 분위기.

그 분위기에 밀리지 않고, 공물로 바친 술을 몰래 마시고 있는 술 슬라임을 보니 마음이 편해진다.

중단했던 던전 제작을 재개했다.

재개하고 이상하다 싶었던 것이 던전 안의 기온이다.

전에는 조금 추웠지만, 지금은 적당히 따뜻하다.

드라임이 설치한 마도구 덕분이라고 한다. 그게 에어컨이었나.

일단 기온이 일정한 것은 고맙다.

던전 층을 하나 넓혀 숙주밭과 아스파라거스밭을 만들어 봤다.

'만능농기구'로 숙주를 기르면 며칠 만에 수확할 수 있다.

오독오독해서 맛있다. 좀 더 빨리 만들 걸 그랬다.

아스파라거스를 어두운 곳에서 기르면 하얀 아스파라거스가 된다. 하얀 아스파라거스는 어린아이들에게 호평.

어른들은 평범한 아스파라거스가 좋은 모양이다. 나는 어느 쪽이든 맛있게 먹는다.

하지만 아스파라거스를 사용한 요리를 잘 모른다.

아스파라거스 베이컨 말이 정도인가? 나머지는 샐러드에 넣는 정도구나.

뭐, 그걸로 충분한가.

던전 1층이 거의 완성, 2층에 착수한 시점에 동쪽 던전으로 향했던 조사대가 돌아왔다.

"고생했어."

처음에는 하피를 통해 조사대의 일보를 전달받을 예정이었다.

하지만 하피의 속도로는 마을까지 며칠이 걸리고, 그동안 먹지도 자지도 않고 계속 비행하는 것을 알고 중지시켰다.

하피들은 며칠 굶어도 괜찮다는 모양이지만, 고생해서 전달받은 일보의 내용이 '문제없음'이라면 아무리 그래도 불쌍해진다.

따라서 하피를 이용한 연락은 긴급사태가 있을 때만이 되었다.

오늘까지 안 온 것을 보면 부상자는 없을 것이다. 일단 안심이다.

참고로 하피들은 동쪽 던전에 들어가지 않고, 입구 부근의 경계를 담당해 주었다고 한다.

쿠로네 아이들과 함께 그럭저럭 많은 수의 마물을 퇴치했다.

일단 밖은 춥다. 조사대의 짐을 회수해 실내로 옮기고, 목욕해서 더러워진 것을 씻어내도록 하자.

목욕한 뒤, 조사대의 보고회를 겸해 연회가 시작된다.

"무사 귀환을 축하하며."

나는 서두의 인사만.

대표인 키어비트의 이야기로는 동쪽 던전에 대화가 가능한 종족이 있었다고 한다.

종족의 이름은 고록.

온몸이 바위로 된 종족으로, 장소에 따라서는 스톤맨 등으로 불리거나 한다.

고록의 몸은 단단하고, 또한 부서져도 시간이 지나면 재생된다고 한다.

그런 탓에 방어력은 높지만 공격력은 거의 없음.

그런데 던전에서 어떻게 살아가고 있는가 싶었더니, 바위로 위장해 몸을 감추고 이끼 등을 먹으며 생활하고 있다고 한다.

실례지만, 지능이 낮을 것 같다……고 생각했는데, 그렇지 않다고 한다.

그들은 지능이 높아서, 시의 재능이 있다고 한다.

………….

"시?"

"시예요."

"저기, 바위 같은 것에 쓰는 건가?"

"아니요, 전부 기억하고 있다고 해요."

"그, 그렇구나……."

종족적 취미인 것이려나?

"고록들과는 우호관계를 맺어야 한다고 생각해요."

"데리고 오지 않았어?"

"그게……."

"솔직하게."

"다들 너덜너덜해져서…… 이동에 견딜 자가 없어서……."

"너덜너덜해진 원인은?"

"저희예요. 바위로 위장해 다가오는 적이라고 생각해서……."

"솔직해서 좋아. 나중에 그들에게 사죄의 물품을…… 그들이 기뻐할 만한 물건이 뭐가 있지?"

"이대로 조용히 살게 해 달라고 말했어요."

"알았어. 동쪽 던전에 쓸만한 물건은 없었던 거지?"

"그것이……."

있었던 모양이다.

키어비트가 신호하니, 조사대에 참가했던 다가가 한 아름 크기의 바위를 들고 왔다.

희끄무레한 바위구나.

"촌장, 이 바위를 어떻게 할 수 있나요?"

"응? 어떻게라니…… 부수거나 하라는 거야?"

"예."

"그러면……."

'만능농기구' 괭이로…… 그랬다간 비료가 되고 말겠지.

끌로 깎아 주자.

까득까득.

응, 흥이 나기 시작했다. 이번에는 보석 고양이를 조각해 주자.

완성…….

응, 즉흥적으로 만든 것치고는 꽤 괜찮군.

"그래서, 이게 어쨌다는 거야?"

"그거, 홍백은(虹白銀) 덩어리였는데요."

"홍백은?"

"무기나 방어구에 쓰이는데요…… 그게…… 아니, 아무것도 아니에요. 역시나, 촌장."

키어비트는 고개를 떨궜다.

듣자니 내가 그것을 어떻게 할 수 있냐 없냐로 내기했다고 한다.

"그렇게 대단한 바위인 건가?"

"굉장히 단단한 것으로 유명해서, 숙련된 실력이 없으면 가공할 수 없다는 이야기가 있는 귀중한 광물입니다. 대장장이를 목표로 하는 사람이라면 한 번쯤은 꿈꾸죠."

가르쳐 준 것은 내 뒤에 있던 마을의 대장장이인 거트.

그러니까…… 즉…….

"깎아낸 부스러기라도 상관없습니다. 부디, 저에게."

"아니, 딱히 조각한 보석 고양이째로…….”

아, 안 된다.

진짜 보석 고양이가 조각상 앞에서 철벽 태세를 취하고 있다.

응, 알았어.

조각한 보석 고양이는 소중하게 보관하자.

"깎아낸 부스러기를 주는 것은 상관없지만…… 다가, 홍백은은 이게 전부야?"

"몇 개인가 더 갖고 돌아왔습니다. 동쪽 던전 안쪽에 광맥이 있는 모양이었습니다."

"그렇다는군."

거트가 덩실거렸다.

가공하는 데 숙련된 실력이 필요하잖아? 그쪽은 괜찮은 건가?

괜찮겠지.

아, 루가 다가왔다.

홍백은도 마도구의 재료가 되는 걸까. 알았어. 가져가.

홍백은 보석 고양이 조각상은 저택 홀의 들보 위에 설치하려고 생각했지만, 떨어지면 위험하니까 바닥 위로 변경.

잘 보지 않으면 알 수 없는 장소가 되었지만, 세련되어 보일지도 모르겠다.

가끔 지나가던 고양이가 그 조각상을 보고 움찔거리곤 한다.

………….

고양이가 불쌍하니까, 평소에는 천을 씌워둘까.

"그런데 촌장. 질문해도 됩니까?"

"걸프인가, 왜 그래?"

"던전 탐색을 다녀왔더니, 마을에 던전이 있습니다만?"

"저것은 아직 제작 중이야."

"생각해 두었던 던전 장치가 있습니다. 들어보시겠습니까?"

"들어보도록 하지."

남자는 던전을 좋아한다.

6 미로에서 놀기

한동안 던전에서 만든 숙주와 아스파라거스 요리가 계속됐다.

보존을 생각하면 빨리 먹어야 하니까 말이지~.

생각 없이 너무 많이 만들었을지도 모르겠다. 살짝 반성했다.

하지만 숙주나 아스파라거스가 들어간 샐러드는 맛있다.

아, 볶음도 좋지.

"촌장, 1층에 숨겨진 방은 뭡니까?"

위기를 맞이했다.

던전 안에 몰래 혼자가 될 수 있는 방을 만들었던 것이 들켰다.

아니, 혼자가 아니다. 이곳에는 쿠로, 그리고 고양이가 온다.

남자를 위한 방이다. 마음의 안식처가 되는 방이다.

그것이 들켰다. 끝장인가…… 아니, 아직 괜찮아!

"숨겨진 방? 그곳은 식량 보관용 방이야."

거짓말이 아니야. 당연히 식량도 보관할 수 있게 만들었어!

"식량 보관용 방에 침대가 필요합니까?"

큭, 쾌적한 환경을 추구한 것이 오히려 안 좋은 결과를…….

"휴, 휴면실도 겸하려고 생각했거든."

"그렇습니까. 먹을 것이 있는 장소에서 자는 것은 그다지 권장하지 못하겠습니다만…… 그럼 칸막이를 설치하도록 하죠. 그리고 문은 조금 더 눈에 띄도록 해주시길 바랍니다."

"그, 그렇지. 고쳐두도록 하지."

"잘 부탁드리겠습니다."

세이프. 잘 넘겼다.

발견된 것은 실패였지만, 치명상은 아니다.

저 방은 저 방대로 중요했지만, 진짜 방이 3층에 있는 것이다.

"아, 촌장. 3층 방도 문이 눈에 띄지 않으니까, 고쳐 주세요."

………….

2층은 거대한 미로다.

그 2층이 그럭저럭 완성되어서 아이들과 놀아 봤다.

심플하게 동시에 출발해서 먼저 골인한 사람이 이기는 걸로.

당연히 위험한 함정이나 장치는 봉인되어 있다.

하지만 그래도 아이 혼자서 미궁은 위험하다. 따라서 어른과 콤비를 짜게 했다.

참가자

우르자 + 하쿠렌 팀

그라루 + 걸프 팀

알프레드 + 루 팀

티젤 + 티어 팀

거트의 딸 너트 + 거트 팀

수인족 남자아이들은 각자 하이엘프와 팀을 짜고 있다.

그 밖에는 리저드맨 아이들이 리저드맨과 참가했다.

어른들에게는 지도와 식량, 물을 주었다.

또한 쿠로네 아이들에게도 지도와 식량, 물을 휴대하고 던전 안을 배회하도록 부탁해두었다. 이것으로 만일의 사태가 벌어지더라도 괜찮을 것이다.

2층의 입구에서 내가 신호를 보내 시작되었다.

일단 아이들이 메인인지라 어른은 철저하게 들러리가 되어 달라고 말했는데…… 성격이 드러나는구나.

쭉쭉 나아가는 것이 우르자와 그라루. 상담하면서 진행하는 알프레드. 동행하고 있는 어른에게 의지하는 티젤과 너트.

뭐, 딱히 음험한 트랩도 없으니까, 돌아다니다 보면 골에 도달할 수 있을 것이다.

그라루와 팀을 짠 걸프가 비명을 지르고 있구나. 그라루를 완전히 따라잡질 못하고 있다.

역시 걸프가 아니라 드라임과 팀을 짜게 했어야 했나. 하지만 드라임에게는 다른 일을 부탁했으니 말이지.

라이메이렌은 히이치로의 곁에서 떨어지지 않고, 라스티는 임신 중.

응, 걸프에게 잘해 보라고 하자.

나는 출발점 옆의 비밀문을 사용해, 골인 지점으로 이동했다.

이런 지름길을 준비해두지 않으면 귀찮으니까 말이지.

골인 지점에서 대기하고 1시간 정도가 지나 도달자가 나왔다.

1등은 너트와 거트의 팀이었다.

"만세! 골이야!"

"후우…… 힘들어."

너트는 거트에게 업혀 있었다. 거리가 너무 길었던 탓일까.

조금 뒤에 수인족 남자아이와 리저드맨이 달려왔다. 이쪽은 활기차구나.

도중에 어른들이 갖고 있던 물과 식량을 조금 쓴 모양이다.

딱히 상관없어. 훈련이 아니니까 말이야. 사용할 수 있는 것은 사용하도록.

그 뒤로도 드문드문 도달자가 나왔지만, 아직 우르자, 그라루, 알프레드, 티젤이 오지 않았다.

괜찮은 걸까?

조금 불안해진 차에 티젤이 골인했다.

"산책이라고 생각했는데요⋯⋯."

티젤은 기력이 넘쳤지만, 티어가 조금 지쳐 있었다.

공평하게 하려고 날지 못하게 했으니까, 그래서였을까?

"티젤이 저쪽으로 가고, 이쪽으로 가고⋯⋯ 제가 제지하는 것은 이번 취지에 반하니까요."

고생하셨습니다.

그 뒤로 30분 정도 기다렸지만, 우르자, 그라루, 알프레드는 오지 않았다.

⋯⋯⋯⋯⋯.

"타임 오버구나."

나는 곁에 있는 쿠로네 아이들에게 안내를 부탁해 우르자, 그라루, 알프레드를 마중하러 갔다.

예상대로라고 할지, 기대했던 장소에 세 사람이 있었다.

그냥 미로라면 체력 승부가 되고 말 테니, 나는 장애물을 준비했었다.

온천지에서 부른 사령기사, 우르자의 흙인형, 그리고 드라임.

장애물이라고 해도 대부분이 길을 막고, 퀴즈나 수수께끼를 풀면 지나가도 된다는 것이다.

　드라임만 싸워서 쓰러트려도 통과로 했다.

　우르자와 그라루는 수수께끼에 걸려, 앞으로 나아가지를 못했다.

　들러리인 하쿠렌과 걸프가 힌트를 주려고 했지만, 스스로 풀겠다고 오기를 부리고 만 결과일 것이다.

　알프레드는 수수께끼는 풀었지만, 우르자와 그라루를 기다리고 있었다고 한다.

　상냥한 것은 좋은 일이지만…… 게임이란다.

　자신의 승리를 목표로 삼아 주길 바란다고 생각한다.

　세 사람이라고 할지 세 팀을 회수해 종료.

　저녁은 그 감상을 들으며 작은 연회가 열렸다.

　참고로, 드라임은 우르자와 그라루 콤비에게 패배했다.

　"누님이 옆에서 노려보고 있어서…… 으으."

　미안해.

　다음 날.

　미로를 아이들만 즐겨도 될까? 아니다.

　하지만 어른용과 아이용을 함께 시작하면 위험하니까 따로 나눈 것이었다.

미로는 아이들이 즐긴 뒤, 산 엘프들이 서둘러 변경하고 있다.

장치 봉인도 해제, 공격성 장애물도 설치된다.

"사망 트랩에 걸린 사람은 탈락이에요. 순순히 유도에 따라 출발점으로 돌아오세요. 다시 출발해도 상관없지만, 한 사람에 두 번 정도까지만 해 주셔야 해요."

문관낭중이 진행해 주고 있다.

"벽을 부수는 것은 반칙이에요. 또한 비행도 금지예요. 걸어 주세요. 전투 중의 비행은 OK예요."

날 수 있는 사람들만 함정이나 바닥에 있는 스위치를 회피할 수 있는 것은 불공평하니 말이야.

"골인 할 때는 열쇠가 필요해요. 열쇠는 세 개. 즉, 세 사람이 골인한 단계에서 종료가 돼요. 그럼 열심히 해 주세요!"

나도 참가했다.

미로를 즐……길 틈도 없이 사망 트랩에 걸려서 출발점으로 돌아갔다.

"그 함정, 악랄하지 않아?"

온종일에 걸쳐서 즐겼지만, 누구도 골인하지 못했다.

공략 측의 의견.

"사령기사 씨에게 이길 수가 없는데요."

"하쿠렌 씨가 드래곤 모습으로 자리를 잡고 있으면 막다른 길이라는 의미 아닌가요?"

"스위치 종류의 함정이 있는 미로를, 여러 사람이 공략하는 것은 무리가 아니려나. 내가 피해도, 뒷사람이 밟아서 작동하다니 너무 힘들어."

방어 측의 의견.
"지형을 이용해 지키면, 이렇게까지 효과가 높다니."
"무쌍할 수 있어서 즐거웠어요."
"아직 작동하지 않은 함정이 남아 있어요. 누가, 저 벽을 올라가 봐주지 않겠어요? 틀림없이 재미있을 테니까요."

모두, 이러니저러니 해도 미로를 즐겼다.
그날 밤도 연회다.

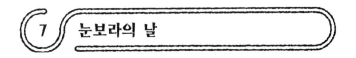

7 눈보라의 날

아침.
눈이 쏟아졌다. 이것은…… 눈보라구나.
소와 말, 염소, 닭 등은 축사로 대피시켰으니까 안전할 것이다.
우리는 저택 밖으로 나갈 수 없다. 그러니까 실내에서 조용히 작업한다.
………….
우르자, 그라루, 실내에서 날뛰지 마.

하쿠렌, 애들처럼 함께 놀지 마. 정말.

지루하면 뭔가 일을…… 우르자와 그라루는 도망치는 게 정말 빠르구나.

하지만 쿠로와 유키에게 붙잡혔다.

쿠로가 이쪽을 보고 '어떻게 할까요?' 하고 물었다.

붙잡았으니까 어쩔 수 없지.

우르자와 그라루에게는 저녁밥 준비를 돕도록 하자.

도망치지 않았던 하쿠렌은…… 자주적으로 우르자와 그라루의 감시네.

부탁하겠는데, 식재료로 장난치면 화낼 거야.

그러면 나는 다시 일을…… 왜 그래 쿠로, 유키?

우르자와 그라루를 붙잡은 포상을 바라는 건가? 어쩔 수 없네, 무릎베개를 해 주지. 크니까 순서대로야. 그래~ 잘했어.

일을 할 수가 없다.

잠시 기분전환. 저택 안을 둘러봤다.

쿠로와 유키도 동행해 주는 건가. 고마워.

알프레드가 티젤과 함께 놀고 있다.

그대로 잘 자라 주길 바란다.

곁에서 대기하고 있는 귀인족 메이드에게 인사하고, 다음으로.

루는…… 실내에 틀어박혀 마도구 연구.

폭발 위험이 있으니까, 출입금지구나.

…………

그런 연구는 밖으로 도망칠 수 있는 날에 해 주면 좋겠는데.

티어는 뜨개질.

마이클 씨에게 사 달라고 부탁한 털실로 무언가를 짜고 있다.

목도리인가 싶었지만, 구멍이 뚫려 있으니까 아닐 것이다. 무엇일까.

모르겠지만, 섣부른 예측은 하지 않는다.

틀리면 티어가 언짢아지니까 말이지. 솔직하게 물어보자.

"뭘 짜고 있는 거야?"

"이거예요."

짜고 있는 것을 펼쳐 보여주었지만…… 모르겠다. 위기다.

플로라는…… 발효 오두막에 틀어박혀 있는 모양이다.

그것은 상관없지만, 눈보라에 갇혀 있는 것은 아니겠지.

식량과 물은 가지고 갔다고?

아니, 그런 문제가 아니란 말이지…….

눈보라가 잦아들면, 상태를 보러 가자.

앤은 요리 연구인가.

트라인은? 낮잠 중? 애들이 시끄럽게 해서 미안해.

그 아이들이 도와주러 와 있을 텐데…… 아, 저쪽이구나.

우르자와 그라루, 하쿠렌은 셋이서 대량의 누에콩을 까는 작업에 몰두하고 있다.

　방해하면 안 된다. 조용히 철수하자.

　나머지는…… 히이치로.

　라이메이렌과 계속 함께 있구나.

　라이메이렌은 히이치로를 귀여워해 주지만, 귀여워하기만 할 뿐
이 아니라 엄할 때는 엄하다.

　안심하고 맡길 수 있다.

　프라우는 마침 프라시아를 재우고는 느긋하게 있는 중이다.

　홀리가 타준 차를 즐기고 있었다.

　프라시아를 깨우면 혼나니까 조용히. 수신호로 대화.

　응, 홀리도 끼어들 수 있나. 대단하네.

　저기…… 둘째 이야기는 아직 이르지 않으려나.

　저택을 둘러보니, 목욕탕 쪽이 떠들썩해서 들여다봤다.

　시조님, 드라임, 비젤이 탕에 몸을 담그고, 술잔치를 벌이고 있
었다.

　쿠로네 아이들 몇 명도 함께 탕에 들어가 있다.

　목욕을 싫어하지 않는 아이들이구나.

　눈보라 중에 목욕탕에서 술이라니 부럽다.

　나도 참가하는 편이 좋으려나?

　쿠로와 유키가 어떡하겠느냐고 물어본다.

　…………．

우르자와 그라루에게 일을 맡기고 말았으니까 말이지.

내가 여기서 목욕탕 술잔치에 참가하는 것은 무리다.

아쉽지만 일하러 돌아가자.

공방으로 돌아왔다.

오늘의 내 일은 목재 가공.

실은 며칠 전부터 빅 루프 샤샤트의 놀이 구역에 설치할 스마트 볼을 만들고 있다.

스마트 볼이란, 대각선으로 설치한 놀이대에 공을 굴려, 4×4로 나란히 뚫어놓은 구멍에 공을 넣어 완성된 라인의 수로 경품을 건네주는 것이다.

물론 간단히는 라인이 완성되지 않고, 완성되게 두지 않는다.

장애물로 못이 박혀 있고, 공은 스프링으로 쏘아 올리니까 힘 조절이 중요한 것이다.

이 스마트 볼. 아쉽지만 일반적인 사이즈가 아니라, 상당히 크다. 조립하면 세로는 5미터, 가로는 3미터 정도가 되려나.

공도 일반적인 스마트 볼 크기가 아니라, 볼링공을 사용한다.

이 크기가 된 것은 스마트 볼을 튕기는 스프링이 원인이다. 스프링을 축소시키지 못하고, 스프링에 맞춰 만든 결과가 이것이다.

운송에는 곤란할 것 같지만, 이 크기라면 관객이 보기 쉬우니까 좋을지도 모른다.

그렇게 생각했지만…… 실험 단계에서 문제가 발각.

스마트 볼 놀이대에 무수하게 박은 못이 볼링공의 힘에 견디지 못하고, 구부러지거나 부러지거나 하는 것이다.

한 번이나 두 번이라면 어떻게든 되지만, 스마트 볼 게임의 성질상, 몇 번이나 쏘아 올린단 말이지.

돌로 만든 볼링공이 나쁘다고 판단했다. 돌은 무거우니까.

경량화를 생각해, 나무로 공을 만든다.

같은 크기의 나무공을 만드는 것은 어렵지만…… 다소의 차이는 공의 개성으로서 허용해 달라고 하자.

쿠로, 유키, 계속 함께 있어 주는 것은 기쁘지만, 그 공으로 노는 것은 그만두지 않겠어.

…………

당구도 재미있을지도 모르겠네. 다음에 만들어 보자.

엇, 쿠로, 유키. 그 공은 회수. 가지고 놀려면 이쪽 실패작으로.

밤.

우르자, 그라루, 하쿠렌이 열심히 깐 콩을 사용한 요리가 쭉 깔렸다. 맛있게 먹자.

앤, 딱 봐도 실패한 실험 요리를 내 앞에만 놓는 것은 그만둬. 모두의 앞에 놓자고. 다양한 의견을 듣고 싶잖아.

하하하, 사랑하고 있어. 하지만 그것과 이것은 별개야.

그리고 플로라, 식사 뒤라도 괜찮으니까 목욕하도록.

응, 맛있는 냄새가 난다.

식사 뒤.

눈보라가 아직 그치지 않는다.

"좋아, 모두 함께 놀까."

우르자. 활기찬 대답이지만, 집 안에서 체력을 쓰는 건 안 돼~.

카루타는 요전에 했었지.

트럼프로 도둑 잡기라든지 간단한 게임을 할까.

플로라는 목욕탕으로 가서 잘 씻도록.

심야. 간신히 눈보라가 잦아든 모양이다. 조용해졌다.

상당히 쌓였을 것이다.

내일, 날씨가 좋으면 눈사람 같은 것을 만들어 볼까.

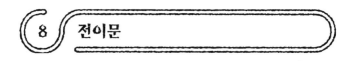

8 전이문

"오랜만에 뵙겠습니다. 히라쿠 촌장."

단정한 집사복을 입은 초로의 남성이 내 앞에서 머리를 숙였다.

백발을 올백으로 넘기고, 꼿꼿하게 좌우로 뻗은 수염이 댄디하다.

그는 고우 포그마.

전 태양성 성주 보좌이자, 현재는 넷 마을의 촌장 대행 보좌 중 한 명이다.

이제까지는 연료 절약을 위해 수정체에 정신을 옮겨두고 있었지만, 겨우 인간의 몸으로 돌아와서 인사를 하러 왔다.

"상상했던 것보다, 연배가 있구나. 훨씬 젊을 줄 알았는데."

"남성은 어느 정도 나이 든 모습이 아니면 신용받지 못하니까요."

확실히. 같은 능력이라도 젊은 남성보다는 초로의 남성을 선택하게 되나.

하지만 그렇게 따지면 벨은 젊은데…….

"저희의 창조주는 메이드는 젊을수록 좋다고 생각하는 사람이 었습니다."

그렇군…… 그 창조주에 관해서는 깊이 생각하지 말자.

"다른 자들도 슬슬 눈을 뜰 예정입니다. 눈뜨는 대로 인사를 드리러 올 테니, 잘 부탁드리겠습니다."

"알아어. 넷 마을은 어때?"

"문제없습니다. 쿠즈덴 촌장 대행도 탈 없이 잘하고 있습니다."

"그건 다행이군. 식량도 괜찮겠지? 무리는 시키지 마."

"예. 감사합니다. '큰나무 마을'에서는 무슨 일이 없었습니까?"

"이쪽? 이쪽은…… 딱히 변함이 없어. 평소대로야."

"평소대로입니까."

"그래."

"밖에 큰 설산이 만들어져 있는 모양입니다만……."

"아이들이 놀고 싶다고 하니까, 라이메이렌과 하쿠렌이 쌓인 눈을 있는 대로 모은 결과지."

마을 남쪽에 높이 30미터짜리 동산이 만들어졌다.

"설산의 중심은 다져두었으니까, 파묻힐 걱정은 없어. 녹은 눈은 배수로를 통해 강으로 흘러가게 했고 말이지."

빈틈은 없다.

"그렇습니까. 평소대로이군요."

그래, 평소대로다.

"실은 이번에 인사만이 아니라, 태양성…… 마을의 이름이 아니라, 건물로서의 이름입니다. 그곳에서 중요한 마도구를 발견해, 그 보고를 드리기 위해 찾아뵈었습니다."

"중요한 마도구?"

"예. 취급에 관해서 엄중을 기해야 하는 물건인지라 촌장께 맡기고자."

"어떤 마도구지?"

"전이문(轉移門)입니다."

"그 이름으로 봐선, 이동용 문인가?"

"예. 두 개가 한 쌍으로 운용되는 문으로, 설치된 곳들을 서로 연결합니다."

"대단히 편리할 것 같은데."

"그렇지요. 옛날에는 그럭저럭 보급되었지만, 전란으로 대부분이 소실, 혹은 파기되고 말아…… 지금은 전무할 것입니다."

"아깝네."

"그렇습니다만, 전시 중에는 위험한 존재가 되니까요."

아아, 부대나 식량을 전이문으로 이동시키거나 하면 편리한가.

아니, 적국의 깊숙한 곳에 몰래 전이문을 설치한다든지…… 조금 생각한 것만으로도 무서운 사용처가 이것저것 떠오른다.

"하지만 평화로울 때는 편리한 것이잖아? 전쟁이 끝난 뒤에 복구하지 않았던 건가?"

"취급이 어렵고, 한쪽 문을 부수면 나머지 한쪽 문도 쓸모가 없어지게 되니까요."

"남은 문끼리 연결하는 것은?"

"연구되었던 시기는 있습니다만, 불가능하다는 결론이 나왔다고 들었습니다."

"그렇게 편리한 이야기는 있을 수 없는 건가."

"그렇지요. 그래서 편리하지만 취급이 어려운 전이문을 운용할 것인지, 운용한다면 어디에 설치할지를 촌장이 정해 주셨으면 합니다."

"음…… 바로 판단하기는 어려운데. 모두와 상담하고 싶어."

"알겠습니다. 전이문의 기초지식으로, 전이문을 운용할 때는 문지기가 필요해집니다. 이것은 불순한 마음을 먹은 자의 이용을 방지하기 위함입니다. 앞서 말씀드렸습니다만, 전쟁 중이거나 할 때는 위험한 존재가 되니, 곧바로 파괴할 수 있는 체제를 준비하는 것이 일반적입니다."

아아, 그래서 지금은 무사한 전이문이 없는 거구나.

"그리고 넷 마을처럼 이동하는 장소에 설치할 수는 없습니다."

"그런 건가?"

"예. 넷 마을의 이동 속도를 더욱 낮추면 가능할지도 모르겠습니다만……."

"가장 설치하고 싶은 장소였는데 말이지."

"그렇지요. 아쉽습니다."

정말 아쉽다.

"그리고…… 한 번 설치하면 다시 설치하기 매우 어렵다고 생각해 주십시오. 그리고 설치 뒤에는 항상 가동 상태가 됩니다……. 아, 중요한 것을 말씀드리지 않았습니다."

"응?"

"발견된 전이문은, 세 쌍 있습니다."

그것은 확실히 중요한 일이다.

전이문에 관해 모두와 상담해 봤다.

"전이문은 옛날에 우리 마을에도 있었습니다. 확실히 항상 문지기가 있었습니다."

하이엘프의 마을에는 옛날에 설치되어 있었다는 모양이다.

하지만 지금은 그저 장식물이 되었다고 한다.

마찬가지로 각지에 장식물이 된 전이문을 볼 수가 있다.

따라서 생긴 것만 보면 딱히 희귀한 물건이 아니다. 희귀한 것은 가동한다는 사실이라고 한다.

"가동하는 전이문조차 귀중한데, 설치 전 전이문이라니…… 사라진 기술 덩어리잖아."

루가 머리를 부여잡고 있었다.

"한 쌍, 해석을 위해 분해하겠어?"

"그러고 싶지만, 자신이 없어…… 망가트리기만 할 거야. 아, 그래도…… 으으."

결단을 서두를 필요는 없으니까, 원하는 만큼 고민해도 괜찮아.

이것저것 이야기한 결과.

우선 '큰나무 마을'과 온천지를 연결하는 것은 어떨까 하는 의견이 나왔다.

온천에 금방 갈 수 있고, 사령기사와 사자가 문지기가 되어 줄 것이라고.

나쁘지는 않아 채용될 것 같다.

하지만 거리가 가까우니까 아깝다는 의견도 있다. 하쿠렌에게 태워달라고 하면 시간이 오래 걸리지 않으니 말이야.

설치한다면 하다못해 '죽음의 숲' 바깥에 하자는 의견이다.

하울린 마을, 드라임의 둥지, 마왕의 성이 제안되었지만, 강하게 추천된 것이 샤샤트였다.

하지만 문제가 있다. 고우에게도 주의받았지만, 전이문은 군사 이용을 하면 편리하다는 것이 골치 아프다. 그런 탓에 취급은 나라에 따라 변한다.

마왕국에서는 어떤 취급이 될까?

프라우나 문관낭중도 마왕국 내부에서 가동되고 있는 전이문이 없다고 해서 알지 못했다.

아무리 그래도 말없이 설치하는 것은 기분이 내키지 않는다.

비젤이 다음에 왔을 때라도 상담하도록 하자.

설치한다고 치고, 다음 문제는 전이문을 어떻게 이용할 것인가.

마이클 씨에게 알려주면, 마을의 물류는 크게 개선될 것이다.

하지만 지금까지 이용했던 라미아 운송의 사용 빈도가 낮아지게 되고 만다.

라미아들에게 뭔가 보상해야 할까.

더욱이 전이문의 존재를 공개하는 것으로 마을에 방문객이 늘어나는 것은 상관없지만, 오는 사람 전부가 마을에 호의적이라고는 단정할 수 없을 것이다.

그 점을 어떻게 할 것인가.

그리고 전이문을 설치한다고 치고, '큰나무 마을'의 어디에 설치할 것인가.

저택 안인가, 밖인가. 마을 안인가, 밖인가.

방범을 생각하면 마을에서 먼 편이 좋지만, 편이성을 생각하면 가까운 편이 좋다.

생각해야만 할 일은 많다.

"'큰나무 마을'에서의 설치 장소에 관해서는, 생각하지 않아도 괜찮지 않겠습니까?"

"응?"

리아가 잊으셨느냐고, 설명해 주었다.

"마을 남쪽에 만들고 있는 던전에 설치하면 좋지 않겠습니까."

"아, 그렇구나."

확실히 그렇다.

방범 면에서 최적의 장소일지도 모른다.

던전 깊이 설치하면, 비밀문 지름길을 사용할 수 있는 마을 주민의 안내가 없다면 상당히 힘들다.

처음에는 당할 수밖에 없는 함정도 있으니까 말이야.

하지만 훈련용 던전으로 생각했던 것이니까, 방범을 생각하면 조금 고쳐야 하겠구나.

"뭐, 급하게 결정할 필요도 없어요. 잘 생각해 보죠."

앤이 차를 나눠주며 논의를 진정시켜 주었다.

그렇지. 안이하게 하지 말고, 잘 생각한 뒤에 설치하자.

일단 오늘 논의에서 정해진 것은, 장래를 생각해 한 쌍을 보존한다는 것뿐.

루가 한동안 갈등하게 되었다.

"주인마님."

홀리가 말을 걸었다.

"왜 그래?"

"그게, 잠시 묻고 싶은 것이 있습니다만…… 저 멋진 분은 누구입니까?"

"멋진 분?"

홀리의 시선 끝에는, 고우가 있었다.

…………

"돌아가신 남편만큼은 아니지만, 빈틈이 없는 행동거지. 중후한 목소리. 부디 친하게 지내고 싶군요."

"소개해 주지."

"부탁드리겠습니다. 아, 잠시 시간을…… 몸가짐을 단정히 갖추고 오겠습니다."

초로의 모습이니까 말이지, 홀리와 어울리기는 하는데…….

아차. 뭐든지 간에 연애로 연결시키는 것은 안 좋은 짓이지.

기술적인 교류가 하고 싶은 것뿐일지도 모른다.

응, 지켜보자.

그러니까 프라우. 살짝 흥분한 기색으로 적극적으로 밀어 붙이지 말아 줘.

그리고 벨. 언제 온 거야? 재미있을 것 같은 분위기를 느꼈다고? 농담이겠지.

아, 전이문 운송 계획을 가져온 건가. 고마워.

전이문은…… 그럭저럭 크구나.

이거, 어디에 있던 거야? 태양성은 나름 이곳저곳 조사해 봤을 텐데…….

"고우의 몸을 보관하고 있던 장소는 보셨습니까?"

"그러고 보니까…….."

본 기억이 없다.

"그때는 아직 관계가 애매했으니까요. 죄송합니다. 다음에 태양성……이 아니라, 넷 마을에 왔을 때, 안내해 드리고자 합니다."

"잘 부탁해."

9 눈싸움

우선 제일 먼저 말해두겠다. 눈덩이를 단단히 뭉쳐, 지나치게 단단하게 만드는 것은 안 돼.

나쁜 예를 보여주자, 하쿠렌.

"에잇."

하쿠렌은 꾹 뭉친 눈덩이를 나무로 만든 표적에 던졌다.

아~ 조준이 빗나가서 근처에 있는 눈사람을 분쇄시켰구나.

티어가 열심히 만든 눈사람이었는데…… 아, 티어가 알아챘다.

전원 작업을 중지, 눈사람을 보수하자.

다시.

나쁜 예를 보여주자, 하쿠렌.

아, 잠깐. 그쪽 방향은 하지 말자. 응, 저쪽으로. 표적에 맞출 자신은? 괜찮은 거지? 무리하지 않아도 괜찮으니까.

"에잇."

하쿠렌이 던진 눈덩이는 표적 옆을 지나쳐, 숲의 나무에 명중.

큰 소리가 나고 나무가 흔들려, 나무 위의 눈을 떨어트렸다.

"그러니까…… 나쁜 예의 위력은 이해해 주었을 것으로 생각해. 저것을 맞고 싶나?"

다행이다. 마을 주민과 내 생각에 그다지 큰 차이는 없어서.

일부 의욕이 충만한 분들에게는 죄송하지만, 저것에 맞으면 죽을 거야. 방패로는 무리니까……. 응, 포기해.

눈덩이는 가볍게 뭉치도록. 이것은 놀이야. 눈덩이로 사냥감을 처치하는 사냥이 아니야.

마을에서 눈싸움을 하게 되었다.

두 개의 팀으로 나눈 대항전. 한 번 맞으면 실격. 눈덩이는 그 자리에서 만들어도 OK.

우선은 아이들도 참가하는 패밀리 부문.

아이와 상관없는 어른도 참가해도 문제 삼지 않기로 했다.

하지만 어른은 힘 조절을 하도록. 지나치게 흥분하지 마. 분명히
말했어.

응, 알고 있었다. 소용없다는 것을. 후우.

목욕물을 뜨겁게 데워두라고 하자.

다들 눈싸움 뒤에는 반드시 목욕할 것. 젖은 채로 있으면 안 돼.

소량의 눈은 녹지만, 대량의 눈은 녹지 않는다. 마을 남쪽에 만들
어진 설산은 한동안 남아 있을 것이다.

이 설산. 올라가 봤지만, 생각한 것보다도 높아서 깜짝 놀랐다.

아래에서 볼 때는 그다지 높지 않겠다 싶었는데 말이야.

하지만 우르자, 그라루, 알프레드를 포함한 아이들. 썰매놀이를
위해서라고는 해도, 여기까지 올라와 있는 건가? 대단하네.

아, 티어나 그란마리아가 옮겨 주는 일도 있다고? 그렇구나. 꼭
고맙다고 말해야 한다.

설산에서는 아이들끼리만 놀고 있지만, 방치하는 것은 아니다.
누군가가 지켜봐 주고 있다.

오늘은 귀인족 메이드 중 한 명이다. 추운 날씨에 고생이 많아.
나는 들고 왔던 화로로 떡을 구워서 건네주었다.

설탕과 간장에 김을 감아서.

…………

어느새 화로 주변에서 아이들이 대기하고 있었다.

가져온 떡이 부족하다…….

귀인족 메이드에게 갖고 온 화로와 떡을 맡기고, 나는 저택으로 달려갔다.

응, 쿠로네 아이들. 기뻐하며 나란히 달려 주고 있지만, 이것은 달리기가 아니야.

떡을 챙기러 갈 뿐이야. 금방 돌아올 거야. 기대하는 표정으로 바라보지 마.

나는 추가 떡을 전달한 뒤, 눈이 쌓인 마을을 쿠로네 아이들과 뛰어다녔다.

날이 맑은 어느 날, 둘 마을의 미노타우로스와 북쪽 던전의 거인족이 찾아왔다.

우연이 아니다. 미리 맞춘 것이다.

숫자는 서로 열다섯씩.

미노타우로스들은 몇 시간 만에 올 수 있지만, 거인족들은 북쪽 던전에서 며칠 걸려서 와 있을 것이다.

그리고 이들이 무엇을 하는가 하면…….

눈싸움.

무투회 때 약속했다고 한다.

장소는 빌려주지만, 절대로 눈덩이는 단단히 뭉치지 말도록. 반드시야.

목욕물은 받아둘 테지만, 체격적으로 전원이 일제히 들어가는 것은 무리야. 그러면 열심히 하도록.

…………

잠깐 기다려. 조금 더 남쪽에서 해 줘. 빗나간 눈이 위험해.

나는 미노타우로스의 눈싸움을 구경하며, 화로에서 가다랑어와 비슷하게 생긴 생선을 불에 구웠다.

실내에서 구우면 연기가 엄청나게 나오니까 말이지.

후후후. 천천히 굽자. 가다랑어 구이다.

추운 계절에 먹는 것이 아니지만, 마이클 씨를 통해서 가다랑어를 닮은 물고기가 들어왔으니까 어쩔 수 없지 않은가. 응, 어쩔 수 없다.

폰즈와 비슷한 것은 만들어 왔다. 파도 대량으로 준비해 두었다. 마늘, 양파도 썰어서 대기 중이다.

아~ 빨리 먹고 싶어……!

포탄 같은 눈덩이가, 내 화로를 가다랑어를 닮은 생선토막째로 날려 버렸다.

…………

괜찮아. 눈투성이가 됐을 뿐이다. 세이프. 세이프겠지!

가다랑어와 비슷하게 생긴 물고기를 구운 것은 운 좋게 가까이에 있던 쿠로네 아이들에게 나눠주었다.

맛있게 먹고 있다. 으으…….

가다랑어를 닮은 생선토막은 더는 없다.

준비한 양념 어떡하지. 다른 생선을 구워 볼까.

다음에는…… 그렇지.

지푸라기로 감싸서 굽는 것은 어떨까. 좋겠네.

엇차, 나도 바보는 아니다. 우선은 눈으로 벽을 쌓는다.

조금 전까지는 빗나간 눈덩이에 너무 무방비했다. 후후후. 이것
으로 완벽해.

화로에 숯을 넣어, 석쇠를 두고 그 위에 짚으로 감싼 생선을……
상공에서 대량의 눈더미가 쏟아져 내렸다.

"죄송합니다~."

천사족이 한 공격인 모양이다. 하하하.

어느새 참가했던 것인지.

손이 비어 있는 사람, 모여라.

대공전(對空戰)을 하겠어.

방패를 들어. 설산 정상을 확보해라. 상대에게 눈덩이를 보충하
게 하지 마.

뭐라고? 이미 눈덩이를 맞아서 실격했다고? 신경 쓰지 마. 지금
부터 재시작이다.

눈놀이 뒤 하는 목욕은 기분이 좋다. 느긋하게 할 수 있다.

미노타우로스와 거인족들이 느긋하게 들어가는 목욕탕을 만드는 편이 좋으려나.

몇 명이라면 괜찮지만, 합쳐서 서른 명은 힘들다.

감기에 걸리지 않으면 좋겠는데.

저녁 식사로 생선구이가 나왔다.

조금 기뻤다. 아, 쓰지 못했던 양념을 사용하자.

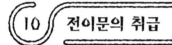

10 전이문의 취급

저택의 회의실.

전이문의 취급에 관해 마왕과 논의하게 되었다.

비젤, 드라임, 시조님도 옵저버로 참가했다.

"조사한 바로는, 마왕국에 전이문 설치를 제한하는 법은 없다. 설치 장소의 영주가 허가를 내리면 마음대로 해도 된다. 하지만 물건이 물건인 만큼 일반 공개는 삼가길 바란다. 물류가 죽어 버리니."

"물류…… 마을의 작물을 옮기는 것은 안 된다는 건가?"

"그것은 상관없다. 삼가기를 바라는 것은 그것을 사용한 직접적인 장사다. 예를 들어 왕도와 샤샤트가 전이문으로 연결되면 상당히 편리해진다. 편리해지지만, 왕도와 샤샤트를 잇는 길에 있는 도시나 마을이 곤란해지겠지."

"아아, 그렇구나."

"한쪽이 이 마을에 있다면, 어디에 만들더라도 불평하지는 않겠다. 단지, 어느 정도 배려는 해 주었으면 한다."

"배려?"

"까놓고 말하자면, 도시 안에 만들게 되면 곤란하다."

"그런 거야?"

"음. 예를 들자면, 만약…… 이 숲의 마물이나 마수가 전이문을 통과했을 때의 경우를 생각하면 아무래도 말이지."

이해가 안 되는 것도 아니다.

이쪽이 만전을 기한다고 해도, 그것을 무조건 믿어서는 위정자로서는 실격일 것이다.

"가능하면 샤샤트에서 마차로 하루 정도는 떨어지길 바란다."

그 밖에 통행자 기록을 작성, 하루 통행량의 제한, 전이문의 관리자와 호위의 상주, 전이문의 존재는 최대한 은폐.

마왕의 요구는 이해가 가는 것들이었다.

하지만 그것들을 받아들이면 전이문 취급은 귀찮아질 것만 같다. 그 정도의 물건이라는 것인가.

"샤샤트가 전이문의 설치 장소 후보라고 들었는데, 지금도 변함이 없나?"

오늘 마왕과의 논의 전에 비젤에게 몇 번인가 상담을 했다.

마왕에게는 그런 비젤에게서 이야기가 전해졌을 것이다.

"교류가 있으니까 말이지."

"샤샤트와 그 주변은 왕령이니, 전이문 설치에 관해서는 내가 허가를 내리지."

"고마운 일이네."

"하지만…… 샤샤트 밖에 전이문을 설치하고, 그곳에 관리자와 호위를 상주시키는 것은 번거롭겠지."

"그렇겠지."

번거로운 것은 그렇다 치고, 인원 부족이다.

"그것들을 손쉽게 해결할 방법이 있다."

"응?"

"전이문을 설치한 장소에 새로운 마을을 만드는 것은 어떻겠나?"

"어?"

"샤샤트에서 마차로 하루 정도 떨어진 장소에 마침 좋은 장소가 있어서 말이지. 마을이 있으면 전이문의 존재도 감추기 쉽겠지."

마왕과의 논의는 그대로 가벼운 회식으로 넘어갔다.

"음. 역시 맛있군. 샤샤트에 있는 가게의 요리도 나쁘지 않지만, 이곳은 각별하군."

요리사의 실력도 있겠지만, 이것은 식재료의 차이라고 자부하고 싶다.

식사 뒤, 비젤이 프라시아를 마왕에게 자랑했다. 마왕의 딸, 유리에게는 결혼 이야기 같은 것은 나오지 않는 걸까?

뭐, 예민한 문제니까 함부로 건드리는 것은 그만두도록 하자.

새로운 마을인가.

후보 장소는 샤샤트에서 마차로 하루.

바다에서는 마차로 이틀이니까, 내륙이라고 봐야 할 것이다.

그곳에 전이문을 설치하면 마이클 씨와의 거래가 훨씬 편해진다.

본심을 말하자면 샤샤트에 설치하고 싶지만…… 만일을 생각하면, 위험하다.

전이문의 존재를 최대한 감추고 싶다는 이야기도, 불필요한 트러블을 피하기 위함이라는 소리를 들으면 고개를 끄덕일 수밖에 없다. 특히 외국에 전이문을 새롭게 설치할 기술이 있다고 의심받기 싫은 모양이다.

뭐, 이쪽으로서도 대대적으로 전이문의 존재를 선전할 마음은 없었으니까 문제는 없다.

비젤은 그렇다 치고, 드라임과 시조님도 마왕의 제안에 이상한 부분은 없었다고 말해 주었다.

단지 새로운 마을을 만드는 것은 큰일이 아닌가 하고 걱정해 주었다.

확실히 하나 마을, 둘 마을, 셋 마을을 만들었을 때는 큰일이었다. 애초에 가장 큰 문제는 마을을 만드는 것이 아니라, 주민을 모으는 일일 것이다.

전이문의 관리자와 호위는 당연하고 마을 책임자가 있어야 하고, 어떤 마을이든 노동력은 필요하다. 몇 명인가 이쪽에서 사람을 보낼 필요도 있을 것이다.

생각할 일이 너무 많구나.

빅 루프 샤샤트의 일도 있고, 전이문은 뒤로 미뤄야 할까? 아니, 전이문이 있으면 빅 루프 샤샤트가 편해진다…… 편해지려나?

식재료 운송이 편해지고, 마르코스와 폴라가 하나 마을로 돌아오기 쉬워질 뿐인가?

그러고 보니까, 두 사람이 클릭키라고 이름을 붙인 쿠로의 아이가 쓸쓸해 하고 있었지.

다음에 데리고 가 줄까.

아니, 집을 지키겠다고 열심히 하고 있으니까 말이지. 마르코스와 폴라를 돌아오게 하는 편이 좋으려나? 하지만 두 사람은 가게에 전력투구 중이니까 말이야. 으~음.

뭐, 혼자 고민하지 말고 모두와 상담을 해야겠지.

무엇을 어떻게 한다 치든 봄이 되고 나서부터다.

게다가 '큰나무 마을'과 온천지를 전이문으로 연결하는 방안도 남아 있다.

아…… 좋아, 오늘은 자자. 아직 생각할 시간은 있다.

쿠로의 아이 중 한 명이 한심한 목소리를 내며 내 앞으로 왔다.

아무래도 목 안에 작은 뼈가 걸린 모양이다. 뭘 하고 있는 건지.

나는 입에 손을 넣고, 뼈를 뽑아주었다.

크기가 크면 이럴 때 편리하구나.

작은 뼈…… 응, 엄니가 난 토끼의 갈비뼈 같구나.

다음부터는 찬찬히 먹도록. 그래그래, 아팠구나.

루가 한심한 목소리를 내며 내 앞으로 왔다.

목에 가시가 박힌 것은 아닌 모양이다.

"왜 그래?"

"전이문, 해체하고 싶어……."

"해도 된다고 말했잖아."

"하지만 망가트릴 가능성이 크니까."

"뭔가 배울 수가 있다면, 망가트려도 상관없지 않을까?"

"그렇기는 하겠지만…… 으으."

그래그래.

루는 아직 한동안 고민할 것 같다.

기분전환으로 다른 마도구를 건드리면 어떨까? 아이 만들기? 직접적이구나.

아니, 둘째를 원하지 않는 건 아니야.

정말이야. 정말인데 말이지…….

전이문에 관해, 마을 주민과 다시 논의했다.

마왕이 제안한 새로운 마을 건설에 관해서도.

전체적으로 긍정도 부정도 반반 정도.

전이문도 원래는 없었다고 생각하면, 무리해서 설치할 필요도 없는 것이 아닌가 하는 의견도 나왔다. 과연 그렇다 싶다.

새로운 마을을 만든다고 쳐도 주민 확보도 막막하니까, 일단은 그 장소를 시찰하러 가는 것이 어떻겠냐는 의견이 나왔다. 과연 그렇다 싶었다.

봄철 밭 작업이 끝난 뒤에라도 예정지를 보러 가기로 하자.

선대 사천왕의 일원

내 이름은 게테글루…… 아무래도 좋다. 어차피 아무도 기억해 주지 않는다. 나는 누구에게나 이렇게 불린다.

사천왕의 일원. 사천왕을 그만두고 나서는 전직 사천왕의 일원이나, 선대 사천왕 중 한 명이라고.

이 모든 것이 사천왕이라는 직무에 앉은 탓이다. 실수였다.

내정밖에 재능이 없었던 나를 발굴해 준 것은 감사하지만, 그 격무는 지독하다는 한마디로는 전부 표현할 수가 없다.

당시 마왕님은 정무에 관해서는 완전히 꽝이었으니까 말이지.

뭐, 그것도 지금에 와서는 좋은 추억이다. 모시던 마왕님이 쓰러진 것으로 사천왕도 해산.

새로운 마왕님과 새로운 사천왕을 중심으로 마왕국은 결집해, 힘을 기르고 있다.

나는 전직 사천왕이라는 이름과 함께 느긋하게 영지를 관리하며 앞으로의 마왕국을 지켜보면 된다.

그렇게 바라고 있었다.

최근 몇 년.

마왕국의 상층부에서는 특호 안건이 난무하고 있다.

특호 안건이란 마왕과 사천왕만이 관여하는 안건을 말한다.

내가 사천왕이었을 시절에는 용사의 암살 관련이 그것이었다.

당대 마왕도 용사 때문에 고생하고 있다는 모양이다. 어쩌면 예전 이야기라도 들으러 올지도 모르겠구나. 예전 이야기를 정리해 두도록 할까.

그런 생각을 하고 있었지만, 아무래도 상태가 이상하다.

‥‥‥‥‥‥.

마왕과 사천왕이 특호 안건으로 이익을 취하고 있는 기색이 엿보인다.

설마 용사와 손을 잡은 것인가? 그것은 배반이다. 마왕국은 인간과는 손을 잡아도, 용사와는 손을 잡지 않는다. 그런 부조리한 존재를 용납해서는 안 되는 것이다.

호통을 쳐 주러 가야 하는가? 아니, 서두르지 마라. 내 착각일지도 모른다. 제대로 조사해 본 다음에 하자.

조사해도 아무것도 나오질 않는다.

역시나 현역팀.

나도 늙은 것일까‥‥‥ 조금 충격.

특호 안건으로 샤샤트에 무언가가 있다는 것을 알아냈다.

내 밀정부대로는 그것이 한계다.

어쩔 수 없이, 나는 직접 샤샤트로 찾아가, 조사했다.

모르겠다. 전혀, 모르겠다. 정말로 이곳에서 무언가 하고 있는 건가?

대리 통치인은 입을 열지 않는다. 아니, 원래부터 기대하지 않았다. 이곳의 대리 통치인은 우수하니까.

대리 통치인에게 정보를 얻을 수 있다고는 생각하지 않았다. 하지만 빈틈이 있을 것 같은 대리 통치인의 아들에게서도 정보를 얻지 못하다니.

용사는 아직 이 도시에 오지 않았다는 모양이고…….

뒷세계의 옛 지인과 이야기를 나눠도, 쓸만한 정보는 손에 들어오지 않았다.

흐~음, 아무튼 오늘은 그만 끝내고 조금 이르지만 저녁을 먹도록 하자.

이 시간이라면 카레는 아직 남아 있을 것이다. 어제는 품절이라 분한 기분을 느꼈다.

이곳의 카레는 맛있다. 아, 그쪽의 향초로 덮은 고기도 좋지. 술맛도 좋아서 번창하는 이유를 잘 알겠다.

지역 하나를 지붕 아래에 수용해, 기후에 좌우되지 않고 장사가 가능한 것도 훌륭하다.

내가 사천왕일 때 깨달았다면…… 분하다.

저녁 식사 뒤에는 볼링을 조금 즐기고 숙소로 돌아왔다. 몸을 움직인 뒤에는 잠이 잘 온다.

특호 안건에 관해서 걱정했던 것은 나뿐만이 아니었다.

옛날 동료, 전직 사천왕인 파르아넨이 나를 찾아왔다.

파르아넨의 용건은 간단하게, 조사해도 알 수 없다면 마왕님에게 물으러 가자는 것이었다.

솔직하게 가르쳐 줄지 어떨지는 모르겠지만, 우리가 걱정하고 있는 것을 전하는 것만으로도 의미가 있지 않냐고 했다.

과연 그렇다고 생각되어 함께 가게 되었다.

나와 파르아넨은 어째선지 '죽음의 숲'의 한가운데에 있는 마을에 와 있었다.

설명하는 것보다 보는 것이 빠르다는 말을 들었기 때문이다.

듣자니, 나와 파르아넨이 찾아온 것은 굉장히 타이밍이 좋았다고 한다.

그럴지도 모르겠지만…… 조금 더 선배들에게 사양이라고 할지 배려를 해야 하는 것이 아닐까? 갈아입을 옷을 준비할 마음 씀씀이가 있다면, 좀 더 다른 마음 씀씀이를 보일 수 있었던 것이 아닐까?

좋아~ 진정해, 진정하자. 한 가지씩이다.

우선…… 저거 인페르노 울프지? 한 마리가 도시를 멸망시키는? 네다섯 마리 정도가 모이면 대륙 재해 같은 소리를 듣는…… 몇 마리 있는 거야? 대충 헤아려도 100을 넘었는데?

그것이 어째서 개처럼 순종적인 거야? 배를 보이고 누운 것을 쓰다듬어 주고 있는데?

그리고 저쪽은 데몬 스파이더지?

새끼가 참 많군…….

그것이 어째서 대열을 짜서 행진하고 있는 것이지?

더욱이 저곳에 있는 것은, 인간의 모습을 하고 있지만 드래곤이지?

암흑룡(다크 드래곤) 기라루라고 소개받았는데? 도스라는 것은 북쪽 대륙의 용왕(엠퍼러 드래곤)이지? 라이메이렌은 남쪽 대륙의 태풍룡(타이푼 드래곤)?

곁에 있는 악마족은 대악마 구찌가 아닌가? 옛날에 딱 한 번 마주친 적이 있어. 측근인 부르가와 스티파노까지 있고…… 세계 정복을 위한 상의라도 할 예정이려나?

뱀파이어 프린세스와 섬멸천사가 사이좋게 차를 마시고 있고, 몰살천사 3인조가 상공을 날아다니고 있다.

코린교의 종주와 악랄한 후슈가 있는 것이 귀여운 레벨이다.

아, 옆에 있는 것은 성녀? 이곳에 처음 왔다고…… 저와 마찬가지군요.

옷은 몇 번 갈아입으셨나요? 두 번? 하하하, 저는 네 번이에요. 앞으로 두 번, 힘내세요.

가레트 왕국의 무녀, 키어비트가 어째서 있지?

무녀는 그만두었다고? 정말? 지금은 누가 무녀를 하고 있는 거지? 들어본 적이 없는 이름이군. 가레트 왕국은 괜찮은 것인가? 무녀 관련은 노마크였다.

하이엘프, 엘더 드워프, 리저드맨, 귀인족…… 응, 전부 흉포한 종족이구나.

미노타우로스, 켄타우로스, 수인족 등 익숙한 종족은 좋구나~.

어? 저 사람이 샤샤트에서 무신이라고 전해지는 전사?

그러면 이곳에서 가장 강한…… 아니군요. 아래에서 헤아리는 편이 빠르다고…… 힘내십시오.

거인족…… 오우. 라미아…… 하아. 슬라임…… 힐링된다. 계속 껴안고 있고 싶다.

말, 좋구나~. 아…… 진정된다.

이 마을의 중심인물, 촌장.

이 '죽음의 숲' 한가운데에 홀로 마을을 만든 남자.

인페르노 울프의 배를 쓰다듬고, 데몬 스파이더를 어깨에 올리고도 태연하다.

드래곤의 딸을 아내로 맞이하고, 자식도 봤다고 한다.

아, 아이는 귀엽구나~. 몇 명인가 영웅의 자질을 감추려고도 하지 않는 것이 있는데…….

이곳에서 생각을 정리하며, 나는 옛날에 읽은 책을 떠올렸다.

태곳적, 이 '죽음의 숲'에 마신이 봉인되었다고.

그 '죽음의 숲' 한가운데에 마을을 만든 남자.

주변의 상황.

알았다…….

그는 신이다. 마신이다.

그러니까 이렇게까지 모두가 따르고 있는 것이다.

마신은 마족의 신이기도 하다. 즉, 우리의 신.

그렇게 생각하면 이 마을은 왠지 성역 같은 느낌도 든다.

가까이서 신의 숨결을 느끼고 있는 것만 같은.

아, 야옹아. 잠시 저기 가 있으렴. 지금 생각을 정리 중이니까.

다행히 이 마을에는 나와 파르아넨의 손녀딸이 일하고 있다.

그렇다면 이 촌장의 총애를 받을 가능성이 있지 않을까…….

비젤의 딸은 이미 받았다고? 선수를 빼앗겼나!

아니, 그것이 아니다. 경사다. 마족과의 사이에서 아이를 본 것이다. 오오오, 마족의 미래는 밝다.

손녀딸아, 우리가 할 수 있는 지원이라면 뭐든지 하마! 열심히 하는 것이다.

내 이름은 게테글루 테라 테세포네스트.

어차피 기억해 주지 않겠지만, 오늘부터 마신의…… 실수, 촌장의 신봉자 중 한 명이다.

잡담 파르아넨

내 이름은 파르아넨.

마왕국 사천왕을 맡았던 적도 있는 남자.

투장(鬪將) 파르아넨의 이름은, 멀리까지 떨쳤던 적도…… 없었지.

투장으로 불린 것은, 서류를 상대로 죽어라 싸워댔기 때문이니. 후방지원 일직선이었으니까 말이지.

자, 그런데 말이다.

내 친구이자, 사천왕 시절을 함께 지낸 남자가 조금 이상해졌다.

어떤 마을을 한창 방문하고 있던 중에 그 마을의 촌장을 마신이라고 숭배하기 시작한 것이다.

정말, 무슨 생각을 하고 있는 것인지.

확실히 저 촌장은 보통 사람이 아닐 것이다.

하지만 조금 냉정해지라고 말하고 싶다.

마신은 마족의 신으로, 마물과 마수를 거느린다. 그 부분은 인정하겠다.

하지만 그것보다도 중요한 점이 한 가지 있다. 그것은 마법의 신이라는 것이다.

듣자니, 그는 마법을 전혀 쓸 줄 모른다고 한다. 그런데 마신? 아니다. 그것은 아니다. 어떤 모습이 되더라도, 마신이 마신의 본질을 잃는 일은 없을 것이다.

그것이야말로 우리 마족의 신이다.

음…… 고양이인가. 오~냐 오냐, 꽤나 붙임성이 좋구나.

어험.

즉, 간단히 말하자면 신이라는 증명이 필요하다.

무례한 소리를 하고 있다는 자각은 있지만, 부탁을 들어주지 않겠는가!

"어? 내가 신? 아니야 아니야, 평범한 사람이야."

…………．

평범한 사람은 '죽음의 숲' 한가운데에 마을을 만들지 않고, 인페르노 울프와 데몬 스파이더에게 둘러싸여 태연하게 살거나 하지 않는다.

당신의 옆에서 머리를 숙이고 있는 게 우리 나라 마왕님이에요.

아니, 힘의 일부라도 상관없으니까 보여주시면…….

응? 뭐지? 본 적이 있는 얼굴인데.

아아, 시집을 간 내 딸의 딸인가. 즉, 손녀구나. 오랜만이다.

너도 이곳에 있었던 것이냐? 뭐라고? 촌장의 전력(戰歷)을 가르쳐 주겠다고? 어디 들어보도록 하마.

'철의 숲'의 와이번 격파. 그래플러 베어와 블러디 바이퍼를 순살. 날뛰는 드래곤 라스티스문을 격퇴. 몇백 년 전에 날뛰었던 드래곤도 격퇴. '죽음의 숲'의 마물과 마수를 거의 순살.

손녀야, 이야기를 부풀리는 것치고도 지나치지 않으냐?

어? 광룡 라스티스문이 저 아가씨고, 지금은 임신 중?

몇백 년 전에 날뛰었던 드래곤은 저쪽 아가씨고, 아이는…… 아, 저 투기가 엄청난 여성이 안고 있는 아이구나. 똑똑해 보이는 아이로구나~.

현실도피는 좋지 않아.

그러니까…… 응, 포기했다.

그는 신이다.

마신은 아니겠지만, 무언가의 신이다. 틀림없이 그럴 것이다.

그렇지 않다면 인페르노 울프와 데몬 스파이더가 뒤섞인 다툼에 끼어들거나, 드래곤의 싸움을 창 한 자루로 해결하거나 할 수 없을 것이다.

무투회? 서브 타이틀은 세계 최강 결정전이겠지.

일단 이 마을 촌장에게 거역하지 않을 것을 속으로 맹세한다.

아~ 슬라임이 힐링된다.

마을에서 돌아온 뒤, 나는 마을에 있는 손녀가 전한 요망에 응답하려고 분투했다.

듣자니 신은 교사 역할을 할 수 있는 인재를 찾고 있다고 한다. 아이의 교육 담당이려나?

다행스럽게도 그런 인재에는 짐작이 가는 바가 있다.

하지만 각자가 일이 있으니, 지금 당장은 어렵다.

아, 그렇게 서두르지 않아도 괜찮은 것이로구나.

…………

그 인재 중에 측실 후보 같은 것이 섞이는 것은 문제려나? 능력은 좋다. 조금 성격에 문제가 있지만, 드래곤을 아내로 맞이할 정도니까 신경 쓰지 않겠지.

경우에 따라서는 자제분의…… 안 돼? 절대로? 아쉽군. 알았다, 쓸데없는 생각은 하지 않고 인재를 모으도록 하마.

이상하다…….

노리고 있던 인재와 연락이 되지 않는다.

누군가의 음모인가? 아니면…… 아아, 같은 일을 부탁받은 사람이 선수를 친 것인가. 그랬군. 그랬어. 하하하.

질 것 같으냐! 신을 위해 열심히 일해야 한다!

전이문 이야기를 들었다.

가동하는 전이문이 있던 건가? 아아, 신의 마을이라면 있어도 이상하지는 않은가.

설치 장소 후보는 샤샤트.

음, 나쁘지 않다. 나쁘지 않지만…… 문제가 있다.

샤샤트 어디에 설치하는 것이지? 그것을 누가 관리하는 것인가? 지금은 신의 마을에 관해 아는 사람이 거의 없으니까 문제없지만, 신의 마을이라는 것이 알려지면 그 전이문을 두고 다툼이 발생하지 않을까?

최악의 경우, 용사에게 들키면 신에게 민폐를 끼치게…… 그래서는 안 된다.

그럼 어떡하지? 전이문의 존재를 감추는 것은 기본이고, 어디에 설치하지?

전이문을 설치하는 목적은, 신의 마을에서 만든 작물을 팔러 가기 위해서라고 한다…….

뭐, '죽음의 숲' 한가운데서는 팔러 가는 것도 사러 가는 것도 큰일인가.

신의 마을의 작물을 얻기 위해서라면 그 정도의 고생은 당연히 해야 한다고 생각하지만…….

평범하게 생각하면 죽겠지. '죽음의 숲'이니까. 팔팔 끓는 용암 위를 걸으라고 하는 편이 차라리 생존율이 높다.

하지만 저 마을의 음식은 맛있었다. 충격과 감동이었다.

곧바로 이주를 희망하고 싶은 참이었지만, 꾹 참았다.

내가 저 마을에서 도움이 될 일이 있을 것인가를 생각하고 말았기 때문이다.

서류 업무에는 자신이 있지만…… 저 마을에 그런 일이 과연 있을까? 신이라면 가볍게 모든 것을 처리할 것이다.

큭, 무술이나 마법에 특화되지 않은 자신의 재능이 원망스럽다. 하지만 포기하지 않는다.

전이문에 관해서는 샤샤트에서 조금 떨어진 장소에 설치하고, 그곳에 마을을 만들 것을 제안했다.

촌장 후보에 내 이름을 넣어두었다.

보좌도 영지에서 데리고 가자.

젊었을 적부터 나와 함께 일했던 자들이니까 그럭저럭 나이를 먹었지만, 아직 더 일해 주라고. 하하하.

영주인 아들도 눈물을 흘리며 찬동해 주고 있다.

"아니에요. 아버지와 그들이 없어지면 영지경영이 심각해지니까. 생각을 고쳐요. 부탁이니까 생각을 고쳐요!"

찬동해 주고 있다. 좋은 아들을 뒀다.

"아버지, 제 말 좀 들어요!"

이름이 긴 친구도 같은 생각을 하고 있던 모양이다.

으그그극, 촌장 지위는 양보하지 않는다.

내가 더 뛰어난 마을을 만들 수 있어!

기본은 용사 대책이다. 하지만 신에게 그 사실을 전할 필요는 없
다.

용사는 우리가 대처할 문제…… 정확히는 당대 마왕과 사천왕이
대처해야 할 문제다. 신을 번거롭게 해서는 안 된다.

신은 전이문 설치만 하고, 나머지는 전부 이쪽에서 할 예정이다.

즉, 내가 온몸을 바쳐 전이문을 지키겠다.

…………

신은 스스로 마을을 만들고 싶어 하는 파인가~.

아니, 뭔가. 뭔가 할 수 있는 일이 있을 것이다!

더 열심히 하겠어.

11 생각할 일과 시찰?

드워프 160명. 엘프 275명. 수인족 120명. 마족 600명하고 조

금 더. 인간 200명에 조금 부족한 정도.

이상하다…….

마을을 만드는 것은 아직 결정되지 않았는데, 주민 후보가 모여든다.

아니, 아직 서류만이고 실제 이동은 이루어지지 않았지만…….

"이쪽이 새로운 마을의 대표가 될 후보자의 리스트예요. 그리고 이쪽이 관료기구의 기간(基幹) 인사 리스트고……."

"너무 성급하지 않나? 마을은 아직 상담 단계인데."

서류를 차례로 들고 오는 문관낭중 중 한 명에게 내가 물었다.

"마왕국 측에서, 마을을 만든다면 이만큼 지원하겠습니다 하는 선전이 아닐까요? 촌장 후보에 선대 사천왕이 나란히 있는 것이 의욕을 느끼게 해주네요."

"선대 사천왕? 아아, 무투회에 왔던 두 사람인가."

대단히 저자세를 취한 사람들이었다고 기억하고 있다.

"그 사람들이 협력해 주는 것은 기쁘지만, 아무리 그래도 미안하잖아."

"그러네요. 파르아넨 님의 자제분께서 탄원서를 보냈어요."

"내용은?"

"마을에 관해서는 자신이 분골쇄신의 각오로 일할 테니, 아버지는 용서해 달라고. 어라? 이 사람은 당주가 아니었던가? 손자분께 넘겨줬으려나?"

"어찌 되었든, 탄원이 올 만큼 선대 사천왕의 이름에는 무게가 있는 거겠지. 아무리 그래도 촌장을 시킬 수는 없어."

"그렇죠. 하지만 촌장. 파르아넨 님은 서류 업무의 달인이에요."

"그 정보, 사실이야?"

"예. 현역이었을 적에는 문관 스무 명 몫의 서류 업무를 소화했다고 들었어요."

"큭. 스카우트하고 싶어. 그리고 마을 일을 맡기고 싶어."

"저도 그렇게 생각하지만…… 아무리 그래도 무리겠죠."

"음…… 그렇겠지."

지위도 명예도 있던 사람에게 마을의 서류 업무를 위해 와 달라고는 말할 수 없다. 아쉽다.

"드워프 160명은 근처에 있는 드워프 집락에서 이주하는 형태가 된다고 해요."

"강제는 아니겠지?"

"괜찮아요. 도노반 씨가 연락한 결과라고 하던데요."

"술이 목적이려나?"

"그것도 있겠지만…… 실은 저도 몰랐던 일인데, 도노반 씨는 드워프들 사이에서 상당히 발이 넓다는 모양이에요."

"그런 거야?"

"예. 도노반 씨의 이름이 나온 것만으로도 드워프들이 협력을 아끼지 않겠다고 했다네요."

"헤에."

생각해 보면, 도노반 일행을 드워프라고 부르고 있지만, 정확히는 엘더 드워프다.

보통의 드워프들과는 격 같은 것이 다른 것인가?

"마찬가지로 엘프들도 가까운 집락과 마을에서 이주해 오는 형태가 될 거예요."

"혹시 리아가 연락한 건가?"

"아니요. 이쪽도 도노반 씨예요. 지인이 있다고 해서요."

"그렇구나."

하이엘프라고 엘프 중에 아는 사람이 있다고 생각하는 것은 성급했다. 반성하자.

이번 주민 후보인 수인족은 하울린 마을과 관계가 없다.

다른 마족이나 인간과 마찬가지로, 각지에서 희망자가 모집된 결과다.

추천자가 엄격한 사람인 것인지, 각각의 인물평이 신랄했다.

하지만 능력보다는 신뢰할 수 있는지를 중시해 선별했다는 것이 느껴졌다.

선별 같은 것을 하지 않고, 원하는 대로 이주하면 되는데.

아~ 범죄 같은 것을 생각하면 그럴 수도 없나. 음, 생각해 보자.

아니, 잠깐.

마을을 만들 전제로 생각하고 말았다. 아직 마을을 만든다고 결정하지 않았다. 장소조차 보지 않았으니까.

"새로운 마을 관련의 서류는 적당한 선에서 중단하자. 보면 볼수록 마을 건설을 긍정적으로 보게 돼."

"알겠어요. 그럼 다음은 던전의 개조 계획에 관해서예요."

"아직 완성도 하지 않았는데……."

"던전에 전이문을 설치하게 되면, 지금 상태로는 안 되니까요."

"그렇기는 한데. 알았어. 하지만 그건 차를 마시고 난 뒤야."

"좋네요. 그럼 제가 차를 준비할 테니까, 촌장은 같이 먹을 과자를 준비해 주시죠."

"팬케이크면 될까?"

"생크림을 올리고, 딸기 소스를 뿌려 주신다면요."

"알겠어. 아, 다른 사람에게는 말하지 마."

"후후. 선처할게요."

결과만 말하자면 들켜서 상당히 많은 팬케이크를 굽게 되었다.

"그렇게나 냄새를 풍기면……."

"겨울에는 모두 실내에 있으니까요."

"멍."

겨울의 추위가 진정된 날.

각 마을로 이동해 상태를 본다.

주재원을 통해 각 마을의 상태는 듣고 있지만, 실제로 눈으로 보는 것과는 다르니까 말이지.

말을 타고 느긋하게 눈길을 이동.

우선은 하나 마을.

하나 마을에 만들어진 실내 경기장 안에서 돼지가 달리고 있다.

저것은 돼지인가? 묘하게 몸이 탄탄한데? 운동선수처럼 변하지 않았어? 묘하게 빠르고.

행동도 금욕적인 느낌이 든다. 사육 장소에 따른 변화인가?

딱히 문제는 없다고 하니, 둘 마을로 향한다.

둘 마을에서는 미노타우로스 아이가 밖에서 놀고 있었다.

아이라고 해도 체격은 나와 비슷한 정도이거나 한다.

함께 놀자고 권유받아서 잠시 놀았다.

무궁화 꽃이 피었습니다.

응, 한 걸음이 크다. 조금 더, 떨어진 위치에서 시작하자.

셋 마을로 가니, 말이 조금 흥분했다.

켄타우로스와 경주하기 시작했다.

바닥은 괜찮으려나 싶었지만, 셋 마을의 바깥에 만든 코스의 정비는 완벽했다.

날씨가 좋은 날에 교대로 정비하고 있다고 한다.

소중하게 여겨 주고 있는 모양이라, 조금 기쁘다.

경주는 근소한 차이로 말의 승리였다.

말은 상당히 기분이 좋아 보였다. 경쟁한 켄타우로스는 살짝 풀이 죽었다.

겨울이라 몸이 굳어서 그런 거야. 아~ 그건 말도 마찬가지인가.

게다가 말은 나를 태우고 이동한 직후니까 말이지. 으~음, 힘내.

간단한 말밖에 하지 못하는 자신이 원망스럽다.

셋 마을도 이상 무.

식재료나 장작이 부족해서 곤란하거나 하지 않을까 싶었지만, 그런 실수는 없는 모양이다.

'큰나무 마을'로 돌아와, 열기구를 타고 넷 마을로.

상공은 춥다.

하지만 넷 마을인 태양성에 다가가면 그것이 완화된다.

그리고 넷 마을에 도착하면 봄처럼 따뜻한 기운이 느껴진다.

이곳은 다른 세계구나.

넷 마을도 딱히 문제는 없다.

주거도 제법 완성되어, 옛날의 번화함을 되찾은 느낌이랄까?

"그렇죠."

벨이 넷 마을의 각 지역을 안내해 주었다.

안내 마지막에 전에 이야기를 들었던 고우의 몸이 보관되어 있던 방으로 안내받았다.

벨의 신호로 벽이 열린다.

응, 모르면 절대로 무리. 다른 장치랑 레벨이 다르다.

"일급 기밀이니까요."

그럭저럭 큰 방에는 원기둥 형태의 유리 케이스 같은 물건이 무수하게 있었다.

유리 케이스 안에는 알몸 인간이 있고, 비어 있는 것은 하나.

따라서 이 빈 장소에 고우가 들어 있었다고 추측했다. 정답인 모양이다.

방에는 그것 말고 아무것도 없다.

"조작하는 도구는 없는 건가?"

"저희는 딱히 필요하지 않으니까요."

그렇군. 벨과 고우는 생각하면 그대로 조작이 가능하다고 한다. 편리하기도 하다.

"이제 곧, 이쪽의 아사, 후타, 미요가 눈을 뜹니다. 정확히는 이미 깨어나 있지만, 몸과의 동조작업이 늦어지고 있습니다."

"무리는 시키지 마. 최대한 안전하게 부탁해."

"알겠습니다."

"그런데 말이야. 벨 것은 없는 건가?"

"제 것은, 지하에 의자 형태의 것이 있습니다. 짜증스럽게도."

건드려서는 안 되는 일이었다.

넷 마을에서 고우와 벨, 쿠즈덴과 함께 저녁 식사를 즐긴 뒤, 집으로.

각 마을 이상무.

12 겨울 끝자락에 일어난 일

겨울도 슬슬 끝나겠구나 하는 시기.

보석 고양이의 임신이 발각되었다.

얼마 전부터 보석 고양이가 고양이를 쫓아다니지 않네~ 싶었더니, 임신하고 있었던 것이다. 경사스럽다.

저택의 빈방 중 하나를 보석 고양이를 위해 개방하고…… 고양이가 자유롭게 드나들 수 있도록 고양이용 문을 만들어 주었다.

스프링이 없으니 천으로 가림막 같은 것을.

평소라면 방 위에 있는 자부톤의 아이들용 통로를 이용해 이동하지만, 새끼를 뱄으니까 위험한 행동은 피해 주길 바란다고 할지, 피하고 있는 모양이다.

그러면서 쉽게 만지게 해주질 않고 있다. 신경도 곤두섰다. 조금 쓸쓸하다.

고양이는 보석 고양이의 근처를 어슬렁어슬렁. 거리감 때문에 곤란한 모양이다. 곤혹스러운 것일지도 모른다.

그 모습을 떠올리며, 나는 세나의 모습을 보러 갔다.

세나의 임신을 알게 되었을 때, 저택에 살라고 제안했지만 주위에서 반대했다.

출산은 예민한 일이니까, 익숙한 장소가 제일이라고.

그러면 하울린 마을로 돌아가는 것은 어떻겠냐고 말하려다가, 눈치를 보고 그만두었다. 위험했다.

넌지시 말을 얼버무리며 물었더니, 지금 있는 장소에서 출산할 수 없는 특수한 사정이 아닌 한, 그것은 이혼 선언이라고.

신경을 써 주려고 한 말인데 말이야.

참고로 출산할 수 없는 특수한 사정이란 종교적인 사정이 중심으로, 조산사가 없다든지 하는 것은 이유가 되지 않는다고 한다.

이 세계는 참 힘들구나. 출산이 제일인 것이 아닌가? 아이가 중요한 것 아닌가?

아니라는 모양이다. 으~음.

뭐, 그건 그것대로 사정이 있는 것이겠지만, 마을에서는 출산을 제일로 부탁하고 싶다.

그러니까 세나, 임신 중이니까 힘쓰는 일은 피해 줘……. 부탁이야.

괜찮을지도 모르지만, 배 속의 아이와 내 평정을 위해서.

세나는 문제없다고 하지만, 정말 괜찮으려나.

본인에게 끈질기게 주의하면 속앓이를 할지도 모르니까, 넌지시 주위에.

특히 수인족 서포트를 담당하고 있는 라무리아스에게. 부탁하겠어.

아, 이것은 저택에서 만든 푸딩이야. 먹어 줘.

라스티의 집을 방문했다.

라스티는 드라임을 위해 만든 별장을 주거로 삼고, 그곳에 악마족인 부르가, 스티파노와 함께 살고 있다.

저택에 그녀를 위한 방을 준비했지만, 사용률은 높지 않다.

평소라면 일 때문에 그럭저럭 얼굴을 마주치지만, 겨울에는 아무래도 소원해지고 만다.

"문제없어요."

평소의 모습과 달리, 어른 버전의 라스티에게는 덜컥하게 된다.

아, 미안해. 평소의 모습도 귀여워. 응, 정말로.

모습은 어른이라도, 정신은 이전 그대로구나.

아아, 곶감을 가져왔어. 라스티를 위해 말린 몫이야. 사양 말고 먹어도 돼.

현재, 드라임과 악마족의 조산사가 와 있지만, 드라임은 저택의 손님방에.

악마족 조산사들은 마을 숙소에서 머무르고 있다.

드라임은 그렇다 치고 조산사가 오는 것은 조금 이를지도 모르지만, 그 덕분에 프라우의 출산 때 도움을 받았으니까 감사해야지.

참고로 조산사들은 라스티의 가까이에서 돌봐주는 반과 숙소에서 느긋하게 겨울을 만끽하는 반으로 나뉘어 있다.

느긋하게 겨울을 만끽하는 반에 얼굴을 보이러 갔더니, 구찌가 있었다.

"오랜만입니다."

그와도 이래저래 오래 알고 지냈다.

얼마 전 무투회에서 싸우는 모습을 봤는데, 상당히 강했다.

어쩌면 드라임보다도 강한 것 아니려나, 하고 생각하고 말았던 것은 비밀이다.

악마족 조산사들과 이야기를 나누러 왔는데, 구찌와 탁자난로에서 마주 앉아 대화.

주로 일의 불평과 라스티의 추억 이야기.

옛날의 라스티는 상당히 날뛰…… 개구쟁이였던 모양이다.

구찌는 그런 라스티가 어머니가 되는 것이 기쁘다고 한다.

"신부로 받아줄 곳은 절대로 없을 줄 알았는데…… 기적입니다."

마을에 오게 된 계기는 좀 그랬지만, 오고 나서의 모습을 떠올려도 그렇게 개구쟁이였던 것으로는 생각되지 않는데 말이야~.

귤을 먹으면서 체스로 대결하기도 하며 오랫동안 이야기를 나누고 말았다.

체스의 승패는…… 구찌는 강했다. 아니, 내가 약한 거려나.

저택으로 돌아와, 프라우와 프라시아의 방을 찾아갔다.

비젤이 있었다. 계속 마을에 있는 기분이 드는데, 기분 탓인가?

프라시아를 어르고 있는 모습은 완전히 할아버지다. 라이메이렌을 떠올리게 한다.

뭐, 마침 잘됐다.

이전부터 계획하고 있던 비젤의 부인, 프라우의 어머니와 만나는 건을 상담.

비젤은 전이하는 마법이 있으니까, 언제라도 OK라고 한다. 부인에게도 연락을 넣어두겠다고.

프라우는 내켜 하지 않았다.

"무리해서 만날 필요는 없지 않습니까?"

"아니, 인사는 중요하잖아."

"그렇습니다만……."

프라시아가 조금 더 안정되고 난 뒤라고 할지, 반년 정도 지나고 나서 하자고 제안했다.

프라우는 어머니와 사이가 나쁜 것일까? 그렇지는 않다고 한다.

"그러면 실례일지도 모르겠지만, 어머니에게 와 달라고 하는 것은……."

어머니도 프라시아를 보고 싶을 것이다.

내 제안에 프라우가 싫은 표정을 지었다.

다시 한번 묻겠지만 사이가 나쁜 거야? 그렇지 않아? 아니, 그렇지만 말이야…….

프라우가 포기하고, 어머니가 오게 되었다.

다음 날.

"프라우렘의 엄마, 실키네예요."

작은 미인이 있었다.

프라우의 어머니? 프라우의 동생이 아니라? 젊다. 무지 젊다. 프라우보다도 젊게 보인다. 아니, 실제로 동작이 젊다.

말을 하지 않으면 어머니라고는 믿을 수가 없다.

"비 군이, 프라에 대한 걸 뭐든지 멋대로 결정해 버려. 너무하다 싶지 않아?"

비 군이라는 건 비젤을 말하는 것이려나? 그렇겠지. 비젤이 당황하고 있다.

"실키네, 밖에서 비 군은 안 된다고 말했을 텐데."

"비 군은 비 군이잖아. 그것보다도 내가 인사하는 중이야. 방해하지 마."

"미, 미안하군."

"비 군에게 이것저것 이야기를 들었어요. 실제로 만나 뵙게 되어서 영광이에요. 앞으로도 프라를 잘 부탁드려요."

나는 실키네와 인사하고, 가볍게 잡담을. 인사가 늦은 것을 살짝 혼이 났다.

아니, 정식으로 아내로 맞이한 것이 아니라, 마을에서 함께 일하고 있는 사이에 그런 관계가 되고 말았다고 할지…… 죄송합니다.

"그래서 프라는?"

"프라시아에게 수유 중입니다."

"아, 그렇지. 프라, 엄마가 됐는걸. 기억이 새록새록이네~."

그 생김새로 아이를 낳고 기른 것인가…….

여체의 신비라는 것으로 해두자.

프라시아의 수유가 끝이 났으니 안내.

"프라의 딸은 나를 닮아 미인이네. 아, 아니면 비 군을 닮아서 늠름하려나?"

"아니, 닮은 것은 프라우나 촌장이지 나나 너인 것이……."

두 사람은 사이좋은 부부이겠지만, 중년과 막내딸로밖에 보이지 않는 것은 신경 쓰지 않기로 했다.

마족이니까 생김새와 나이가 맞지 않는 것은 흔히 있는 일이라고 한다.

………….

생김새가 젊다는 것은 마력이 대단하다는 것이려나?

"그렇죠. 참고로 말씀드리자면, 아버님보다 나이가 많습니다."

어?

아, 그래도 나이로 따지면 루와 티어, 리아, 하쿠렌 등도 대단하니까 말이지. 별로 신경 쓰이지 않는다.

"좋은 어머님이잖아? 어째서 만나게 하고 싶지 않았던 거야?"

"느껴졌습니까?"

"뭐 그렇지."

"저 생김새에, 남자들은 모두 속으니까요."

이해가 안 되는 것도 아니다.

"하지만 저 어머니는 바람을 피우거나 하는 타입이 아니잖아?"

"예. 능숙하게 흘려넘기고 있죠. 그러면 영지 경영이 순조로우니까, 불평도 하기 어려워서……."

그렇구나.

그리고 프라우.

나와 실키네 사이에 항상 서지 않아도, 내가 다른 사람의 부인이라고 할지 어머님께 마음을 빼앗기는 일은 없어.

조금 더 믿어 주길 바란다.

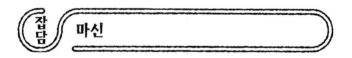

잡담 마신

옛날옛적에 마력을 관리하는 일을 하던 신이 있었다.

이름은 없다. 그저 마신으로 불렸다.

마력의 관리는 귀찮고 어렵지만, 그런 탓에 마신은 그 일에 긍지를 갖고 있었다.

하지만 어느 날, 마신은 그 일을 실수하고 말았다.

"어째서냐! 마력이 새고 있어. 이대로는 세계에 퍼지게 돼."

그 실수로 세계에 아인으로 불리는 종이 태어나고 말았다. 커다란 실수였다.

마신은 그 사실을 부끄럽게 여기고, 그에게 그 일을 부여해 준 창조신에게 사죄했다.

창조신은 마신을 혼내지 않았다.

"신이라도 실수는 한다. 새롭게 태어난 종이 있다면, 내치지 말고 지켜봐 주도록 해라."

마신에게 새로운 일이 부여되었다.

아인의 신이다.

마신은 열심히 일했다. 마력 관리는 이전보다 더 엄격하게 하고, 아인으로 불리는 종을 지켜보았다.

그것으로 모든 것이 끝날 터였다.

어느 날, 마신이 마력 관리를 실수한 이유가 판명되었다.

마력을 저장하고 있는 중요한 창고에서 바보 남신과 바보 여신이 밀회를 즐겼기 때문이다.

어떻게 알았느냐고?

그 둘이 똑같은 짓을 또 저질렀기 때문이다.

다시 마력이 세계로 흘러나갔다.

아무리 그래도 마신은 폭발했다. 바보 남신과 바보 여신을 그 자리에서 때려 죽여 소멸시켰다.

신은 죽지 않는다. 신의 기원인 존재의 근원으로 돌아갈 뿐이다.

하지만 바보 남신은 세계의 인간을 관리하고 있었고, 바보 여신은 세계의 농작물을 관리하고 있었다.

새로운 신이 파견되겠지만, 그때까지 세계는 혼란스러울 것이다.

더욱이 흘러나간 마력은 새로운 마물과 마수를 만들어냈다.

이대로는 세계가 붕괴한다. 마신은 순간적으로 가까이에 있는 마력을 들고, 세계로 내려갔다.

그리고 세계의 붕괴를 막았다.

그랬던 것인데.

마신은 신의 세계로 돌아오는 것을 금지당했다.

그리고 내려간 세계의 땅속 깊숙한 곳에 봉인되었다.

어째서냐!

마신은 화를 냈지만, 이유는 알고 있다.

마력으로 세계에 간섭해, 세계를 뒤틀리게 했기 때문이다.

그것은 하나의 세계만이 아니라, 여러 세계에 영향을 미쳤다.

몇 개인가의 중요한 법칙이 뒤틀리고 말아, 수복할 수 없는 상태가 되었다.

냉정하게 생각하면 봉인되는 것만으로 끝내주었으니까 온건한 처치일지도 모른다.

그 상냥한 창조신이다.

천 년 정도 지나면 봉인을 풀고 신의 세계로 돌아갈 것을 용서해줄지도 모른다.

하지만 당시의 마신은 부조리한 조치에 격하게 분노하고 증오를 쏟아내, 신과 세계를 저주하고 말았다.

어리석은 짓이었던가……?

문득, 옆에서 자고 있는 보석 고양이를 봤다.

그 배에는 내 아이가…….

내 아이…….

나는 용서받은 것인가.

아니면 이 모습 그대로 이곳에서 죽어가라는 것일까.

어느 쪽이든 상관없나.

지금의 나에게 옛날의 힘은 없다.

하지만 아내와 아이는 지켜 보이겠다.

아아, 덤이지만…… 이 마을의 주민도 말이지.

"우르자, 고양이를 들고 달리지 마요."

"뭐~ 하지만."

"하지만이 아니야. 자, 돌려줘요. 그리고 드는 방식이 나빠요! 조심스럽게 들어 주세요!"

귀인족 소녀여. 매번 미안하다. 그리고 항상 밥을 챙겨 줘서 고맙다. 물고기를 좋아합니다.

가능하면 소량의 술을 함께 받을 수 있다면 기쁘겠습니다만…… 아, 아니요, 아무것도 아닙니다.

………….

아직 태어나지 않은 아이야. 이 아빠는 열심히 살고 있단다.

여담.

엇, 거기 있는 아이야. 알프레드라고 했지.

탁자난로의 오른쪽 끝은 내 자리다. 가장 좋은 자리를 찾아낸 것은 칭찬해 주겠지만, 비켜 주어라.

음, 순순히 말을 잘 듣는구나. 너는 거물이 될 것이다. 가호를 내려주마. 덤으로 등을 쓰다듬게 해 주겠다. 부드럽게 쓰다듬어야 한다.

조금 더 위, 그래 거기, 거기…… 으액, 우르자!

큭, 어째서 나를 보면 저공으로 고속 태클을 하는 것이냐!

아니, 확실히 이것저것 안 좋은 인연이 있지만…….

사과할 테니까, 슬슬 용서해 줘!

이세계
유유자적
농가

Farming life in another world.

Chapter,3

Presented by
Kinosuke Naito
Illustrated by
Yasumo

〔 3장 〕

화해의 봄

01.집 02.밭 03.닭장 04.큰나무 05.개집 06.기숙사 07.개 지역 08.무대 09.숙소 10.공장
11.거주 지역 12.목욕탕 13.골프장 14.상수로 15.하수로 16.저수지 17.풀장과 풀장 시설
18.과수원 19. 목장 지역 20.마구간 21.외양간 22.염소 축사 23.양 축사 24.약초밭
25.새밭 지역 26.레이스장 27.던전 입구

1 12년째의 봄과 새끼 고양이

봄이 되었다.

응, 따뜻하다.

마을 남쪽에 있는 설산은 녹지 않고 꿋꿋이…… 전혀, 낮아지지 않았구나. 뭐, 금방 낮아지겠지.

겨울 동안 아이들을 즐겁게 해 주었으니까, 아쉽기도 하다.

매년 만들까? 아니, 그건 그것대로…….

으~음, 그때가 되어서 생각하면 되나.

자부톤이 깨어나 오랜만에 모습을 봤다.

평소대로 인사……하려나 싶었더니, 자부톤에게 붙잡혀 옮겨졌다.

어라? 자부톤이 초조해하고 있어?

왜 그러는가 싶었더니, 목적지는 마을 남쪽의 던전 입구였다.

그러고 보니까 던전에 대해 자부톤에게는 말하지 않았다. 당연히 깜짝 놀라겠지.

던전 안을 안내해 주며, 자부톤에게 겨울 동안에 있었던 일을 이야기했다.

주로 던전과 전이문과 다른 장소에 마을을 만드는 이야기. 그리고 설산의 이야기.

자부톤은 그럭저럭 던전이 마음에 든 모양이지만, 일부 구조에 불만이 있는지 수정 사항을 요청했다.

아니, 그 수정은…… 사망 확정 지역이 되니까, 봐주길 바란다.

자부톤의 아이들도 던전 안에서 자유롭게 돌아다니고 있다.

아, 마음대로 다녀도 돼. 묘하게 던전에 어울리기도 하니까 말이지.

앗, 3층은 아직 완성되지 않았어. 전이문 설치 계획으로 이것저것 있었으니까. 그렇게 아쉬워하지 말아줘.

아래로 더 넓힌다는 계획도 있어, 던전 제작은 잠시 중단 상태야.

봄이 되었으니까. 일이 늘어나고, 전이문을 설치할 새로운 마을의 계획도 있다.

던전 제작은 언제 재개가 가능하려나.

어? 자부톤의 아이들이 던전을 만든다고?

아니, 상관없지만…… 할 수 있겠어? 여기는 땅이 딱딱한데.

구멍 파기 특화형이 있어? 거미는 구멍을 파는구나…… 몰랐어.

아, 잠깐 잠깐. 먼저 루나 다른 사람들에게 확인하자. 계획과 너무 달라지면 혼난다.

다른 사람들과 상의한 결과, 4층을 자부톤의 아이들에게 맡기기로 했다.

위아래로는 제한이 있지만, 옆으로는 얼마든지 뻗어 나가더라도 OK다.

열심히 파 주길 바란다.

각 마을의 촌장 대행과 올해의 목표를 확인. 생산 계획과 새롭게 만드는 시설 등을 결정한다.

그렇다고 해도 이 부분은 겨울 동안 사전에 상의했으니까 최종 확인 같은 것이다.

딱히 문제도 없이 진행.

나는 '만능농기구' 괭이를 들고 '큰나무 마을'의 밭을 간다.

생각해 보면 넓은 밭이지만, 수확의 기쁨을 아니까 고생이 아니다. '만능농기구'를 사용하고 있을 때는 피로하지 않기도 하고.

옛날에는 시간이 오래 걸렸지만, 지금은…… 응, 한 달 정도면 끝. 다른 일을 하면서 했으니까, 전념하면 조금 더 짧아질지도 모른다.

던전 내부에서 숙주와 아스파라거스도 생산.

그때 4층의 상태도 봤는데…… 어딘가의 지하 유적이려나?

장식, 엄청나게 공들이고 있구나.

경쟁심이 활활 타올라서, 1층과 2층에서 장식이 미완성인 부분을 조금씩 꾸준히.

꾸준히 만들고 있었더니, 고양이가 뛰어들어 왔다.

왜 그러지? 그렇게 당황해서…… 느낌이 딱 왔다. 나는 고양이를 안고 저택으로 돌아왔다.

생각했던 대로 보석 고양이가 출산 직전이었다.

보석 고양이가 침대 위를 어슬렁거리는가 싶었더니 옆으로 드러누고, 한동안 시간이 지나 다시 어슬렁거린다.

신경이 곤두선 것처럼 보여서 지켜보는 것밖에 할 수가 없다.

가까이에 있던 귀인족 메이드에게 만일을 대비해 치료 마법을 쓸 수 있는 사람을 불러달라고 했다. 와 준 것은 루였다.

고양이, 루와 함께 보석 고양이의 출산을 지켜봤다. 아니, 지켜보고 있어도 괜찮은 건가? 보고 있지 않은 편이 안심하고 출산할 수 있는 것이 아닐까?

하지만 고양이가 부르러 온 것이니까 말이지. 어느 쪽이지? 오, 뭐지?

보석 고양이가 침대 시트를 모아 가림막 같은 것을 만들었다.

방에 있어도 괜찮지만, 빤히 바라보는 것은 싫은 건가. 수고를 끼쳐서 미안하다.

그 뒤로 여섯 시간 정도에 걸쳐 네 마리의 새끼 고양이가 무사히 태어났다.

고양이가 기뻐하는 것인지, 냐~옹 냐~옹 시끌벅적했다.

그런데 새끼 고양이. 아직 눈을 뜨지 못하고 있지만, 귀엽다.

"있잖아, 서방님."

"왜 그래?"

"자기 아이 때보다 기뻐하고 있지 않아?"

"어? 서, 설마, 그럴 리가 없잖아."

"정말로?"

"당연하잖아."

너무 무턱대고 기뻐했던 것일지도 모르겠다. 반성하자.

하지만 귀여우니까 어쩔 수 없다.

게다가 마을에 새로운 주민이 늘어난 것을 기뻐하는데 사양할 필요는 없을 것이다.

보석 고양이가 무사히 새끼 고양이를 낳고 나서, 문제를 발견할 수 있었다.

고양이와 보석 고양이의 이름이다.

이제까지 딱히 이름을 붙이지 않았지만, 새끼 고양이들과 구별하려면 이름이 필요해진다.

보석 고양이에 관해서는 귀인족 메이드들 사이에서 주얼이라고 부르고 있었으니까, 그대로 채용.

고양이는…… 어떻게 해야 하려나. 사람에 따라 부르는 방식이 다양하단 말이지.

어느 것으로 하더라도 다투게 되나.

그럼 새롭게 붙이기로 했다. 검은 고양이니까 프랑스어로 샤누아르, 독일어로 슈바르츠 캇체…… 너무 멋을 부린 것 같네. 뒤로 미루자.

치열했던 것은 새끼 고양이들의 이름이다.

우선 새끼 고양이들의 이름을 놓고 참전자가 많았다.

이제까지 흥미가 없다고 생각했던 사람들이 새끼 고양이의 모습을 본 순간 포로가 되었던 것이다.

그리고 정신없이 쏟아지는 이름.

뭘 해도 다툴 것만 같았기에 목록을 만들어 고양이가 정하게 시키도록 했다.

어이어이, 고양이야. 확실히 그것은 내가 쓴 후보였지만, 너무 좋은 이름을 고르는 거 아니야?

자신의 아이에게 기대하는 것은 알겠지만, 그 이름에 짓눌리는 일도 있다고. 괜찮겠어? 부디 이걸로?

미카엘, 라파엘, 우리엘, 가브리엘.

나쁘지 않다고 생각하지만, 과도한 기대는 하지 말라는 의미로 미엘, 라엘, 우엘, 가엘 같은 것으로 하지 않겠어?

아, 응, 네이밍 센스가 없는 것은 자각하고 있어. 그런 눈으로 나를 보지 말아줘.

새끼 고양이의 이름.

미카엘, 라파엘, 우리엘, 가브리엘.

하지만 부를 때는 미엘, 라엘, 우엘, 가엘로 부르기로 했다.

참고로 성별은 아직 판명되지 않았다. 새끼 고양이의 성별은 알아보기가 어렵다.

털 색은 생후 며칠이 지나고 어느 정도 정돈이 되어 흰색, 흰색, 검정, 얼룩으로 판명.

"그러고 보니까 이마에 보석이 없는데…… 평범한 고양이라는 것이려나?"

"보석 고양이의 생태는 자세히 알려지지 않았지만, 새끼 시절에는 특징이 드러나기 어려우니까요."

아, 그렇구나.

성장하면 이마에 보석이 생겨날지도 모른다.

앗, 생기지 않더라도 신경 쓰지 않을 거야. 무사히 성장해 준다면 그걸로 됐어.

"역시 자기 아이보다……."

기분 탓이라니까.

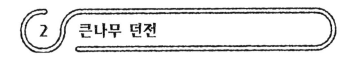

2 큰나무 던전

자부톤의 아이들이 밤낮을 가리지 않고 열심히 했기 때문인지, 던전이 완성되었다.

마을 남쪽 끝에 입구 계단이 있고, 지하로 내려가는 던전.

계단을 내려가자마자 나오는 곳이 1층.

이곳은 하나의 커다란 방으로 넓이는 100제곱미터. 천장은 아치형으로, 가장 높은 곳이…… 10미터 정도려나.

방의 외벽과 천장의 디자인은 나무뿌리를 이미지로 만들었다.

던전의 위에 나무가 있는 것은 아니지만, 거대한 한 그루의 나무뿌리가 방을 감싸고 있는 느낌이다.

나 자신은 상당히 괜찮은 완성도라고 여기고 있다.

방에는 던전 내부에 있을 함정과 형상을 개별적으로 재현해서,

대책을 배우거나 연습하거나 하는 용도로 고안된 구역이었다.

지나가는 것만이라면 장애물도 없어 똑바로 이동이 가능해, 던전이라기보다는 지하실. 통칭 트레이닝 룸.

최근에는 걸프나 다가가 자주 여기서 훈련하고 있다.

일단, 비밀의 방 같은 장소가 세 개 정도 있지만, 각각 숙주밭, 아스파라거스밭, 뭔지 잘 모르는 버섯밭이 되어 있다.

뭔지 잘 모르는 버섯밭은 원래는 내 비밀의 방이었지만…… 포기한 결과다.

이곳은 '만능농기구'로 갈지 않고, 자부톤의 아이들이 던전 안에서 자생하는 버섯을 갖고 와 기르고 있다.

식용에는 적합할 것 같지 않은 비주얼이지만, 자부톤의 아이들은 간식처럼 먹고 있으니까 맛있으려나?

아, 나는 먹으려고 하지 않는 게 좋다고? 그렇구나.

잘 관리해. 쿠로네 가족은 먹어도 괜찮은 건가?

2층.

던전이라고 하면 미로. 그런 이유로 만들어진 구역.

돌벽, 돌바닥, 돌천장. 던전에는 다양한 종족이 올 것을 예상해, 이 층만이 아니라 각층의 문은 크게 만들어져 있다.

천장도 7~8미터 정도는 되려나. 따라서 던전에는 묘한 박력이 느껴지거나 한다.

어른 미노타우로스가 서른 명 정도 들어올 수 있는 커다란 방이나, 다섯 명이 들어가면 답답한 작은 방을 잔뜩 준비.

그런 방을 통로로 최대한 연결하고, 통로를 막아서 변경이 가능한 미로로 만들었다.

방과 통로에 따라서는 함정이 설치되어 있거나 한다. 산 엘프들이 꽤 진심으로 만들었기 때문에 처음에는 당할 수밖에 없는 함정이 많다. 공략할 수 없으면 안 된다고 말하지 않았다면, 그냥 킬존이 되어 있었겠지.

함정을 공략한 사람이 나오면, 산 엘프들이 몰래 함정을 변경하거나 하고 있어서, 마을 사람이라도 방심할 수 없는 구역이 되었다. 함정을 변경하면 보고나 연락을 해 주길 바라는데.

어, 아니, 확실히 나도 멋대로 방을 만들거나 했지만……. 예, 미안합니다.

서로 보고, 상담하도록 하자.

3층.

드라임, 하쿠렌, 라스티의 제안으로 드래곤의 둥지 느낌.

간단히 말하자면 방위에 특화된 저택 같은 형태다.

처음에는 2층에서의 침입자에 대한 방위를 생각했었지만, 전이문을 던전 안에 설치하게 되었기에 변경. 4층부터의 침입자에 대한 방위로 변경되었다.

따라서 3층으로 내려온 곳이 호화로운 보스방 대기실이 되었다.

그 옆방이 보스방. 거만해 보이는 알현실 풍? 드라임이 드래곤 모습이 되더라도 괜찮도록 상당히 넓다. 모르는 사람이 전이문을 사용해 이곳에 왔을 때, 어떻게 생각하게 될까? 조금 걱정이다.

　보스방 말고는 방위시설. 농성하거나, 숨어서 공격할 수 있게 되어 있다.

　적은 군대를 상정하고 있다.

　4층부터 100명 단위로 적이 쳐들어올지도 모른다는 전제로, 각 장소에 마을 주민이 농성할 수 있게 했다.

　애초에 2층은 미로, 1층은 훈련용, 지상은 마을이다. 이곳이 방위의 핵심이 될 것이다.

　마을 주민들도 담당 구역이 정해지자 자신들이 지키기 쉽도록 개량했다.

　"누가 안 쳐들어오려나."

　마음은 알겠지만, 불길한 소리는 하지 말아주기를 바란다.

　만에 하나, 누군가 쳐들어오는 사태가 벌어질 때는…… 농성하지 말고 도망치기를 바란다. 목숨이 있으면 어떻게든 되니까.

　4층.

　자부톤의 아이들이 중심이 되어 만든 구역.

　지하 유적을 연상시키는 디자인이 압권이다.

　이 아래 5층으로 연결되는 장소가 여럿 있고, 각각에 전이문이 설치될 예정이다.

　그래서인지 상당히 진심 사양의 구역이 되어 있어, 던전의 무서움을 알 수 있다.

위를 조심하게 하고 아래. 아래를 조심하게 하고 옆 같은 것이 지독하다.

모르고 있으면 반드시 걸린다.

이곳에는 자부톤의 아이들이 상주해, 통행인을 안내하게 되어 있다.

아마 그들의 안내가 없으면 3층으로 이어지는 계단을 발견하는 것이 상당히 어려울 것이다.

5층.

이곳은 전이문이 설치될 예정인 장소다.

전이문은 세 개 있으니까, 독립해서 세 곳.

하지만 전부 구조는 같다.

전이문이 설치된 방, 전이문 관리자용 주거와 창고.

그리고 많은 인원이 전이할 때의 대기방.

만에 하나라고 할지, 사고를 생각해 장기간 틀어박혀 있을 수 있도록 만들어져 있지만…… 누가 관리자가 될지는 정해지지 않았다. 어떡하지.

이렇게 완성된 전체 5층짜리 던전.

1층과 2층은 비밀통로를 사용하는 것으로 거의 직통이 가능하니까, 던전이라고 부를 수 있는 것은 실질적으로 4층과 3층만일지도 모르겠지만…….

세세한 것은 따지지 않는다.

지상에서 전이문까지는 최단거리로 15분 정도.
조금 더 짧게 할 수 없나 싶었지만, 안전을 생각하면 이 정도는 필요하다고 설득당했다.

전이문이 설치되면 쿠로네 아이들도 각층을 순회하게 된다.
귀찮은 일을 시켜서 미안하다. 침입자가 있으면 도망쳐도 돼.

일단 완성했으니까…… 방위훈련을 해 보았다.
빠르게 지정된 장소로 이동할 수 있을까?
………….
계단을 더 넓히는 편이 좋을지도 모르겠다.
마을 주민의 반수가 던전에 들어가니까 말이야. 아아, 농성을 생각하면 각 층에 식량창고 같은 것도 필요한가. 증설.

저기…… 하쿠렌이 3층 보스방에? 장래에는 히이치로에게 맡기고 싶다고? 개인실을 준비하도록 하자.

4층은 마쿠라가 관리해 주는 건가. 든든하구나. 아아, 다른 아이들에게도 기대하고 있어. 부탁한다.

던전의 쿠로네 아이들은 쿠로4가 지휘하는 건가.

그리고 유격부대 대장에 우노인가. 멋있잖아. 하지만 무리하면 안 돼.

5층 전이문 관리인, 진심으로 어떡하지.

적이 오면 가장 위험한 장소란 말이지.

게다가 그럭저럭 장기간 틀어박혀 있어야 하니까…… 누가 없으려나.

생각하고 있자, 산 엘프 중 한 명이 말을 걸어왔다.

"왜 그러지?"

"던전 각 장소에 화장실이 있는데, 이건 함정입니까?"

"아니, 평범한 화장실이야. 아무 곳에서나 볼일을 보면 비위생적이잖아."

"저기~ 던전이지요?"

"던전 맞아. 화장실에 함정은 설치하지 마. 세이프티 존이야."

"알겠습니다. 치우겠습니다."

부족한 것을 알 수 있는, 소득이 많은 훈련이었다.

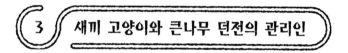

3 새끼 고양이와 큰나무 던전의 관리인

새끼 고양이의 눈이 떠지고, 활발하게 움직이기 시작했다.

얌전한 것은 잘 때와 보석 고양이 주얼의 젖을 빨고 있을 때뿐.

한창 개구쟁이일 때라고 할지, 눈을 떼면 어디 갈지 모른다.

고양이와 주얼이 멀리 가려 하는 새끼 고양이를 붙잡아서 다시 데려오는 일을 반복하고 있다.

새끼 고양이는 무서운 것을 모르는지, 자부톤의 아이들에게도 적극적이다. 자부톤의 아이들은 새끼 고양이들을 어떻게 다뤄야 좋을지 몰라, 그냥 내버려두고 있다.

미안하네.

나도 사과하지만, 가장 사과하고 있는 것은 고양이와 주얼일 것이다. 엇, 다음 타깃은 쿠로네 아이들인가.

함부로 건드리면 짜부라지고 말아서인지, 쿠로네 아이들도 그대로 두고 있다.

미안해, 그대로 견뎌줘.

새끼 고양이가 좋아할 장난감을 만들어 올 테니까.

어떤 장난감이 좋으려나. 으~음, 지금은 심플하게 강아지풀 같은 게 어떨까?

아니, 고양이나 주얼을 위한 게 아니야. 새끼 고양이 거니까.

새끼 고양이들 반응이 미묘하다. 어째서지.

곤혹스러워하는 내 옆으로 자부톤이 다가와, 그 자리에서 생쥐 인형을 만들어 새끼 고양이들에게 선물했다.

새끼 고양이들 대흥분.

깨물고, 차고, 때리고, 할퀴고…… 그런 게 좋아? 살짝 질투.

새끼 고양이들은 인형으로 놀아서인지, 지쳐서 잠들고 말았다.

그런 새끼 고양이들을 고양이와 주얼이 회수. 고양이와 주얼이 안도한 것이 확연하게 느껴졌다. 한동안 고생이겠지만, 힘내.

원하는 것이 있다면…… 예비 생쥐 인형 말이지. 확실히 저 상태라면, 금방 너덜너덜해질 것만 같다.

자부톤은 알겠다며 생쥐 이외의 인형을 세 개 정도 만들어, 자고 있는 새끼 고양이 곁에 놔주었다.

....

나도 뜨개질을 해볼까. 아니, 내가 인형을 만들 수 있게 되기 전에 새끼 고양이들은 다 자라려나.

샤샤트에 큰일이 벌어졌다고 한다.

마이클 씨가 보낸 편지에 따르면, 샤샤트의 인구가 상당히 늘어나 사람과 도시가 조금 혼란스럽다고 한다.

갑자기 왜 그렇게 되었나 싶었지만, 원인은 빅 루프 샤샤트.

식사가 맛있는 데다가, 관련 사업이 늘어나면서 일이 있다는 이유로 사람들이 떠나지를 않는다고 한다.

관련 사업……?

무슨 일인가 싶었지만, 아무래도 빅 루프 샤샤트에 납품하는 장사도 경기가 좋아, 새롭게 건물을 올리거나 일손이 부족하거나 한다고 한다.

그러고 보니까 도시 근처에 대규모 양계장 같은 것을 만들게 했었지.

빅 루프 샤샤트의 종업원으로 경비대를 결성해, 가게와 주변을 지키도록 했다고 한다.

듣자니 종업원은 1500명을 넘으니까, 일손에 여유는 없더라도 어떻게든 해 볼 수는 있다고 한다.

보고는 받고 있었지만…… 엄청난 규모가 되었구나. 마르코스와 폴라의 재능인 것일까.

그리고 가게에 거의 없는 내가 거기 점장이어도 괜찮은 것일까?

샤샤트에서 떠나지 않는 것은, 주로 인간 나라의 선원들이다.

출항 때 승선을 거부하고, 그대로 샤샤트에 눌러앉았다고 한다.

그것만이라면 문제는 객선의 일손 부족뿐이겠지만, 일손 부족으로 출항하지 못하는 배가 샤샤트 항구를 계속 점령하고 있어, 교역에 지장이 생기기 시작했다는 모양이다.

그래서 조금 유통이 정체되고 있다고. 큰일이구나.

'그 혼란을 해결하고자 빅 루프 샤샤트에 협력을 부탁합니다.'라고 쓰여 있는데, 어떡하라는 거지?

아, 다른 도시에 지점을 내라고?

아무리 그래도 그건 무리다. 노하우가 너무 부족하다.

빅 루프 샤샤트는 마이클 씨의 고로운 상회가 전면적으로 지원해 주니까 어찌어찌 가능했다고 생각하고 있다.

그것을 바랄 수 없는 장소에 지점은, 아무리 생각해도 시기상조다. 종업원도 아직 교육 부족일 것이다.

마이클 씨의 부탁이니까 되도록 들어주고 싶지만, 좋은 대답을 해 줄 수가 없다.

효과는 희박할지도 모르지만, 가지고 돌아갈 만한 상품, 보존이 가능한 상품을 개발하는 방향으로 대처하고 싶다.

그리고 루나 프라우와도 상의해 볼까.

동쪽 던전에 사는 종족인 고록을 만나러 가고 싶다고 생각하고 있을 때, 남쪽 던전의 라미아와 북쪽 던전의 거인족이 찾아왔다.

축제 계절이 아닌데?

의문스럽게 여겼는데, 양자의 목적은 '큰나무 마을'의 던전이었다.

부디 던전에서 일을 시켜 주길 바란다는 것이다.

그것은 상관없지만…… 던전에서 하는 일이 뭐지? 내가 조금 곤란해하자, 루가 보충 설명을 해 주었다. 자연적으로 발생하는 마물 퇴치라고 한다.

던전 같은 장소에서는 작은 마물이 발생하기 쉽고, 그것을 방치하면 커다란 마물을 불러들일 가능성이 있다고.

…………

마을의 지하실이나, 우물 같은 것은 괜찮은가? 사람이 생활하는 공간은 괜찮아? 마을에는 창조신상이 있으니까 괜찮다고? 그 조각상, 내가 만든 건데…… 상관없나요, 그렇습니까.

만일, 발생해도 자부톤의 아이들이 순살하고 있겠지만…….

생각해 보면 마물이나 마수에 대해 잘 모르는구나~.

아무튼 말이다.

라미아와 거인족에게 전이문 설치를 설명했다. 최악의 경우 적이 쳐들어올 가능성도 전했지만, 양자의 마음은 변하지 않았다.

으~음, 자부톤과 상의하자.

문제없다고 하니 두 종족을 채용. 원하는 장소를 고르게 하자.

라미아들은 전이문 설치로 인해 라미아 운송편 이용이 줄어들 테니까 말이지.

보상의 의미도 담아서.

라미아와 거인족은 함께 4층에 거점을 정했다.

두 종족은 일단 각자의 던전으로 돌아가 인원을 모아서 온다고 한다.

상관없지만, 너무 거창하게 하지 않도록 해.

어? 전이문을 설치하면 그곳 관리도 맡겨달라고?

고맙지만, 괜찮겠어? 알았어. 후보로 기억해 둘게.

하지만 말이다.

큰나무 던전은 어떻게 알게 된 거지?

거인족은 겨울, 눈싸움을 하러 왔을 때 우르자에게 들었다고? 라미아는 거인족에게 연락받은 것인가. 사이가 좋아졌구나. 뭐, 싸우는 것보다는 좋은가.

남쪽 던전의 라미아, 북쪽 던전의 거인족, 동쪽 던전의 고록.

서쪽에도 던전이 있을까? 다음에 조사대를 보내 보도록 할까.

그리고 각 던전을 지하에서 연결하는 것은 어떨까. 어려운가.

하지만 연결할 수 있게 된다면 이동이 편리해진다. 눈이 쌓여도 신경 쓰이지 않고.

지하에서 연결하는 방법은…… 내가 파든가, 자부톤의 아이들에게 열심히 일해 달라고 할 수밖에 없다.

뭐, 검토해 보기로 하자.

4 서쪽 던전 조사대 출발

좌식 의자에 앉아 편지를 보는데, 새끼 고양이가 한 마리…… 미엘이 다가와 내 몸을 기어오르기 시작했다.

다리, 배, 가슴…… 발톱이 아픈데.

어깨에서 자리 잡으려나 싶었더니, 머리 위로 올라갔다. 거기서 자리 잡는 건가. 상관없지만 떨어지지 마. 아니야. 발톱을 세우고 버티라는 게 아니야. 아프니까, 그건 그만둬. 그래, 그런 느낌으로.

엇차, 우엘. 너도 왔나. 미엘을 보고, 너도 머리 위로 가고 싶다고 생각한 거려나? 하지만 너는 기어오르는 게 서투른 모양이다. 응, 내 배가 피투성이가 되니까, 거기서 포기해.

알았어 알았어. 자, 내 손에 올라타. 머리 위로…… 거기서 싸우지 마.

고양이가 마중을 올 때까지, 새끼 고양이들과 잠시 놀았다.

"촌장도 상처를 입네요?"

"그야 그렇지."

듣고 보니, 상처다운 상처를 입은 것은 처음인가?

뭐, 새끼 고양이에게 긁힌 상처지만.

귀인족 메이드 앤에게 약초를 으깬 액체를 발라달라고 하자.

"여기가 가장 심하네요."

"미엘이 머리에서 떨어져, 순간적으로 내 가슴에 발톱을 세웠을 때의 상처구나. 아팠어."

그리고 고양이는 본능적으로 헌터구나.

내 몸에서 약한 부분을 깨문다. 예를 들면 발가락 사이. 새끼 고양이들은 장난치려는 것이겠지만, 조절할 줄 모르니까 장난이 아닐 정도로 아프다.

전에 새끼 고양이들이 장난을 쳤던 자부톤의 아이들과 쿠로네 아이들은…… 인내심이 강했던 것이구나. 다음에 칭찬해 주도록 하자.

"귀여워하는 것도 좋지만, 잘 교육하는 것도 중요해요."

"고양이를 교육할 수 있나?"

"화장실을 가르쳤으니까, 할 수 있어요."

그러고 보니까 그런가.

새끼 고양이들에게 화장실을 가르쳤던 것은 앤이었다.

"맡길게……. 아, 잠깐. 상냥하게 해야 해. 너무 엄격하게는 하지 마."

"알겠어요……."

후일.
앤의 모습을 보면 군기가 드는 새끼 고양이들을 보게 되었다.

　하나 마을, 둘 마을, 셋 마을의 밭 작업도 순조로운 모양이라, 딱히 이렇게 할 문제는 없다.
　이전에 둘 마을에서 수확량에 문제가 있었다고 보고 받은 밭은, 연작 장해라고 생각된다.
　같은 장소에서 같은 작물을 기르면 같은 양분만 밭에서 흡수되고 말아, 그 작물이 자라나지 않게 되는 것이다.
　'큰나무 마을'은 '만능농기구'로 매번 처음부터 기르고 있는 느낌이니까 말이지. 깨닫지 못했다.

　연작 장해 대책은 다른 작물을 기른다. 혹은 밭을 쉬게 한다.
　토지는 있으니까 밭을 쉬게 하면서, 매년 만드는 작물을 바꾸는 방향으로 해나가기로 했다.
　그리고 던전 감자를 햇빛 아래서 길러, 비료로 삼는 방법을 써 봤다.
　성과는 올해 수확철이 될 때까지 알 수 없지만, 농업이니까 당연하다.
　마왕국에서는 작년부터 하고 있어, 나름의 성과가 나오고 있다고 호우에게 보고를 받았다.

마왕국으로서는 올해도 성과를 확인할 수 있다면, 인간의 나라에 던전 감자를 양도하고 싶다고 한다.

　하지만 문제는 어떻게 양도하는가에 있다고 한다.

　있는 그대로 넘겨주면 되지 않는가 싶었지만, 적대하는 나라에 지원물자를 넘겨주는 것은 문제가 있다고. 또한 받는 쪽도 전쟁을 걸었던 상대에게는 순순히 받기가 어렵다고 한다. 골치 아픈 일이다.

　…………

　상인에게 파면 안 되는 건가? 멋대로 퍼트려 주겠다 싶은데?

　던전 감자는 강력하니까, 나라에서 관리하지 않으면 안 돼? 그렇구나.

　그러면 중요물자 같은 느낌으로 빼앗아가게 하면 되지 않나?

　비젤이 큰 깨달음을 얻은 듯한 표정을 지었다.

　서쪽에 던전이 있을 것으로 예상돼, 조사대가 결성되었다.

　쿠로네 아이들 서른 명. 자부톤의 아이가 60마리.

　쿠로네 아이들 등에 자부톤의 아이가 두 마리씩 타는 스타일이다.

　괜찮겠어? 문제없는 거야?

　맡겨두라고 멋진 표정으로 대답하면 응원밖에 할 수가 없다. 열심히 해 줘.

　등짐에 식량을 넣어둘 테니까.

　아…… 잠깐 기다려 줘.

응, 그쪽 쿠로의 아이. 이리 와줘. 미안해.

등짐 속에서 새끼 고양이를 꺼냈다.

멋대로 숨어 들어갔구나, 장난꾸러기 녀석. 더는 없겠지?

…………．

다른 새끼 고양이는 없었지만, 조사대에 동행할 의욕이 가득한 우르자와 그라루를 발견했다. 체포.

오늘 공부와 일은 끝낸 거겠지? 큭, 다 끝냈나. 알았어.

내가 다른 장소로 데리고 가 줄 테니까 조사대에 따라가는 것은 포기해.

이것저것 있었지만, 조사대는 무사히 출발했다.

붙잡은 새끼 고양이를 주얼에게 돌려주고, 우르자와 그라루를 데리고 열기구에 올라탔다.

목적지는 넷 마을인 태양성.

전이문의 운송과 설치를 상의하기 위해서다.

어디와 연결할지는 아직 정해지지 않았지만, 한쪽을 큰나무 던전 안에 설치하는 것은 확정이다. 전이문 운송 계획서는 받았지만, 실제로 어떻게 운송할지와 설치 과정을 확인하고 싶다.

아~ 그럼 못써. 바구니 안에서 날뛰지 마. 물건을 떨어트리려고 하지 마.

그라루, 너는 스스로 날 수 있으니까 그렇게 신기한 것도 아니잖아. 거기는 건드리면 안 돼.

응? 그건 낙하산이야. 만일을 대비해서 놔둔 거지.

장착해서 어쩌려는 거야? 안 돼. 정말로 그러면 안 돼.

5 전이문의 비밀

전이문을 큰나무 던전으로 옮기고, 고우와 벨이 설치를 시작해 주었다.

전이문은 문이라고 이름이 붙어 있지만 장치다.

실제로는 어떤 것인가 하면…….

스톤 서클?

크고 작은 돌을 두고, 고리를 형성하는 것이던가?

아, 돌을 잘 보면 뭔가 문자가 새겨져 있다.

그것을 규칙에 맞춰 배치하고, 마지막에 기동용 돌을 세트하면 된다고…… 그렇구나.

그런데 루는 이것의 어디를 어떻게 해체하고 싶다고 생각한 거지? 각각의 돌은…… 평범한 돌인 거지? 마지막 기동용 돌이 인공물 같다. 이것인가. 그렇구나 그렇구나.

일단 옆에서 설치를 견학하고 있는 루에게 물었다.

"해체하고 싶은 것은 저 마지막 돌인 거지?"

"그래. 저것이 전이문의 비밀이 전부 담겨 있다고 이야기되는 부품이야! 아아, 조사하고 싶어. 이것저것 해 보고 싶어……. 하지만 이제까지 누구도 성공한 적이 없으니까."

아내의 학구열이 대단하다. 알고 있었지만.

"촌장. 말했던 대로, 가동 직전까지 세팅했습니다."

"고생했어."

전이문은 두 개가 하나의 장치.

한쪽은 이런 스톤 서클을 설치해야 하지만, 다른 한쪽은 심플하다.

마지막 기동용 돌과 비슷한 돌이 있고, 그것을 놓은 장소에 전이할 수 있게 된다고 한다.

즉, 지금 기동하게 되면 전이문의 오른쪽 50미터 정도의 장소에 이동하게 된다는 것이다.

재설치는 상당히 번거롭다고 하니 쓸데없는 짓은 하지 않는다.

"설치는 하나만 해도 괜찮았던 겁니까?"

일단 세 쌍 모두 갖고 왔지만, 설치해 준 것은 하나뿐.

무슨 일이 있을지 알 수 없으니까 말이지.

나머지는 엄중하게 저택 지하 창고에 수납하고 있다. 그곳이라면 우르자나 새끼 고양이들도 장난을 치지 못하니까 말이야.

"일단 오늘은 여기까지. 수고를 끼쳤어."

"아니요, 그럼 가동시킬 때나 나머지를 설치할 때 다시 불러주십시오."

고우와 벨이 함께 머리를 숙이고…… 이곳이 던전이라는 것을 떠올렸는지 그 자리에서 대기했다.

"함정은 기동시키지 않았으니까, 괜찮아."

"방심은 하지 않습니다. 죄송하지만……."

"알았어. 루, 저녁까지는 돌아오도록 해."

"예~."

전이문을 조사하려고 남는 루를 두고, 나는 자부톤의 아이에게 안내받으며 큰나무 던전을 고우, 벨과 함께 나왔다.

고우는 그대로 저택에서 홀리와 차를. 아이를 키우는 것에 관한 화제로 흥이 올랐다.

아무래도 좋지만, 홀리의 겉모습이 젊어지지 않았나? 화장? 대단한 기술이다.

그리고 쓸쓸해 보이는 벨의 상대는…… 새끼 고양이들이 해 주고 있다.

"우와~ 귀여워~."

벨은 새끼 고양이들이 움직일 때마다 소리를 지르고 있다. 마음은 이해가 간다.

방해되지 않도록 벨과 새끼 고양이들은 남기고, 나는 저택으로 돌아왔다.

내 방에서 드러누워 자고 있던 쿠로가, 황급히 일어나 나에게 다가왔다. 아니, 그대로 자고 있어도 돼.

내가 좌식 의자에 앉자, 쿠로는 그대로 무릎 위에 턱을 올렸다. 그 머리를 쓰다듬으며 나는 생각했다.

전이문.

루는 기동용 인공물 같은 돌이 중요하다고 했지만, 그것은 좌표 확인용 돌이다.

중요한 것은 아래에 배치된 크고 작은 돌.

돌이 하나씩 있어도 도움이 안 되지만, 고우와 벨이 배치한 것처럼 규칙적으로 늘어놓는 것에 의해 의미가 생긴다. 간단히 말하자면 돌 하나하나는 단어이고, 배치하는 것에 의해 문장이 되는 느낌.

중요한 것은 아래의 스톤 서클과 좌표확인용 돌에 같은 넘버가 새겨져 있다는 것.

고우와 벨의 이야기로는 만일의 사태가 발생했을 때 그 좌표확인용 돌을 치우는 것으로, 전이문 사용을 불가능하게 한다고 한다.

그렇게 해서 사용 불능이 된 전이문이 많다는 모양이다. 그것 말인데…… 재기동시키면 다시 움직이는 거 아닌가?

재기동 방법도 쓰여 있으니까.

그러면서 스톤 서클과 좌표확인용 돌만 있으면, 넘버를 다시 새겨 재이용한다든지, 자작할 수 있는 것 아닐까 생각되는데…….

그리 간단한 것이 아니려나.

쿠로가 무릎에서 머리를 들어, 나에게서 조금 떨어진 장소에서 드러누워 잠을 자기 시작했다.

응? 왜 그러지? 아, 다음은 유키 차례구나. 그래그래.

전이문을 척척 설치한 고우와 벨은 전이문의 구조를 알고 있는 것인가 싶었지만, 이전에 있었던 전이문의 형태를 정밀하게 재현하고 있을 뿐이라고 한다.

따라서 스톤 서클의 돌에 새겨져 있는 문자 같은 것의 의미는 모른다.

그것을 나는 읽을 수 있었다. 그러니까 전이문에 관해 이것저것 생각하는 것이 가능했다.

어째서 내가 읽을 수 있는 걸까?

짐작이 가는 것은 신께 받은 초심자팩.

이제까지 대화나 문자의 읽고 쓰기에는 고생하지 않았다. 그러니까 그 덕분일 것이다.

하지만 암호로 쓴 문자까지 읽을 수 있는 것은 어떠려나. 지나치게 편리하다고 할지…… 힘들여 암호를 생각한 사람에게 죄송스럽다.

그리고 생각해야 할 일이 한 가지.

루에게 스톤 서클의 문자에 대해 가르쳐 줄지 어떨지다.

내가 가르쳐 준다고 전이문이 보급되거나 할까?

전이문은 취급이 어렵다고 마왕과 비젤, 시조님 등에게 지적받았다.

과장일지도 모르지만, 전이문이 보급되는 것으로 세계가 크게 변화되고 말지도 모른다.

내가 가르쳐 준 것 때문에?

나는 그런 책임을 질 수가 없다. 아니, 지고 싶지 않다.

나는 이 마을과 이 마을의 주민. 그리고 관계를 맺은 사람들이 극단적으로 불행해지지 않는다면 그것으로 충분하다.

세계를 바꾸겠다는 생각은 조금도 없다.

전이문의 문자에 관해서는 내 마음속에 묻어두어야 할 것이다.

응? 유키는 머리 다음에 배인가?

상관없지만 순서를 기다리고 있는 쿠로1에게 양보하지 않아도 괜찮은 거야? 조금만이야.

저녁 시간이 되어도 돌아오지 않는 루.

기쁜 듯이 조사하는 루.

이것저것 가설을 세워서는 해체하고 싶다고 고민하는 루.

무리다…….

전혀 엉뚱한 방향으로 노력하고 있는 루를, 나는 방치할 수 없었다.

전이문의 문자에 대해 가르쳐 주었다.

"이거 고대문자인데? 읽을 수 있어?"

"읽을 수 있어."

"어, 잠깐 기다려."

루는 자기 방으로 돌아가, 석판과 크리스털, 보석을 들고 왔다.

"이것도?"

마찬가지로 문자가 쓰여 있다.

"그게…… 석판은 불륜에 관한 반성문. 크리스털은 인명이 차례로 나오네. 아아, 명부구나. 그라이블 학원 졸업자라네. 보석은…… 문자와 숫자구나. 용돈 장부 같아."

내 대답을 듣고, 루가 그 자리에 주저앉았다.

"내가 오랜 세월 소중하게 여긴 것이…….."

미안하다. 정말로 미안하다.

아니, 이해가 돼. 문자를 신경 쓰지 않으면 석판은 엄숙하고, 크리스털과 보석은 차례로 무늬가 바뀌는 신기한 아이템이다.

뭔가 중요한 것처럼 보이는걸. 응, 미안해.

어, 이것을 해독하려다가 실패한 과거가 있어? 거의 인명이니까. 해독은 어렵겠지.

그 왜, 암호로 되어 있고, 조금 법칙도 복잡하니까.

어째서 나는 읽을 수 있는 걸까. 신기하네.

그 뒤, 전이문의 장소에서 스톤 서클에 새겨진 돌의 문자를 하나하나 해설했다.

루의 연구에 어울렸다.

루로서는 전이문을 재현하고 싶기는 하지만, 보급시킬 계획은 없다고 한다.

다행이다.

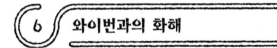

6 와이번과의 화해

라이메이렌이 찾아 왔다.

빈번하게 히이치로를 보러 오니까, 오랜만이라는 느낌이 들지 않는다.

그런 라이메이렌의 목적이 히이치로가 아니라, 나였던 것이 드문 일이다.

"와이번이 화해하고 싶다고 해요."

"어?"

나와 관계가 있는 와이번이라고 하면, 마을을 습격했던 와이번과 각지와의 통신을 담당해 주고 있는 소형 와이번이다.

　마을을 습격했던 와이번은 해치우고 나서 먹었으니까, 남은 것은 소형 와이번인 셈인데…….

　"화해라고 해도, 싸우고 있다는 생각은 하지 않는데? 뭔가 나에게 불만이 있다고 호소하기라도 한 건가?"

　"무슨 소리를 하는 건가요?"

　착각이었던 모양이다.

　화해를 신청한 것은 와이번들의 장로.

　마을을 습격한 와이번의 일을 사죄하고, 우호를 맺고 싶다는 것이었다.

　"저기…… 우선 한 가지. 와이번에게 지능은…….

　"드래곤만큼은 아니지만, 오래 산 와이번은 높은 지능을 보유하고 있어요."

　날뛰는 와이번은 토벌되니까, 장수하는 와이번은 기질이 온화하다고 한다.

　그러면서 와이번이 마을에 민폐를 끼친 것을 이전부터 사과하고 싶다고 기회를 보고 있었지만, 쉽게 타이밍을 잡지 못해 라이메이렌에게 상담하러 갔다고 한다.

　"사죄고 뭐고, 그 와이번은 해치워서 먹고 말았는데…….

　이쪽이 사과하지 않으면 안 될지도 모른다.

　"드라임에게 당신은 와이번을 보면 죽이지 않고는 견딜 수 없을 정도로 분노를 느끼고 있다고 들었어요."

　"무슨 바보 같은 소리를…….

자신의 행동을 돌아봤다.

적대한 것은 그 습격해 온 와이번뿐.

확실히 와이번에 대해 좋은 감정이 없지만, 눈에 띄면 죽일 정도
는 아니다.

애초에 소형 와이번은 죽이지 않고 있다고. 괜찮아. 사실무근.

무슨 생각을 하고 드라임은 그런 소리를 라이메이렌에게…… 그
러고 보니까 드라임에게 와이번에 관해서 몇 번인가 질문받았던
적이 있었지.

"촌장, 와이번에 대해 어떻게 생각하지?"

"발견하면 죽일 거야."

아…… 말했다. 말해버렸다.

아니, 드라임이 그런 질문을 할 때는 술을 마셨을 때가 많으니까.

질문의 의도를 깊이 생각하지 않고 대답해 버렸다. 그래서인가.

드라임, 어쩌면 와이번에게 화해 타이밍의 상담이라도 받았던
것이려나. 미안한 짓을 해버렸네.

와이번 장로의 사죄를 받아들이기로 했다.

그때, 뭔가 기억하지 않으면 안 되는 매너 같은 것이 있으려나?

매너는 필요없지만, 와이번에게 부탁이 한 가지 있었다.

만나는 것은 '죽음의 숲' 밖에서 하자고.

………….

사죄한다면서, 나를 밖으로 불러내는 거야?

고개를 갸우뚱거렸는데, 라이메이렌의 이야기로는 와이번은
'죽음의 숲' 위를 날 수 없다고 한다. 저주나 제한 같은 것이 아니

라, 실력상.

마을을 습격했던 와이번은?

그것은 특별해서, 드래곤에 필적하는 힘을 지녔던 와이번.

그랬던 건가.

뭐, 사정이 있다면 어쩔 수 없다.

만나는 곳은 드라임의 둥지가 있는 산이 되었다. 타이밍을 봐서 드라임이 데리고 가 준다고 한다. 고맙다.

와이번에게 연락해, 올 때까지 시간이 걸리니까 느긋하게 기다리기로 했다.

새끼 고양이용으로 상자를 만들어 봤다. 고양이는 상자 같은 것을 좋아하니까 말이지.

안전을 생각해 못은 쓰지 않고 나무 조립만으로. 상당한 완성도.

그것을 새끼 고양이의 수만큼 만든다. 옛날과 비교하면 내 기술도 꽤 향상됐다.

자, 새끼 고양이들이여. 어떠냐!

…………

눈길도 주지 않는다.

어째서냐! 크기가 나쁜가? 아니면 재질? 종이봉투 같은 쪽이 좋은 것이냐?

하지만 종이는 귀중품이니까 말이지.

고양이, 마음을 써주지 않아도 괜찮아. 너에게는 조금 작잖아. 그래 착하다.

네가 쓸 용으로 상자를 만들어 주마. 크기는 이 정도면 되겠어?

낙낙한 것이 아니라, 조금 답답한 정도가 좋은 거구나. 알았어.

후일, 고양이용으로 만든 상자에 새끼 고양이들이 들어가 있었다. 어째서지?

와이번이 슬슬 온다고 해서 드라임을 타고 드라임의 둥지로.

동행자는 루, 티어, 라미아가 한 명.

루, 티어는 그렇다 치고, 라미아는 큰나무 던전에서 일하고 있는 인원이다.

와이번 장로와 이야기를 한다는 것을 어디선가 듣고, 동행하고 싶다고 신청했다.

나에게는 폐를 끼치지 않는다고 해서 동행을 허락했지만…… 와이번에게 뭔가 말하고 싶은 것이라도 있는 걸까?

와이번 장로는 커다랬다.

드래곤 정도의 크기다.

그 뒤에도 비슷한 크기의 와이번이 줄을 서고, 나란히 엎드린 자세를 취하고 있다.

인간 모습으로는 되지 못하는 모양이다.

"이렇게 저희의 사정으로 찾아주셔서 감사합니다. 또한 사죄가 늦어지게 된 것을 사과드립니다."

와이번 장로의 사죄는 더할 나위 없이 정중했다.

하지만 이야기가 길었다.

간단히 정리하면 와이번이 마을을 습격해서 미안합니다. 마을을 습격한 와이번은 와이번 중에서도 이질적인 난폭자.

마을을 습격한 와이번을 해치웠다고 해서 원망하는 마음은 없고, 가능하면 앞으로는 와이번 종족과의 우호를 부탁드리겠다는 것이다.

나도 괜히 적을 만들고 싶지는 않으니까 사죄를 받아들였다.

물론 앞으로 와이번이 마을에 피해를 안 주는 것이 조건이지만.

"이쪽이 사죄의 물품입니다. 드래곤 종족과 교류하시는 귀하께는 조금 부족할지도 모르겠습니다만, 저희의 최선입니다. 부디 받아주십시오."

와이번이 지시한 장소에 놓인 돌산? 아, 이거 보석의 원석이다.

동행한 루와 티어가 상당히 놀라고 있으니까, 가치는 클 것이다.

사죄의 마음은 기쁘지만, 무리하지 않았으면 하는데…….

하지만 여기서 사죄의 물품을 받지 않는 것은 적대행위. 그렇게 사전에 루와 티어에게 주의를 받았으니까, 받아들인다.

이것으로 완전히 화해. 증인은 드라임.

와이번들의 얼굴에 안도하는 표정이 떠올랐다.

그 뒤에 나와 동행한 라미아가 와이번들과 개인적인 이야기를 시작했다.

솔직히 일부러 사죄하러 오지 않아도 괜찮았다고 생각하는데?

와이번이 돌아간 뒤에 드라임과 이야기했다.

"아니, 그대의 눈에 띄지 않도록 구역이 재편되어, 와이번들은 상당히 난처했었다.”

“그런 거야?”

“음. 녀석들이 생활할 수 있는 장소는 넓지 않으니 말이지. 특히 ‘철의 숲’ 의 남쪽…… 샤샤트 근교에도 가기 시작하지 않았나. 그것으로 더욱 제한되어 곤란해졌지.”

“아아, 그렇구나. 하지만 와이번은 내 행동을 잘 알고 있구나.”

“통신에 사용하고 있는 소형 와이번이 보고하고 있다. 와이번 장로의 권속 같은 것이니까 말이지.”

소형 와이번, 똑똑했었구나.

그리고 나. 소형 와이번 앞에서 이상한 소리 하지 않았겠지.

…………

응, 괜찮다고 생각하고 싶다.

하지만 이번 건이라고 할지, 와이번들이 이상하게 나를 두려워하는 것은, 드라임의 질문 방식이 나빴기 때문이라고 생각한다.

가능하면 그런 질문은 맨정신일 때 해 주길 바란다.

따끔히 말했더니 맨정신일 때도 몇 번인가 물어봤다고 했다.

어? 그랬었나? …………미안해.

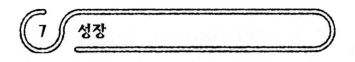

새끼 고양이가 어느샌가 작은 고양이가 되어 있었다.

귀여웠던 얼굴이 늠름해졌다. 응, 조금 아쉽지만 성장을 기뻐하자.

미엘, 라엘, 우엘, 가엘. 흰색, 흰색, 검정, 얼룩 고양이들 이마에, 보석 같은 것이 생기기 시작했다. 엄마 고양이의 피가 강한 모양이다.

성장하면서 커진다고 한다.

그러고 보니까, 보석 고양이인 주얼을 데리고 돌아온 것은 루 일행이었다.

새삼스럽지만 어디서 만난 거지?

불법거래를 하는 현장에 뛰어들어 몰수했다고?

………….

위험한 짓은 하지 않았으면 하는데.

그리고 보석 고양이가 거래되고 있었던 것이지? 그것을 몰수해도 괜찮은 건가? 괜찮아, 합법? 그렇다면 문제없다.

새끼 고양이들은 한 마리씩 따로 행동하는 일도 많아졌지만, 아직은 새끼인 모양이다.

잠잘 때는 어미 고양이인 주얼의 곁에 모여서 자고 있다.

그 옆에서 조금 쓸쓸해 보이는 고양이, 오. 라엘이 고양이의 곁으로. 라엘은 아빠를 좋아하는 모양이다.

그러고 보니까 새끼 고양이의 성별은 전부 암컷이었다.

힘내라, 아빠.

시조님에 의해 마을에 맡겨진 성녀.

실은 아직 마을에 있다.

성녀를 받아들일 곳을 준비한다고 말했던 시조님은 어떻게 된 걸까?

전이문의 상담은 들어주었으니까, 때때로 이쪽에 얼굴은 보이고 있는데……

아직 시간이 걸려? 예정대로 진행이 안 되고 있어? 큰일인 모양이다.

뭐, 성녀는 이미 손님이 아니라 마을의 일원으로 일해 주고 있으니까, 이대로 마을에서 살아도 상관없다.

술 슬라임 이외에도 수인족이나 귀인족과 교류를 하기 시작했고 말이지.

하지만 성녀 본인이 떠나겠다고 한다면 말릴 수가 없다.

내가 할 수 있는 일은, 그렇게 말하기 어렵게 매일의 식사를 살짝 좋게 하는 정도다.

성녀가 떠나고 나면 술 슬라임이 쓸쓸해할 테니까 말이지.

큰나무 던전에서는 라미아와 거인족이 생활을 시작했다.

숫자는 라미아가 다섯 명이고 거인족이 일곱 명.

정기적으로 각 던전에 있는 멤버와 교대할 예정이라고 한다.

마을에서의 지원은 필요 없다고 했지만, 아무리 그래도 그럴 수는 없다.

지상에서도 생활이 가능하도록 거주 지역에 라미아가 쓸 집과 거인족이 쓸 집을 준비했다. 뭐, 이래저래 마을에 오고 있으니, 이전부터 준비하자는 이야기는 있었다.

라미아는 와인 주조 시기에 거주하면서 도와주고 있고 말이지.

집에 대해 이야기했을 때, 라미아 족과 거인족이 크게 울면서 감사했던 것에는 깜짝 놀랐다. 그렇게 기뻐할 일인가?

아무튼 감사는 건설 대부분을 맡아 준 엘프들에게 해. 나는 재료를 모았을 뿐이니까.

라미아와 거인족 이외에 던전에서 생활하기 시작한 것이 자부톤의 아이들이다.

올해도 자부톤의 아이들이 여행을 떠났지만, 그 숫자가 평소보다 적었다.

이유는 간단.

던전에서 생활하기 때문이라고 한다. 무심코 던전을 확장하면 전원이 여행을 떠나지 않아도 되지 않을까 하고 생각하고 말았다.

던전에서 생활하는 자부톤의 아이들은 던전 특화인지, 이제까지 본 적이 없는 형태로 진화하거나 했다.

얇은 막대 같은 니들 스파이더, 던전 벽이나 바닥에 잠복하는 길리 스파이더, 특정 장소를 영역으로 삼는 게이트 스파이더, 기타 등등이 다수.

루와 티어가 실물을 앞에 두고 설명해 주었는데, 그때 조금 겁먹은 것처럼 보였던 것은 기분 탓일까? 새삼스럽게 말이야.

쟤는 얼마 전까지 내 방 천장에 있던 아이라고. 그래, 드물게 토마토를 좋아하는. 진화하고도 기호는 변하지 않은 모양이니까, 다음에 챙겨 주자.

아아, 다른 아이들에게도 말이지. 감자면 되겠어? 하하하. 던전은 맡기겠어. 라미아와 거인족과 사이좋게 지내.

와이번에게 받았던 보석의 원석.

원석에서 보석 부분을 떼어내고, 연마하지 않으면 그냥 돌이다. 하지만 그런 작업을 한 적이 있는 사람이 없다.

보석 관련.

판타지물이라면 드워프가 나설 차례겠지만…… 우리 드워프는 술 특화니까 말이야.

평범한 드워프는…….

아, 새롭게 만들지도 모르는 마을의 이주 예정 후보자 중에 있었지. 그들이 보석 원석을 다룰 수 있을지는 모르겠지만…….

"녀석들은 그런 것이 특기니까 맡겨도 괜찮아."

도노반이 보증해 주었으니까, 그들에게 맡기기로 했다.

………….

일단 새로운 마을을 만들지 어떨지를 결정하고 나서 할까.

함부로 접촉해서, 새로운 마을 건설이 기정사실이 되는 것도 곤란하다.

다음에 새로운 마을을 만들 후보지를 안내받을 예정이다.

그곳을 보고 나서 정하자.

보석의 원석은, 한동안 돌로 남겨두자.

알프레드는 인간인 나와 흡혈귀인 루의 아이다.

아직 딱히 문제가 없다고 할지, 흡혈귀 같은 특징은 나타나지 않았다.

나로서는 인간에 가깝게 태어났다고 생각하고 있다.

그런데 생각해 보면 흡혈귀의 특징이 뭐지? 생김새는 거의 인간이잖아.

송곳니? 루는 자라나거나 줄어들거나 할 수 있다. 그 정도인가?

나는 알프레드의 이를 확인했다.

유치가 깔끔하게 자랐구나. 송곳니 같은 것은 없다. 이상 무.

그 외에 흡혈귀의 특징은 뭐지?

내가 알고 있는 흡혈귀라면 햇빛에 약하다든지 흐르는 물이 무섭다든지가 있지만…… 루에게는 적용되지 않으니까 말이지.

…………

평범하다고 봐도 괜찮으려나?

내 결론에 루가 살짝 토라졌다. 딱히 괜찮잖아. 너의 아이인 것은 틀림없으니까.

"하지만……."

루가 신경 쓰는 이유는 한 가지.

나와 천사족 티어의 아이인 티젤의 등에 작은 날개가 자랐기 때문이다.

아직 할 수 없지만, 익숙해지면 꺼내거나 없애거나 할 수 있게 된다고 한다.

티어가 매우 기뻐하며 티젤에게 날개에 관해 강의하거나 했다. 아~ 티어. 티젤에게는 아직 조금 이르지 않으려나.

아무튼 말이다.

 루가 신경 쓰면 알프레드가 풀이 죽으니까 적당한 선에서 마음을
정리하라고 주의를 줬다.

 아직 나타나지 않은 걸지도 모르니까, 신경 쓰지 마.

 조금 전에도 말했지만, 인간에 가까워도 나와 너의 아이야.

 "으, 응."

 후일.

 "알프레드 님은 밤눈이 밝은 모양이에요."

 앤의 보고에 루가 조심스러워하면서도 상당히 기뻐했다.

8 봄의 끝자락에 이것저것

 티젤이 저공을 파닥파닥 난다. 내 딸이지만 귀엽다.

 하지만 주의해야 할 점은 확실하게 주의해둔다.

 자신의 신장보다 높게 나는 것은 금지. 떨어지면 위험하니까.

 다른 아이들이 하늘을 날 수 있는 티젤을 부러운 듯이 보고 있지
만, 이것만큼은 어쩔 수 없다. 개성이라고 생각하고 포기해 주길
바란다. 반대로 티젤이 부러워할 무언가를 가질 수 있기 위해 노력

하도록.

모두 그런 느낌으로 받아들이고 있구나. 어째서지?

"마을 주민을 보고 있으니까요."

앤의 말에 잠시 생각하고 납득.

확실히 마을에는 다양한 종족이 있다. 알게 모르게 아이들에게 좋은 영향을 주는 환경이 되었던 것이려나? 자만하지 않고 아이들을 지켜보도록 하자.

보리차를 마시고 싶다고 생각해도, 나는 보리차를 만드는 법을 모른다.

보리차라는 이름이니까 보리를 사용하겠지만, 소맥이면 되려나?

정답은 대맥이다.

대맥의 종자를 절구로 빻은 뒤 볶은 것을 우리면 된다고 한다.

하이엘프들이 알고 있었다.

보리차를 만들어 마셨다. 응, 나쁘지 않다.

앞으로 몇 번 연습하면 맛도 좋아질 것이다. 이번에는 조금 진했다. 이 완성도로는 나눠줄 수는 없다. 어쩔 수 없다.

전부 책임을 갖고 마시……기에는 양이 많구나. 협력자를 모집하자.

"상당히 진한 보리차가 있는데, 마실 사람 있나?"

거짓말은 하지 않는다.

"써……."

우르자는 한 모금으로 포기. 설탕을 넣어 볼래?

나는 보리차에 설탕을 넣지 않지만, 하이엘프들은 그렇게 마시고 있었다.

옛날부터 그렇게 마셨던 것이 아니라, 설탕이 부족하지 않은 이 마을이니까 그렇다고 한다.

다음에 루가 찾아왔다.

"으음……."

한 모금 마신 뒤, 우르자를 흉내 내 설탕을 투입했다.

프라우는 그대로 마셨다.

"보리의 향기가 좋습니다."

협력자는 이 정도인가?

아직 상당히 남아 있다. 할 수 없다. 뜨거운 물을 더 넣어서 희석해 보자.

그리고 루. 마법으로 얼음을 부탁해.

싸늘하게 식히면 운동 뒤에 마시기에는 좋을 것이다.

마을 한쪽 구석에서는 걸프와 다가를 중심으로 몇 명인가가 훈련하고 있다.

라미아들도 참가하고 있는 모양이구나.

우르자, 미안하지만 가져가 줄래? 오, 멋진 대답이다. 부탁한다.

하이엘프들은 사냥과 건설만 하는 느낌이지만, 식물 관련도 담당한다.

이불에 넣는 풀이나 화장실 휴지로 삼는 풀 등은, 하이엘프들이 모아주고 있다.

실은 이불 속에 넣는 풀은 계절에 따라 바꾸고 있는 모양이다. 나는 몇 년 동안 알아채지 못했다. 죄송스럽다.

그 하이엘프들이 모아준 풀 말인데, 올해는 조금 잘 안 모이고 있다는 모양이다.

그렇다고 해도 드문 풀이 아니라, 이 숲에서는 평범하게 번식하고 있으니까, 조금 행동범위를 넓히면 문제는 없어 보인다.

"부담이 커지는 것 아니야?"

"괜찮습니다. 게다가 조금 무뎌진 느낌도 드니까, 마침 잘됐습니다."

그렇게 말하고 하이엘프들은 완전무장으로 떠났다.

풀을 모으러 가는 거잖아? 어째서 완전무장?

"풀도 저항하니까요."

…………

몰랐다.

하이엘프들의 이제까지의 활약에 감사한다.

서쪽 던전을 찾으러 떠났던 조사대가 돌아왔다.

결과, 발견되지 않았다.

나름의 범위를 이동했지만 발견되지 않고, 휴대하게 했던 식량이 바닥을 보여 돌아왔다고 한다. 아쉽다.

아아, 풀이 죽을 필요 없어. 고생했어. 천천히 쉬어.

아, 먼저 식사가 좋겠어? 알았어, 준비할게.

으~음.

서쪽에는 던전이 없는 것인가, 아니면 발견되지 않았을 뿐인가.

남쪽과 북쪽, 동쪽에 있으니까, 서쪽에도 있을 것이라고 단순하게 생각했을 뿐이니까 말이지.

뭐, 무슨 일이든 한 번에 잘 풀릴 리가 없다. 이번에는 실패했을 뿐이다.

다시 다음 기회에 조사대를 보내자. 서두르지 말고 여유롭게.

실제로 던전을 발견해서 어쩌자는 마음은 없으니까 말이야.

라미아와 거인족, 고록처럼 커뮤니케이션이 가능한 종족이 있다면 만나두고 싶다고 생각했을 뿐이다.

서쪽 던전을 찾기보다, 동쪽 던전의 고록들을 만나러 가는 쪽이 먼저인가. 반성하자.

올해의 축제 실행위원회가 결성되었다.

올해 실행위원회에는 내가 없다.

전이문을 위해 새로운 마을 건설과 빅 루프 샤샤트 관련으로 할 일이 있기 때문이다.

작년 무투회와 마찬가지로 문관낭중이 관리하게 되었다.

"무투회의 실패는 반복하지 않아요."

"부담 갖지 않아도 괜찮아. 마음 편하게, 실패해도 상관없다는 정도의 마음으로."

전부 떠넘기는 만큼 지나치게 부담을 가져도 조금 곤란하다.

지난번의 무투회와 달리, 프라우가 복귀했으니까 폭주하는 일은 없겠지만…….

………….

에잇, 신용하기로 했다. 걱정은 실례다. 맡기겠어.

9 시찰과 주역이 없는 환영회

비젤에게 안내받아, 새롭게 마을을 만들 예정지를 보기로 했다. 동행자는 루, 그란마리아, 프라우.

나는 멋대로 평지라고 생각했었지만, 안내받아서 보게 된 장소는 낮은 산 위의 평평한 장소였다.

"여기인가?"

주위는 숲과 낮은 산.

"예. 우물을 몇 곳인가 시험 삼아 파 보았는데, 문제없이 물이 나왔습니다. 그리고 여기에서는 보이지 않지만, 대지(臺地) 아래 저 부근에 강이 흐르고 있어서 물을 끌어오는 데 문제는 없을 것입니다."

설명해 주는 것은 비젤이 아니라, 비젤이 데려온 랭던의 부하다.

그는 이번 마을 건설의 마왕국 측 담당자다. 청년처럼 보이지만, 마족은 겉모습으로 판단할 수 없다.

…………

비젤에게 슬쩍 물었는데, 나보다도 훨씬 연상이었다.

연상인 척 떠들지 않아서 다행이었다.

본래 화제로 돌아가.

"낮은 산의 아래는 안 되는 건가? 위라면 교통이 불편하잖아?"

"아래는 교통이 편리하지만, 위험하죠."

"위험하다고?"

"마물에게 습격받기 쉬워지니까요."

교통이 편리하다는 것은 수비가 불편하다는 것인가. 그렇구나.

"이 부근은 어떤 마물이 나오지?"

"이것저것 있습니다만, 많은 것은……."

들어본 적이 없는 마물이 나열되었다.

미안하다. 잘 모르겠다. 나는 루에게 확인. 위험한 마물인 건가?

"괜찮아."

그런가, 일단 안심.

낮은 산의 정상, 지금 있는 장소는 거의 평지다.

따라서 밭은 만들기 쉽겠지만, 물길이 조금 불안하구나.

우물은 문제없다고 하지만, 깊다고 한다.

밭을 만든다면 강에서 가까운 편이 좋으니까 낮은 산의 기슭?

하지만 마물이 나온다고 한다. 그렇다면 낮은 산의 중턱이려나?

점차 밭이나 낙농이라는 이미지가 떠오르는구나.

낮은 산의 위에 주민의 집을 쭉 만들고…….

"현재의 거주 희망자의 수라도 충분히 생활할 수 있는 공간을 확보할 수 있을 것입니다. 마을이 아니라 도시라도 될 수 있죠."

"확실히 그래. 대지 위는 넓으니까 말이야. 하지만 역시 교통편이 문제구나."

"그렇죠. 남쪽의 경사가 완만하니까, 정식으로 마을 건설이 시작되면 정비하고자 합니다."

잘 부탁하고 싶지만, 현재로선 길이 그것 하나뿐이라는 것이다.

빈번하게 사람이 오가는 마을은 될 것 같지 않구나.

새롭게 만드는 마을의 목적이 전이문의 설치를 감추기 위해서라는 것을 생각하면 그걸로 괜찮으려나?

뭐, 초심자가 생각해도 소용이 없나.

이 부분은 마왕국의 제안을 믿자.

내가 이것저것 보고 있는 사이에 그란마리아가 주변을 비행.

마물을 몇 마리 해치우고 돌아왔다.

응, 마물은 문제없어 보인다.

하지만 최종 결정은 이 자리에서 하지 않고, 마을로 돌아가서.

비젤의 전이 마법으로 샤샤트로 이동.

"새로운 마을과 이 샤샤트는 마차로 하루 거리입니다. 정확히는 여섯 시간의 수면과 휴식을 넣어서, 마차로 20시간. 무리하면 아침에 출발해 해 질 무렵에 도착하는 것도 가능합니다."

랭턴의 부하는 실제로 마차를 몇 번인가 움직여서 계측했다고 한다.

고생하셨습니다.

새로운 마을에 관해서는 이번에는 이것으로 종료.

랭턴의 부하와 헤어졌다.

함께 있더라도 괜찮았지만, 일이 있다고 하니 붙잡을 수가 없다.

우리는 이제부터 빅 루프 샤샤트로 간다.

비젤이 함께하기로 해서, 겸사겸사 찾아가게 되었다. 항상 미안하다.

그 마을에 전이문이 설치되면, 비젤이나 시조님의 전이 마법에 의지하지 않아도 샤샤트로 이동이 가능하게 된다.

두 사람을 위해서라도 전이문 설치를 하고 싶구나.

오랜만에 찾아온 빅 루프 샤샤트는…… 대단했다.

점심이 지날 무렵의 시간이었는데 대성황. 카레를 판매하는 '마를라'는 장사진이었다.

노점 구역의 통로는 사람으로 넘쳐나고 있었다.

이래서 제대로 장사가 되고 있는 걸까? 되고 있다고 한다.

'마를라'의 장사진은 이러니저러니 해도 상당히 빨리 처리되고 있어, 줄 길이에 비해 줄을 서는 시간은 놀라울 정도로 짧다.

노점 구역은 통로에 사람이 많지만, 각 점포의 공간에는 손님만들어갈 수 있다.

휴식 중인 종업원에게 이야기를 들어 보니, 골디가 매우 열심히 일해 주었다고 한다. 감사해야겠구나.

그리고 빅 루프 샤샤트의 대로를 끼고 남쪽에 마차를 위한 역이 완성되어 있었다.

아직 루트는 많지 않지만, 달리고 있는 마차는 많다.

많은데도 각각의 마차에는 사람이 더 탈 수 없을 만큼 타고 있다. 무료라서 그러려나?

마차에 타고 있던 사람 대부분이 그대로 빅 루프 샤샤트로 흡수되어 간다.

손님? 아니, 노점 구역의 관계자도 있구나.

상품 추가분을 옮기고 있는 건가.

………….

빅 루프 샤샤트의 관계자 전용 마차를 운행하는 것은 어떨까?

혼란스럽게 할 뿐인가?

마이클 씨와 상의해 보자.

달리고 있는 마차의 측면에는 선전 그림이 있다.

대부분이 빅 루프 샤샤트의 그림이지만, 다른 그림도 있다.

응……?

여기서도 휴식 중인 종업원에게 질문.

"미안한데, 저 그림은?"

"무신 걸프 님이에요. 샤샤트 무투회의 선전이에요."

그렇구나. 내 옆에서 루, 그란마리아가 웃음을 참고 있었다.

그렇게 웃지 말아줘. 150퍼센트 느낌으로 살짝 더 멋진 남자가 그려져 있지만.

웃지 않는 프라우는 상냥하구나~. 아닌가. 웃지 못하는 거구나.

프라우의 시선이 닿는 마차에는 어디선가 본 적이 있는 여성의 그림이 그려져 있었다.

"미안한데, 저쪽의 그림은?"

"미용품을 취급하고 있는 가게의 선전이에요."

"모델은?"

"모델의 세부 사항은 조금…… 당사자가 화가에게 왔어요."

그런가. 누구인지 모르는 건가. 아쉽구나. 그리고 읽고 쓰기 공부를 열심히 하도록.

그림 위에 대대적으로 쓰여 있는 글자가 있다.

'사랑과 미의 실키네가 추천하는 아폴로 미용품점'

실키네. 프라우의 어머니구나.

"영지에서 키우고 있는 미용품 관련 가게로…… 아내의 팬이 많습니다."

비젤이 그렇게 중얼거리면서도, 만족스러운 듯이 그 마차로 빨려 들어갔다.

응, 타고 싶은 것은 알겠지만 올라타면 볼 수 없게 된다고.

바깥쪽에 그려져 있는…… 아, 안쪽에도 실키네가 잔뜩이다.

"이 마차, 사들일 수 없을까?"

비젤이 귀족 같은 소리를 꺼내서 프라우에게 혼났다.

빅 루프 샤샤트는 밤에도 열려 있다.

처음에는 밤에 닫으려고 했었지만, 노점 구역에서의 강한 희망으로 밤늦게까지 열려 있다.

카레 판매를 하고 있는 '마를라'와 일부 가게는 닫혔지만, 노점 구역은 붐볐다.

술집 같은 느낌으로 사용되고 있는 모양이다.

해가 뜰 무렵에는 대부분의 가게가 문을 닫지만, 현재 상태는 24시간 영업 같은 느낌이다.

'마를라'도 카레 판매를 하지 않을 뿐이지, 사전 준비니 뭐니 해서 야간 종업원이 일하고 있다.

그 옆에서 미안하지만, 술자리를 마련해 달라고 부탁했다.

참가자는 나, 루, 그란마리아, 프라우, 비젤, 고로운 상회에서 마이클 씨, 말론, 티토, 랜디, 밀포드, 골디와 그의 부하 몇 명.

주역은 마르코스와 폴라.

그리고 두 사람이 데리고 온 몇 명의 종업원.

간부 후보생이라고 할지, 이미 간부처럼 일해 주고 있다고 한다.

그 안에 이 도시 대리 통치자의 아들이 있었던 것에는 조금 놀랐다. 잘 부탁해.

그러면서 그 옆에 있는 것은…… 가게에서 날뛰었던 남자? 그런 모양이다. 다시금 사죄받았다.

전에 봤을 때보다, 상당히 온화해져 있어서 한순간 누구인지 알아볼 수 없었다.

저지른 일은 지울 수 없다. 하지만 앞으로의 활동으로 만회할 수는 있다.

가게를 위해 이것저것 열심히 일해 주고 있다고 들었다. 앞으로도 열심히 해 줘.

귀찮은 이야기는 그만하고, 이제부터는 밝은 화제로 말하자.

"동쪽 말입니다만, 이제 곧 완성합니다. 예정대로라면 봄이 되기 전에는 완성시킬 계획이었습니다만, 죄송합니다."

밝은 화제로 말하려고 했는데, 마이클 씨가 머리를 숙였다.

아니, 아니야. 충분히 빠르다고 생각해.

빅 루프 샤샤트의 대로를 끼고 동쪽에는 숙박시설과 학원을 열 예정이다.

숙박시설의 책임자와 학원 강사를 모아야 한다고 생각했지만, 문관낭중과 루, 티어의 초청에 그럭저럭 모였다고 한다.

그 모인 사람들이 건설 중인 시설에 수정과 추가 주문을 요구.

그것에 대응했기 때문에 건설이 늦어지고 말았다고 한다.

금전적으로는 문제가 없고 서두르지도 않고 있으니까, 느긋하게 해 주길 바란다.

참고로 말인데, 그 모집된 숙박시설의 책임자와 학원 강사들은 만나지 못했다.

밤이 되기 전에 만나려고 생각했지만, 수정과 추가주문 이야기를 들은 루와 프라우가 개인적으로 이야기하러 갔다.

나와 만나는 것은 또 다른 기회에라도 상관없다고 한다.

내가 오늘 이 도시에 온 목적은 그 모여준 사람들과 만나기 위해서였는데 말이지~.

이 자리의 목적도 환영회이고.

뭐, 마르코스와 폴라의 건강한 모습을 볼 수 있었으니까 됐나.

………….

전이문이 설치되면 두 사람 다 하나 마을로 돌아가기 쉽게 된다.

아니, 이미 하나 마을에 미련은 없을지도 모르겠지만…….

술이 들어가서 슬쩍 말하고 말았더니 마르코스와 폴라가 듣고,
두 사람은 엎드려 빌 기세로 사과했다.

"저희의 영혼은 하나 마을에 있습니다."

어? 아, 그건 기쁘지만, 사과할 필요는 없어. 반대로 조심성 없는
소리를 하고 말았던 내가 나쁘다. 반성하자.

내가 마르코스와 폴라에게 사과한 뒤, 새로운 상품에 관해서 상
의했다. 그 옆에서 마이클 씨와 말론이 귀를 쫑긋 세우고 있는 것
을 보고 조금 웃었다. 사양 말고 참여해 주길 바란다. 일단 다음에
는 피자를 생각하고 있는데…….

잡담 랭던의 부하

출세욕은 평범.

적당히 일하고, 그럭저럭 평가받고 싶은 지극히 평범한 내정관
중 한 명. 그것이 나다.

내 이름? 신경 쓰지 말아 주길 바란다. 어차피 짧은 인연이다.

하지만 랭던 님의 부하라는 것만은 기억해 주길 바란다.

자, 그런 나이지만, 랭던 님께 특명을 받았다. 마왕님도 엮인 안건이다. 잘하면 출세도 기대해 볼 만할 것이다.

내용도…… 그리 어려운 것으로는 생각되지 않는다. 당첨이라고 할 수 있는 일이다. 기쁘게 받아들였다.

단 한 가지, 신경 쓰이는 것은…… 랭던 님, 인선할 때 제비뽑기를 했었지.

게다가 미안하다고 중얼거리면서…….

어째서지? 마을을 유치하는 일이잖아? 아무것도 없이 마을을 만드는 것이라면 큰일이지만, 이 일은 마을을 만들고 싶다고 말하는 사람을 돕는 것뿐.

다소는 사전 준비 같은 것을 해야만 할지도 모르지만, 그다지 큰일이라고는 생각되지 않는다.

금방 알게 되었다.

마을을 만드는 장소의 선정 단계인데도 마을로 이주를 희망하는 탄원서가 다수 왔다. 정말로 다수.

그렇군. 이것이 랭던 님이 사과했던 이유인가.

가볍게 서류를 확인해 보자, 높은 사람이 섞여 있었다.

이 사람, 현역 영주잖아? 마을로 이주라니 제정신인가? 아, 이주할 수 있다면 영주는 은퇴한다고?

그렇군, 그렇군.

랭던 님께 보고하고, 상담했다.

랭던 님은 머리를 부여잡았다. 열심히 해주십시오.

자, 나는 이 대량의 탄원서를 읽어 보고…… 추가분을 놓고 가지 말기를 바란다. 마음이 꺾인다.

…………

응, 무리구나. 혼자서는 불가능하다고 판단해, 랭던 님께 인원의 보충을 부탁했다.

무리하다 실패하면 본전도 못 찾기 때문이다.

빠르게 두 명의 인원이 보내졌다. 역시나 랭던 님.

하지만 쓸 수 있는 인원일까? 내 책상 앞에는 선대 사천왕 두 사람이 있었다. 아니, 계셨습니다.

선대 사천왕들은 마왕국이라면 어린아이라도 알고 있는 유명인이다.

나에게는 스승님에 해당하는 사람보다 더욱 위에 있는 사람들이다.

그런 분들이 어째서? 아니, 최근에 두 분의 이름을 봤지만.

탄원서를 내셨죠. 랭던 님께 보고한 건으로 여기에? 클레임?

아니, 아무리 그래도 보고하지 않을 수는…… 그런 것보다 탄원서를 보여달라고요? 저기~ 이쪽입니다.

역시나 선대 사천왕.

산더미 같았던 탄원서를 차례로 정산해 선별하고 있다. 고맙다.

고맙지만…… 저기, 정산 기준은 상의한 적이 없는데요.

신경 쓰지 말라고요? 예, 신경 쓰지 않겠습니다.

안 되겠다. 직장을 빼앗겼다.
일단 랭던 님께 보고하고 상담.
…………….
부재중이라고? 도망쳤다고? 하하하, 설마…… 미, 믿지 않을 겁니다!
돌아와 주세요!

이러저러한 일이 있고 난 뒤, 마을을 유치할 장소로 나갔다.
스무 명 정도의 호위와 열 명 정도의 조사원이 동행. 선대 사천왕 두 분도 함께.
진짜 일하기 힘들다. 하지만 웃는 얼굴. 웃는 얼굴을 잊지 말자.
예, 잠깐 기다리세요, 두 분. 멋대로 큰길이나 저택의 위치 같은 것을 정하지 마세요.
그 부분은 노터치라고 이야기를 들었으니까요.
그것보다도 정말로 장소는 여기입니까? 두 분이 알고 있다고 해서 맡겼지만, 여기는 2대인지 3대인지 전의 마왕님이 비밀 요새를 만들기 위해 준비한 장소이죠.
결국 만들지 않고 방치했는데, 나름 중요한 거점이 아닙니까? 극비작전 때, 이곳에 부대를 숨겼다는 소문도 들은 적이 있어요.
신경 쓰지 말라고요? 예, 신경 쓰지 않겠습니다.

반드시 조사해야 하는 것은 수로라…… 저쪽에 강이 있어? 쓸 수 있는 우물도 몇 개인가 있어? 두 분은 여기에 관여되었던 적이 있던 것이군요. 과연.

하지만 시추는 해야 하니…… 예, 맡겨 주십시오. 나는 동행하고 있는 조사원에게 우물의 시추를 부탁했다.

구멍을 파는 것은 큰일이겠구나 싶었지만, 흙 마법을 사용해 파고 있었다. 훌륭한 수법이다. 아, 벌써 마력 고갈? 교대를 반복해, 다섯 명째에서 예정된 깊이까지 도달했다.

물은 나오고 있다. 나머지는 마실 수 있느냐인데…….

우물에서 뜬 물에 미트 피쉬로 불리는 작은 물고기를 넣었다.

미트 피쉬가 3일 동안 살아 있으면 마실 수 있는 물. 반대로 3일 이내에 죽으면 마실 수 없는 물.

시간은 조금 걸리지만, 널리 물을 조사할 때 흔히 이용되는 방법이다.

자, 우물의 시추는 네 군데 할 예정이니까…… 하나 더 할 수 있겠어? 무리라고? 알았어.

야영 준비를 하자.

호위 여러분, 야영하기 좋은 장소를 찾아주시겠습니까?

열흘 정도 현장에서 야영하며 이것저것 조사했다.

샤샤트를 포함해, 근처 마을로 마차를 보내 얼마나 시간이 걸리는지도 체크.

듣자니 이것이 가장 중요하다고 한다. 세심하게 하자.

그런 중에 몇 번인가 마물에 습격받았다.

전부 격퇴했지만 무서웠다. 나는 전투에 적합하지 않다.

다친 호위는 괜찮은가? 역시나 정예구나. 훌륭한 공격이었다.

그리고 선대 사천왕 두 분이 대단했다. 내정 담당이 아니었던가?
아, 예, 신경 쓰지 않겠습니다.

그런데 이렇게까지 강력한 마물이 나오다니…… 이곳에 마을을
만들어도 괜찮은 건가?

마을을 만드는 장소는 괜찮아도, 마을로 이어지는 길은 위험하
지 않나? 괜찮아? 신경 쓰지 않아도 돼?

저기, 두 분은 어디까지 이 안건을 아시는 겁니까? 아니, 신경 쓰
지 않겠지만요.

크롬 백작이 합류했다.

크롬 백작은 랭던 님과 마찬가지로 당대 사천왕.

전이 마법을 쓸 수 있는데, 그 마법을 나와 조사대를 위해 사용해
준다고 한다.

원래라면 있을 수 없는 특별대우다.

그리고 나는 이제까지 일어났던 일로 충분히 눈치채고 있다.

이번 안건의 중요성. 그리고 위험성.

마음을 가다듬지 않으면 안 될 모양이다.

내가 마음을 가다듬는 것이 부족했던 건가?

루루시다. 뱀파이어 프린세스 루루시. 진짜다. 대단해. 감동했다.

아, 마을을 만드는 사람의 부인? 결혼했어? 아니, 그보다 루루시의 남편?

그러면서 그 옆에 있는 것은 몰살천사 중 한 명? 호위? 몰살천사가 호위하는 사람이 남편분입니까, 그렇습니까.

저기, 그렇게 되면 남은 아가씨는…… 크롬 백작의 영애이시죠? 예? 당신도 부인?

저기~ 촌장으로 불리는 이 사람은 대체 뭐 하는 사람이려나?

………….

깊이 생각하지 않는다. 생각하면 안 된다고 본능이 외치고 있다.

질문받은 것만을 솔직하게 감추지 않고 대답한다.

에잇, 이럴 때 어째서 선대 사천왕 두 분은 없는 거지?

당신들이 더 능숙하게 설명할 수 있잖아요. 갑자기 모습을 감추고…….

아니, 책임자는 나다. 내가 설명한다.

이 부근에 있는 마물의 종류? 예, 흉포한 것이 잔뜩 있어요. 무섭죠? 괜찮아? 그렇습니까.

태연하게 답이 돌아오고 말았다.

응, 그렇게 말할 수 있는 사람이 아니면 이곳에 마을을 만들 수 없겠지.

몰살천사 중 한 명이 불쑥 떠나서 대형 마물을 몇 마리 해치우기도 했고.

그 마물, 호위 스무 명이 죽을 만큼 고생해서 쫓아냈습니다만.
부상자가 잔뜩 나왔고. 여러모로 다르구나~.

예? 촌장님은 그 빅 루프 샤샤트의 점장이기도 하다고요?
아하하, 죄송합니다. 이미 충분해요.

Farming life in another world.

Final chapter

Presented by
Kinosuke Naito
Illustrated by
Yasumo

〔 종장 〕

구미호 모녀

01.집 02.밭 03.닭장 04.큰나무 05.개집 06.기숙사 07.개 지역 08.무대 09.숙소 10.공장
11.거주 지역 12.목욕탕 13.골프장 14.상수로 15.하수로 16.저수지 17.풀장과 풀장 시설
18.과수원 19. 목장 지역 20.마구간 21.외양간 22.염소 축사 23.양 축사 24.약초밭
25.새밭 지역 26.레이스장 27.던전 입구

1   잡담과 탄생

회의하다가 휴식 중.

문관낭중이 이야기를 나누고 있다.

"이 마을의 사천왕을 정한다면 누가 되려나?"

"글쎄. 우선 루 씨, 티어 씨는 확정이지. 나머지는…… 하쿠렌 씨, 라스티 씨려나?"

"드래곤은 반칙 아니야?"

"그렇게 말하면 루 씨나 티어 씨도 반칙이잖아."

"아…… 하긴. 하지만 그렇게 되면 흡혈귀나 천사족, 귀인족 사람들은 안 되네."

"리저드맨이나 악마족도 안 된다고 생각해."

"그러면 남는 건 드워프와 수인족, 미노타우로스, 켄타우로스와 우리 문관낭중인가. 여기서 사천왕을 정해야 하네."

"드워프라고 해도, 도노반 씨네는 엘더 드워프니까 말이야. 어느 나라든 통행이 자유로운 전설의 종족."

"그냥 술꾼 아저씨들로밖에 안 보이는데."

"아하하. 일부, 여성도 있으니까 발언에 주의해."

"아차."

"이야기를 되돌려서…… 수인족에서 걸프 씨. 미노타우로스에서 고든 씨. 켄타우로스에서 글루월드 씨. 문관낭중에서 프라우

님의 네 명으로 어떠려나? 드워프는 아쉽지만 반칙 라인으로."

"프라우 님을 문관낭중에 넣어 버려도 괜찮아?"

"우리의 대표 같은 거잖아. 괜찮아."

"그런가. 아, 잠깐. 걸프 씨는 마왕국에서 무신으로 불리고 있다는 모양이야."

"그러고 보니까 그러네. 나도 들어본 적이 있어."

"반칙 아니야?"

"그렇네. 그러면 걸프 씨는 빼고…… 거트 씨?"

"무난하게 세나 씨로 하면 되지 않아?"

"확실히 그래. 그러면 마을 사천왕은 수인족 세나 씨, 미노타우로스 고든 씨, 켄타우로스 글루월드 씨, 프라우 님까지."

"제일 처음의 루 씨, 티어 씨, 하쿠렌 씨, 라스티 씨랑 비교하면 박력이 부족이네."

"사천왕은 내정 중시니까."

"세나 씨, 전에 글라츠 님을 쓰러트리지 않았던가?"

"신경 쓰면 안 돼."

결판이 난 모양이다.

하지만…… 조금 의문인데, 쿠로 패밀리와 자부톤 패밀리를 넣지 않는 것은 그렇다 치고, 하이엘프와 라미아, 거인족에서는 뽑지 않는 건가?

"처음부터 '죽음의 숲'에 살던 사람들은 제외예요."

그렇다면 나도 안 되려나?

내가 사천왕을 정한다고 하면…… 쿠로, 자부톤, 루, 티어구나.

말 그대로 마을에 온 순서. 마을을 위해 오랫동안 열심히 일해 준 것이니까 말이지.

　처음부터 있었지만, 아무리 그래도 자신을 넣거나 하지는 않는다. 그 정도의 겸허함은 있다.

　그런 것을 생각하고 있다 보니, 문관낭중들의 회의가 재개되려는 모양이다.

　나는 방해가 되지 않도록 장소를 이동한다.

　회의는 올해 축제 관련이니까 참석해도 되지만, 조금 그런 기분이 들지 않는다.

　실은 샤샤트에서 돌아오고 며칠 뒤에 긴급연락을 받았다.

　세나의 출산이 가깝다고.

　예정으로는 조금 더 뒤, 축제가 끝난 다음 정도라고 들었지만 빨라졌다는 모양이다.

　악마족 조산사들과 홀리에게 맡기고 있지만, 이미 여섯 시간. 아직 더 걸릴 것 같다고 한다.

　………….

　뭔가 하지 않으면 진정되지 않는다.

　으~음. 새끼 고양이들을 위한 장난감을 만든다.

　캣타워.

　새끼 고양이들은 거들떠보지도 않았다.

　괜찮아, 그럴 것 같다고 예상했으니까. 주얼, 배려해 주지 않아도 괜찮아.

　그래그래. 미엘은 머리 위, 다른 애들은 무릎 위에서…… 아, 무룡 위는 쿠로구나.

쿠로, 새끼 고양이들과 장난을 친 다음 목욕하고 있을 때 보고를
받았다.

세나, 무사히 출산. 여자아이라고 한다.

수인족 세나의 아이, 세테.

수인족의 아이는 태어났을 때부터 수인족의 특징이 있구나.

알고 있다고 생각했지만, 실감이 없었다. 세나와 마찬가지로 개
계통의 수인이다.

모녀가 모두 건강. 참고로 이름은 세나가 지었다.

그런데 불만이 있는 것은 아니지만, 엄마의 피가 짙다.

루도 티어도 그렇다.

아마 리아나 앤, 하쿠렌, 프라우도 그럴 것이다.

이 세계에서는 모계의 피가 우선되는 것일까? 아니면 내 피가 약
한 것일까? 신경은 쓰지 않지만, 궁금하다.

아니, 아이가 무사히 태어나, 성장해 주는 것만으로 감사하지만.

신께 치료받았지만, 나는 병으로 쓰러졌으니까.

내 피를 강하게 이어받는 것보다는 좋을지도 모른다.

조금 쓸쓸하지만.

자부톤의 아이들은 매년, 태어나고 1년 정도 된 아이들이 여행을

떠나지만, 일부는 남아 준다.

2년이 지나고 여행을 떠나는 아이는 없다.

따라서 오래된 아이는 10년이나 있은 셈이다.

그러니까 몸집이 큰 아이도 그럭저럭 있다. 마쿠라가 그 대표격
이다.

하지만 여태까지는 몸집이 크게 자라면 의식해서 나무 위나 숲속
에서 활동했다.

앞으로 나설 때도 하나 마을, 둘 마을, 셋 마을의 호위 지휘관으
로서. 소극적이라서 눈에 잘 띄지 않았다.

그런데 커다란 개체가 갑자기 눈에 띄기 시작했다.

아마도 던전의 존재가 영향을 크게 준 것이리라.

어느 정도 크게 자란 개체가 던전에 들어가 적응했기 때문일 것
이다.

자부톤보다 큰 개체도 나타나기 시작했다.

게다가 평평한 자부톤과 달리, 입체적이라 더욱 크게 느껴진다.
커다란 바위 같은 느낌이다.

뭐, 몸집이 커져도 앞다리를 들어 인사하거나 하는 애교는 변하
지 않지만.

파워 중시인 거려나? 아, 속도도 있구나. 그렇군.

그것이 열 마리.

때때로 던전 밖으로 나와 바람을 쐬고 있어서, 눈에 띄게 되었을
것이다.

그러면서 더욱 특수한 것이 한 마리.

"촌장."

2제곱미터 정도의 몸 크기를 가진 거미로, 거미의 머리 대신에 인간 여성의 상반신을 지닌 개체가 나타났다.

아라크네였던가? 아직 제대로 말할 수 없지만 조금씩 능숙해지고 있다.

처음에는 비명 같은 목소리였으니까.

그리고 제대로 옷도 입고 있다. 상반신 알몸은 조금…… 아이들 교육에도 좋지 않으니까, 미안하지만.

"왜 그래."

"자부톤, 님, 이……."

"아아, 무리해서 말하지 않아도 돼. 평소대로 제스처로."

내 말에 아라크네는 순순히 고개를 끄덕이고 다리를 움직였다.

자부톤이 나를 부르고 있는 모양이다.

"알았어. 오늘은 우르자인가? 아니면 그라루?"

숲에 가려고 한 것을 붙잡아 주었다고 한다.

아, 양쪽이구나. 폐를 끼친다.

"말은 조금씩 배우면 돼. 서두르지 마."

"예, 감사, 합니……다."

거미의 다리와 인간의 손을 흔드는 아라크네에게 배웅받으며, 나는 우르자와 그라루를 인도받으러 갔다.

아라크네는 종족명이니까, 이름을 생각해 주어야겠지.

리스트를 만들어 희망을 듣도록 하자.

2 아라크네와 지룡

아라크네의 이름이 결정되었다.

아라코.

나도 알아. 그런 눈으로 나를 보지 마.

후보를 내놓은 것은 나였지만, 결정한 것은 아라코다.

하지만 아라크네가 아라코.

알기 쉽잖아? 안 돼? 아니, 포기한 듯한 눈으로 나를 보지 마.

라스티, 거기서 태어날 아이의 이름은 자신이 짓겠다고 결의할 필요는 없지 않겠어?

그야, 자신은 없지만. 후보는 들어주길 바라는데~.

아라코는 던전 안에서의 활동을 중심으로 하고 있다.

라미아들과 거인족들과도 우호적. 아무런 문제도 없다.

뭐? 새로운 마물을 기르고 싶다고? 던전 안에서? 위험하지 않나? 괜찮아? 정말로? 음~ 그래도 말이지.

라미아와 거인족이 허가하면 OK하기로 하자. 그래도 되겠어? 알았어.

아아, 실행하기 전에 보고해 줘. 부탁한다. 정말로 부탁한 거다.

그런데 새로운 마물을 기르겠다고 했나.

아라크네에게 그런 성질이 있는 것이려나?

그러고 보니까, 벌을 데려와 준 것은 자부톤의 아이였지. 종족 특성상 동물을 잘 기르는 걸지도 모른다.

벌 하니까 기억이 떠올랐는데, 올해 봄에도 새롭게 벌집을 몇 개인가 만들었다.

상당히 밀집되어 있으니까, 영역 같은 것이 괜찮을까 걱정했지만 괜찮았다.

그것보다 꽃이 더 필요하다고 다시 요청을 받았다.

따라서 과수원 북쪽에 200미터 × 200미터 정도의 꽃밭 지역을 만들었다.

꽃의 종류는 신경 쓰지 않고, 아무튼 아름다운 꽃을 생각하며 '만능농기구'에 맡겼다.

그것이 봄 초의 일이다.

지금 꽃밭에는 다종다양한 꽃이 아름답게 활짝 피었다.

………….

해바라기의 옆에 엉겅퀴, 자양화, 나팔꽃, 장미, 유채꽃…….

이름을 아는 꽃만 봐도, 계절감은 전혀 통일되지 않았구나.

뭐, 일벌들에게는 상관없는 모양이라 꿀을 찾아 날아다니고 있었지만.

꽃밭에 있는 쿠로네 아이들은 평화로운 느낌이 들어 좋았다.

문관낭중들이 바빠지기 시작했다.

축제가 가까워진 것이 느껴진다.

하지만 나는 샤샤트의 마이클 씨와 편지를 주고받았다. 학원과 숙박시설의 형태가 갖추어지기 시작했으니, 상세한 희망을 전해 두어야 한다.

오픈 전에는 며칠인가 현장에서 지시하고 싶다. 숙박시설에 관해서는 한 달 전부터 종업원 교육을…… 엇차, 생각이 지나쳤다.

그런 것은 내가 하는 것보다 마이클 씨나 현장 사람 중에서 잘 아는 사람이 하는 편이 당연히 좋을 것이다.

이 세계 숙박업소의 표준을 내가 모르니까 말이지.

…………

종업원 교육 같은 것을 하고 있겠지?

이 세계의 가게와 종업원의 관계는 도제 제도가 채용되고 있다.

내가 알고 있는 단어라면 숙식 제공 일자리.

종업원은 가게에서 살거나 출퇴근으로 들어가, 일하면서 일을 배워 간다고 한다.

《일을 배울 수 있는 환경이 재산》이라는 사고방식이니까, 신인 시절에는 임금을 거의 주지 않는다.

임금을 받는 것은 한 사람 몫을 해낸다고 인정받을 수 있게 되고 나서부터다.

하지만 종업원의 생활은 가게의 주인이 책임지니까, 굶는 일은 없다.

그런 느낌의 가게가 대부분이다. 마이클 씨의 가게도 그렇다.

즉, 종업원 교육은 하지만, 굉장히 시간을 오래 들이는 것이다.

그리고 그렇게 해서 키운 종업원을 놔주는 가게는 없다.

종업원도 방식을 배우고 겨우 급료를 받을 수 있게 되었는데, 새로운 직장으로 이동하려고는 하지 않는다.

따라서 현재 숙박시설의 종업원은 거의 초보.

불안하다…….

마르코스와 폴라가 교육 담당이 되어 준다면 조금은 안심할 수 있지만…… 가게가 바빠 보이니까 말이지.

역시 일주일만이라도 내가 그쪽으로 가서 가르쳐 주자.

좋아, 결정.

비젤이나 시조님에게 데려다 달라고 하자.

축제철도 가까우니까, 찾으면 누군가는 있을지도 모른다.

나는 일어나서는 쿠로와 눈이 마주쳤다.

나가는 거야?

그런 얼굴로 나를 보지 말기를 바란다. 일이다.

쿠로의 옆으로 새끼 고양이가 나란히 줄지어 선다. 쿠로와 비슷한 표정으로 나를 본다. 어이어이.

평소에 그런 식으로 줄을 선 적은 없었잖아? 어째서 갑자기 그런 귀여운 짓을 할 수 있게 된 거야.

………….

알았어.

외출은 중지.

종업원을 '큰나무 마을'로 불러들이자.

마르코스와 폴라를 단련시킨 것처럼 특훈이다.

그런 마음을 편지에 썼다.

후일.

마이클 씨가 보내온 답변에, 그렇게 잔혹한 짓은 하지 말아 달라고 쓰여 있었다.

어째서지……?

다시 후일, 숙박 관련에 종사했던 사람을 몇 명 확보했으니까 안심해 달라고 연락을 받았다.

아니, 가르칠 사람이 있다면 다행이지만…… 어떻게 확보했지?

무리하지 않았으면 좋겠는데.

다음에 샤샤트에 갔을 때 물어보도록 하자.

아라코가 던전에 마물 새끼를 갖고 들어갔다.

가기 전에 허가를 받았으니까 불만은 없다.

도마뱀 같은 마물로, 던전 워커로 불리고 있다.

전체 길이가 1미터 정도 되는데, 새끼라고? 어른이 되면 어느 정도의 크기가 되는 거지?

자세히는 모르겠지만, 20미터 정도 되는 것을 본 기억이 있다고 리아가 말했다.

………….

도로 돌려보내라는 말이 나오려 했지만, 아라코가 이쪽을 빤히 보는 바람에 차마 말할 수 없었다.

잘 키워야 해. 몸집이 커졌다고 해서 버리거나 하면 안 돼.

그리고 그 던전 워커? 등에 한 마리 더 숨어 있구나.

한 마리가 아니야? 앞으로 열 마리? 아아, 크기가 조금 작은 건가. 10센티 정도구나.

…………

실제로는 그 1미터 정도인 것이 부모이거나 하지 않아? 아니고, 새끼? 그렇겠지. 응, 살짝 희망을 말해 봤을 뿐이야.

리아가 말한 대로 20미터는 각오하자. 던전이 좁아지면 확장해야겠구나.

일단 사이좋게 지내도록. 싸움 같은 건 하면 안 돼.

던전 워커.

밤눈이 밝고, 던전의 바닥만이 아니라 벽과 천장을 기어서 침입자에게 접근하는 도마뱀 형태의 마물.

뛰어난 개체는 마법을 다룰 줄 알아, 모험가들에게는 던전의 저승사자로 불리는 일도 있다고 한다. 저승사자? 이렇게 귀여운데?

"특정 지역에서는 지룡(그라운드 드래곤)으로 불리는 일도 있습니다."

리아가 보충 설명을 해 주었다.

"드래곤이야?"

"아니요, 드래곤과는 관계없습니다."

그렇겠지.

하지만 던전 워커보다는 지룡 쪽이 부르기 쉽다.

그렇게 부르고 싶은데, 하쿠렌이나 라스티가 불쾌하거나 하지는…… 신경 쓰지 않는구나.

다행이다. 그렇다면 지룡으로 부르자.

고양이들아. 지룡을 괴롭히면 못써. 덩치가 커졌을 때를 생각해.

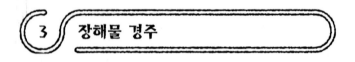

3 장해물 경주

축제 당일, 마왕이 유리, 랭던, 비젤, 글라츠, 호우와 함께 찾아왔다.

평소와 똑같은 멤버다.

"올해 축제는 평화로워 보여서 좋구나."

"하하하. 항상 평화로워요."

마왕과 이를 안내하는 문관낭중의 대화.

지나치던 아라크네 아라코를 보고, 마왕 일행은 깜짝 놀란 모습을 보였다.

이미 시조님, 드라임, 도스는 와 있다.

라이메이렌은 며칠 전에 와서 히이치로와 놀고 있다. 히이치로는 완전히 할머니에게서 떨어질 줄을 모른다. 하쿠렌은 복잡한 심경……이 아니구나. 편해서 좋다는 느낌?

아니, 손이 많이 가는 우르자와 그라루를 돌보는 것이 큰일이니 말이지. 눈을 떼면 뛰어가 버리는걸. 우르자와 그라루에게는 마을이 좁을지도 모른다.

두 사람은 언젠가 마을에서 여행을 떠나거나 하려나? 그라루는 히이치로가 있으면 나가지 않겠지.

우르자는…… 어떨까. 조금 더 자라지 않으면 알 수가 없구나.

쓸쓸하지만, 그때가 오면 잘 배웅해 줘야지.

일단 지금은 붙잡는다.

"우르자, 그라루! 그 손에 들고 있는 건 뭐야!"

아니, 대답하지 않아도 알고 있어.

손님용으로 준비한 식사 중 하나다.

그것을 조금 전부터 알프레드와 티젤이 있는 아이용 자리로 옮기고 있다.

한두 번은 봐주더라도 세 번은 아무리 그래도 봐줄 수 없다.

너희 몫은 제대로 준비해 두었잖아. 그 이상은 안 돼. 과식이야.

그리고 단 것만 노리지 마.

먹는다면 이쪽도 먹도록 해. 숙주는 맛있어. 투덜거리지 마.

하나 마을, 둘 마을, 셋 마을, 넷 마을, 추가로 온천지의 사령기사와 사자.

그리고 라미아, 거인족이 도착해 축제가 시작되었다.

올해의 내용은 심플한 장애물 경주.

통나무나 나무 판자, 밧줄 등으로 만들어진 하나의 코스를 어디까지 건널 수 있는가 하는 것이다.

손을 쓰거나 하늘을 날거나 하는 것은 금지.

코스는 다섯 종류.

어린이 코스, 일반 코스, 거인 코스, 켄타우로스 코스, 익스퍼트 코스.

완주하면 내가 보상 메달을 하나 준다.

어느 코스든 초반에는 간단해 보이지만, 후반에는 큰 업다운이 있어 눈으로 봐서는 완주하기 어려울 것 같다.

그런 데다가 산 엘프들이 코스 후반에 주목하고 있는 것을 보면, 그 부근에 함정도 있을 것이다. 아, 역시 있었다.

완주자, 나오려나.

코스 아래에는 추락해도 괜찮도록 자부톤 가족이 거미줄을 깔아 주었다.

하지만 그 안전 대책을 위해 코스가 전체적으로 조금 높아져서 상당히 무섭다.

일반용 코스의 1번 주자인 수인족 여자아이는, 떨고…… 떨지는 않는구나. 전력으로 달리기 시작했다.

자, 스톱! 일단, 중지.

"촌장, 왜 그러시죠?"

"치마 금지, 바지를 착용해."

그렇게 되었다.

어떤 코스든 긴장과 흥분과 웃음이 넘쳐났다.

(종장 | 구미호 모녀)

상처가 없는 것은 좋은 일이다.

어린이 코스에서 우르자, 그라루가 완주.
코스 후반부의 함정을 몸통 박치기로 돌파하는 모습은 참 용맹스러웠다.
함정을 담당하고 있는 산 엘프는 머리를 부여잡았지만…….

일반 코스에서 마왕이 완주.
사전에 랭던과 비젤이 몸을 던져 코스의 함정을 밝혀낸 것이 크게 영향을 주었던 모양이다.
그런 데다가 뛰어난 밸런스 감각과 단련된 근력. 역시나 마왕이라고 해야 할 것이다.

거인, 켄타우로스 코스에서는 완주자가 나오지 않았다.
두 종족 모두 좁은 장소를 걷는 것이 서투른 모양이다.
초반부에서 발을 헛디디고 말았다.
켄타우로스는 조금 더 잘할 수 있을까 싶었지만, 앞다리는 몰라도 뒷다리를 헛디디는 사람이 많았다. 보이지 않으니까 말이지.

익스퍼트 코스에서는 리아와 하이엘프들이 좋은 성적을 거뒀다.
도중에 무기들 들고 싸워야 하는 함정에서 리저드맨들이 탈락했다.
함정이 잘 작동해서 기쁜 것은 알겠지만, 지나치게 기뻐하지 말도록.

작동해도 다시 세팅할 필요가 없는 함정은 대단하지만.

라미아는 꼬리를 코스에 감아 매달리면 편하겠지만, 그건 금지.

코스 위에 뱀 몸을 올려야만 해서 난이도가 높았다.

발판은 중요하구나.

완주자는 술 슬라임.

일단, 심의 중…….

해가 저물고, 그대로 예년대로 연회. 평화로운 축제였다.

응, 이런 느낌이면 되는 거지.

나는 새끼 고양이들을…… 호우와 드라임에게 응석을 부리고 있다. 마왕에게도. 질투.

그래, 알아. 나에게는 쿠로네 가족이 있단 말이지~. 쓰담쓰담.

그래그래. 루도 소중하게 여기고 있어. 티어도 말이야. 그란마리아도. 조금 전에는 요란하게 떨어졌는데, 괜찮은 거야? 짧은 거리라도 날아다니기 때문이야. 걷는 연습도 하도록 해.

참고로 나도 일반 코스에 도전했지만, 마왕에게 정보를 제공하기만 했었다. 분하다.

축제 분위기를 즐기며 슬슬 출산 시기가 된 라스티를 생각했다.

라스티는 술을 마실 수가 없으니, 연회가 된 뒤에는 집으로 돌아갔다.

부르가와 스티파노가 곁에 있어 주니까 안심이다.

드래곤은 임신 중에 신경이 거칠어진다고 들었는데…… 상당히 차분하다.

지나치게 과장되게 말한 것이 아닌가?

도스와 드라임이 진지한 얼굴로 말했으니까 믿겠지만.

연회의 자리를 이용해서, 나와 세나는 세테를 소개했다.

'큰나무 마을'에서는 널리 알려졌겠지만, 다른 마을과 라미아, 거인족, 내빈에게 알린다.

잘 부탁해. 건강한 여자아이야. 시집은 안 보내.

밤바람은 아기 몸에 나쁠지도 모르니까 일찌감치 철수.

세나와 세테를 집까지 에스코트.

그 도중에 하울린 마을에 있는 세나의 부모에게 세테를 보여주러 가고 싶다고 생각을 전했다.

하지만 세나는 보여주러 가는 걸 반대했다.

세테에게 무리한 이동을 시키지 않기 위해서인가 싶었지만, 그게 아니었다.

지위의 문제로, 아이가 태어났다고 보여주러 가는 것은 지위가 더 낮은 사람. 나는 하울린 마을의 촌장보다도 지위가 높으니까, 세테를 보여주고 싶다면 상대를 불러야 한다는 의견.

그런 건가.

어라? 하지만 그렇다면 프라시아 때, 실키네에게 보여주러 가는 계획은 안 좋았던 건가? 아니, 위니 아래니 따질 마음은 없지만.

"비젤 님이 먼저 보러 왔으니까 괜찮아요."

그걸로 된 건가?

하지만 그런 부분의 문화를 경시할 수는 없다.

내가 바보라고 무시당하는 것은 괜찮지만, 마을이 무시당하는 것은 곤란하다.

조금씩 공부해 나가도록 하자.

축제의 밤은 지나갔다.

다음 날 아침.

"마왕이여. 미엘을 돌려주십시오!"

"거절한다! 이 아이는 우리 집 아이가 될 것이다!"

마왕에게 새끼 고양이를 되찾는 싸움이 펼쳐졌다.

잡담 사라진 미래

나는 옛날부터 같은 꿈을 자주 꾸었다. 몇 번이나.

꿈의 내용은 간단하다. 마왕이 네 명의 부하에게 명령하는 장면.

나는 그 장면을 옆에서 보고 있는 포지션. 비서인 것이려나?

마왕은 지금의 마왕님과 다르지만, 어째선지 마왕이라고 이해할 수 있었고, 마왕처럼 엄청나게 무서워 보이는 얼굴을 하고 있다.

명령도 부수라든가, 죽이라든가 같이 난폭한 것이 많았다.

옛날에는 이 꿈을 꾸고 일어난 아침에 자주 울었다. 하지만 지금은 무섭지 않아.

그 마왕의 얼굴이 내가 알고 있는 사람과 똑 닮았다는 것을 알았으니까.

알고 있는 사람의 이름은 길스파크 씨.

샤샤트의 대리 통치인 님의 자제분. 장남이래. 대단하지.

제일 처음에 봤을 때는 그 무서운 마왕이라고 깜짝 놀랐지만, 지금은 괜찮아.

가게 일을 열심히 도와주고 있어.

아, 그래도 옛날에는 조금 나쁜 짓을 했다는 모양이야. 후후.

작은 아이의 식사를 도와주고 있는 모습을 보면, 나빴다는 것이 전혀 상상이 되지 않지만 말이야.

꿈에 나오는 네 명의 부하.

이것은 사천왕이겠지만, 이 네 명도 내가 알고 있는 사람들이야.

한 명은 그 무신, 걸프 님.

무투회 회장에 숨어들어, 몰래 구경했었는데…… 굉장했어.

평소 거만하게 굴던 싫은 녀석들을 찰싹 나무검으로 일격. 속이 후련했어.

그리고 그대로 우승. 꿈속에서는 무왕이라고 이름을 밝혔던가. 무왕보다 무신 쪽이 어울린다고 생각해.

또 다른 한 사람은 샤 씨.

가게에서 요리를 이것저것 만들고 있는 대단한 사람.

때때로 시험작을 먹게 해 주는데…… 열 번에 한 번 정도의 비율로 굉장히 맛없을 때가 있어.

다른 아홉 번은 무진장 맛있는데, 그 한 번이 엄청나게 두려움을 사고 있다.

맛은 보고 있다는 모양이지만, 시행착오 중에 무슨 맛인지 알 수 없게 되어 버린다는 모양이야.

나는 그 한 번을 무서워하지 않고 먹으니까, 샤 씨가 얼굴을 기억해 주고 있거나 한다.

꿈속에서는 미식왕으로 불리고 있었지.

아, 그래도 꿈속에서는 엄청나게 살이 쪘고, 자기는 직접 요리하지 않고 부하에게 만들게 했다. 샤 씨와는 전혀 다르네.

하지만 어째선지 샤 씨였다고 생각해.

다른 한 명은 폿테 씨.

가게의 접객 주임.

웃는 얼굴이 멋진 사람이지만, 꿈속에서는 절대로 웃지 않는 냉철한 느낌.

냉혈왕으로 불리고 있었다.

그런 얼굴도 어울릴지 모르겠지만, 나는 지금처럼 웃는 얼굴이 더 좋아.

마지막 한 사람은 호트 씨.

전에 가게에 민폐를 끼쳐, 교회에 맡겨졌던 사람. 지금은 가게에 와서 무료봉사를 하고 있다.

호트 씨가 오게 되면서 길스파크 씨도 오게 되었으니까, 결과적으로는 잘된 일이려나?

꿈속에서는 질투왕이라고 이름을 밝혔지만…… 자기 자신을 질투왕이라고 하다니, 그건 좀 어쩌려나? 센스를 의심하게 되지만, 꿈속 이야기니까 말이야.

내가 아는 호트 씨는 성실한 노력가.

이것은 소문내면 안 되는 이야기지만, 길스파크 씨가 나쁜 짓을 했던 시절의 참모 역할이었다고 해.

하지만 길스파크 씨가 어떤 빵집 딸에게 반해 버려서, 그것을 계기로 개심하고 나쁜 짓을 그만두는 바람에 호트 씨는 홀로 남겨져 폭주했다나.

길스파크 씨가 그렇게 말하고 머리를 숙였다.

남자들의 일그러진 우정이려나?

아차, 실수다. 내 비밀이 흘러나가고 말았다.

아, 아무튼.

무서운 꿈에 나왔던 사람이 잘 아는 사람들이라는 것을 알고 나서부터는 그 꿈을 꾸지 않게 되었다.

대체 뭐였으려나? 지금에 와서는 그 꿈이 그립게 느껴져.

하지만 그 꿈속의 길스파크 씨가 날뛰는 원인은, 용사가 길스파크 씨의 아내를 죽여서 그런 거란 말이지.

아내라면, 그 빵집 딸이려나? 가게에 찾아와서는 가게 빵을 연구하고 있는 사람.

꿈속의 아내 초상화는, 귀한 집 아가씨 느낌이었으니까…… 다른 사람이겠지.

아무튼 꿈속에서는 끔찍한 일을 당하게 되니까, 지금 그대로가 좋아. 아무 문제도 없어.

후일.

마르코스 씨와 폴라 씨가 데리고 가, 점장에게 인사했다.

옆에 길스파크 씨, 샤 씨, 풋테 씨, 호트 씨의 모습이 보인다.

아쉽다.

점장님이 걸프 씨를 데리고 왔다면 깔끔하게 모였을 텐데.

어? 자기소개? 나부터? 마르코스 씨, 그러지 마요, 나를 앞으로 내보내지 마요.

"이 직원에게는 가게의 회계를 부탁하고 있습니다. 이 사람이 없었다면 지금의 '마를라' 는 존재하지 않았습니다."

너무 띄웠어!

하, 하지만 마르코스 씨와 폴라 씨를 민망하게 할 수는 없다.

마음을 굳게 먹고 인사했다.

다음 날.

나는 빅 루프 샤샤트의 회계 주임이 되어 있었다.

어……? 어라? 잠깐.

나는 '마를라' 의 회계로, 이만한 돈을 다룬 적이 없는데요…….

아니, '마를라' 의 회계도 엄청났지만.

왜 고로운 상회의 높은 사람이 나를 정중하게 대하는 거야?

호위 같은 건 필요 없어.

어? 전용 집무실? 그건 조금 기뻐.

부하도? 마음이 움직여……

아아, 정말. 저항해도 무리인 거지? 일하던 가게가 망하고, 길거리를 헤매고 있던 나를 고용해 주었으니까.

마르코스 씨, 폴라 씨, 그리고 점장님. 열심히 일해 보겠습니다.

그러니까 확인할게요.

전용 집무실 옆에 제 침실이 준비된 이유는 뭐죠? 나는 기숙사에 방이 있는데요.

별다른 의미는 없는 거죠? 그렇죠? 눈을 피하지 말아 주세요.

부하를 늘린다든지, 빨리 준비한다든지 같은 말을 듣고 싶은 것이 아니에요.

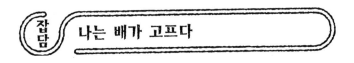

나는 배가 고프다

나는 배가 고프다.

진지한 표정으로 말해도, 배고픔은 해소되지 않는다. 난처한 일이구나.

이것도 저것도 모두 식사 준비를 해 주는 자들이 어느새 사라지고 말았기 때문이다.

정말, 나를 혼자 두고 어딘가로 가다니 대체 무슨 일인지.

아니, 뭐, 그자들에게도 무언가 사정이 있을지도 모르겠구나. 탓하는 것은 사정을 듣고 난 뒤에 하도록 하자.

우선은 이 시끄럽게 울어대는 내 배를 어떻게 해야 한다.

손에 가진 것은…… 물이 든 수통뿐. 먹을 것은 없다.

이렇게 되면 찾을 수밖에 없다.

다행히도 주위는 숲.

………….

어라? 어째서 숲인 것이냐? 게다가 본 적이 없다?

으~음…… 뭐, 깊이 생각해도 어쩔 수 없지. 숲은 숲이다. 무언가 있을 테지.

무언가 있었지만, 전부 먹어도 될지 알 수가 없다.

냄새는 괜찮아 보이지만, 그러다가 지독한 꼴을 본 적도 있다.

이럴 때야말로 다른 사람이 대신 확인해야 하는…… 없다.

지금은 용기를 내야 하는가? 아니, 아니다. 잘 보면 색이 조금 수상쩍다.

조금 더 알고 있는 물건을 찾아보자. 틀림없이 있을 터이다.

없다.

그 뒤로 사흘.

갖고 있던 수통의 물도 바닥났다. 결국 현기증이 난다. 한계다.

이렇게 되면 다음에 발견한 것을 아무런 생각도 하지 말고 먹어보도록 하자.

위험한 것은 알고 있다. 그것을 고려하여도 먹고 싶다.

아니, 순순히 바닥에 있는 풀을 먹으면 될 테지만, 누가 무슨 짓을 했을지 알 수 없는 것을 입에 넣는 것은…… 생리적으로 무리다.

이상은 나무 열매.

아아, 생각하는 것만으로 배가 고프다.

어라? 무언가, 좋은 냄새가 난다.

먹을 것이 아니다. 꽃의 향기다. 다양한 꽃이 뒤섞인 향기.

꽃인가…… 꽃은, 먹을 수 있었던가?

장래에는 열매가 될 터이니까, 꽃인 상태로 먹어도 문제는 없지 않을까?

어느새 나는 달려나가고 있었다. 향기가 나는 방향으로.

일대를 가득 채운 꽃밭. 아름답다.

하지만 함정이었던가.

여기저기에서 날아다니는 병정. 요소에 숨어 있는 밀정이 셋. 그리고 나를 위압하는 무사가 하나. 으음.

나는 꽃에 이끌려 온 불쌍한 나비였다는 것인가.

배고픔만 아니라면 이 정도는 얼마든지 요리해 줄 터인데…….

응? 병정이 후퇴했어? 대신에 밀정의 수가 늘고…… 무사도 늘어나는구나.

저기…… 그 숫자는 치사하지 않느냐? 밀정이 스물 이상, 무사가 열 이상. 더욱 늘어난다. 이미 헤아리는 것은 포기했다. 싸우는 것도.

그렇다면 어찌해야 할까.

홋, 말로 해 보자.

"나는 배고프다, 이곳의 꽃을 먹고 싶구나. 양보해다오."

…………

어째서냐. 무척 불쌍히 여기는 눈빛을 보였다.

너희끼리 숙덕숙덕 이야기하지 마라. 아니다. 나는 꽃을 먹는 종족이 아니다!

단지 배고픔 탓에, 꽃으로 배를 채우려고…….

응? 잠깐.

안쪽에 보이는 것은 아포 나무? 게다가 이 시기에 열매가 있다고? 기괴하구나.

하지만 이렇게 된 이상, 그것은 아무래도 좋다.

그 아포 나무의 열매를 부디 하나, 아니 두 개, 가능하면 세 개. 양보해 줄 수 없겠느냐.

…………

그 상담은 불쌍히 여겨서 나누는 것이 아니겠지? 나에게 줄지 어떨지를 상담하고 있는 것이겠지?

아닌 모양이다.

에잇, 대표자를 불러와라, 대표자를.

그렇게 말했기 때문일까. 우락부락한 것이 나타났다. 사람의 모습을 하고 있지만 드래곤이다.

그 옆에…… 뭐냐, 이 인간은?

한 번 완성한 뒤, 부수어 다시 빚어낸 듯한…… 영기(英氣)의 덩어리? 영웅의 알?

아니, 어른 영웅을 억지로 알에 밀어 넣은 듯한…….

아무리 나라도, 배고픈 상태로 이것에 거역하는 것은 좋은 생각이 되지 못하는…… 우옷, 갑자기 붙잡혔다!

기다려라, 무례한 것! 나를 그런 식으로 다루지 마라!

그 이상한 인간과 드래곤에게 붙잡힌 나는, 그들의 둥지로 이끌려 갔다.

숲속에 이런 곳이 있었을 줄이야…… 신기한 장소이다.

아니, 그 꽃밭이 그런가.

생각하고 있자, 나는 귀인족에게 넘겨졌다. 아니, 귀인족이 빼앗아 갔다고 해야 할 것이다.

이상한 인간과 드래곤이 혼나고 있다. 호호호, 나에게 무례한 짓을 했기 때문일 터이지.

이 귀인족, 도리를 아는 자임이 틀림없다.

음음, 그리 신경 쓸 것은 없다.

아, 기다려라. 그렇게 들면 조금 힘들구나. 가능하면 부드럽게 감싸듯이……. 그리고 더는 저항하지 않을 터이니 무언가 먹을 것을…….

어라? 준비하고 있어? 기대해도 좋은 것인가?

오오, 아포의 열매.

그 무사들이 전해 주었던 것일까? 게다가 잘 갈아주어서…….

확인하겠지만, 먹어도 되겠느냐? 고맙구나.

맛있다. 오오오…… 몸에 잘 흡수된다.

게걸스러운 것은 부끄럽지만, 저도 모르게 서두르게 된다.

응? 그 외에도 이것저것…….

그것을 먹어도 되겠느냐? 고맙구나.

오오오…… 힘이 되살아난다.

후후후, 배만 채우면 나에게 대적할 자는 없다.

그 이상한 인간은 힘들지만…… 함께 있던 드래곤이라면 도륙을 낼 수도 있다.

어?

응? 더 먹으라고? 괜찮겠느냐? 잘 먹겠습니다.

이곳은 좋은 장소인 모양이다.

이런 곳에 오는 계기가 되었다고 생각하면, 무례한 자들을 용서해 주고 싶은 마음도 생긴다.

음, 용서해 주마.

결단코, 부모 드래곤 같은 것이 어슬렁거리고 있었기 때문에 겁을 먹었던 것이 아니다.

이 자리에는 나보다 강해 보이는 것이 몇몇 있다.

으음, 못 이기겠다.

게다가 무사와 일대일이라면 뒤처지지 않겠다만, 무사의 수는 한없이 많다.

밀정도 꽃밭에 있던 것은 어린아이였던 모양이다. 어른 상대로는 조금 힘들다.

하지만 나는 간파했다. 이 자리에서 가장 높은 것이 누구인가를.

쓸데없이 일주일 동안 먹고 자고를 하고 있던 것이 아니다.

나는 관찰하고 있던 것이다.

교섭할 상대는 누구인가 하고.

그리고 그 상대는…… 저 새끼 고양이들이다!

틀렸다.

인간 남자가 가장 높았다. 간파하지 못했다. 나의 안목을 가지고 서도…….

아니, 괜찮다. 인간 남자는 나에게 호의적인 모양이다.

후후. 나의 매력에 푹 빠져…… 아, 새끼 고양이가 더 좋은 것이냐? 그러합니까. 시무룩.

여러 가지 일이 있었지만, 이리하여 나는 이곳…… '큰나무 마을'에서 신세를 지게 되었다.

잘 부탁한다.

나의 이름은 히토에.

구미호(나인테일폭스)로 불리는 종족.

음, 아직 꼬리가 하나이니까 믿지 못할지도 모르겠지만, 어른이 되면 아홉 개가 된다.

인간 모습으로도 될 수 있지만, 아직 어린아이인 탓에 짐승 모습인 것을 용서해 주길 바란다.

성별? 보면 알 수 있지 않으냐.

모르겠느냐.

조금 충격…… 나는 여자이다.

4 구미호

내가 밭 작업을 할 때, 쿠로네 아이 하나가 나를 부르러 왔다.

무슨 일인가 싶었는데, 아무래도 새끼 여우가 길을 잃고 들어온 모양이다.

여우?

유해 야생동물이라는 말이 떠올랐지만, 내 선입견으로 단정하는 것은 좋지 못하다.

보고 나서 정하자.

일단 저택으로 돌아오니 이미 우르자와 그라루가 새끼 여우를 안고 있었다.

새끼 여우는 인형처럼 얌전하다.

아, 다리를 파닥거리고 있기는 하구나.

귀인족 메이드 중 한 명이 새끼 여우를 빼앗고 우르자와 그라루를 야단쳤다.

아아, 새끼 여우는 상당히 더러워져 있구나. 그것을 안고 있었으니까, 옷이 새카맣다. 이렇게 되면 혼날 수밖에 없다.

아~ 귀인족 메이드여.

새끼 여우의 목을 잡는 방식이 좋지 않아.

조금 더 부드럽게 잡아.

이 단계에서 나는 새끼 여우를 기르기로 거의 결정하고 있었다.

이름은……여우니까 깽깽이는 어떨까? 나쁘지 않겠지?

"이름은 히토에라고 하옵니다."

본인에게 거부당했다.

음, 이미 이름이 있다면 어쩔 수 없다.

아니 아니지, 중요한 것은 그것이 아니었다.

새끼 여우는 인간 모습이 되어 있었다. 게다가 어린 소녀. 하카마를 입고 있어 신사의 무녀 같은 모습이다.

말할 수 있다면 좋다. 대체 어디에서 온 것인지 물어보려 했더니, 오랫동안 인간 모습으로는 있을 수 없는 모양이다. 금방 새끼 여우의 모습으로 돌아가고 말았다.

이후, 인간이 되었을 때 조금씩 정보를 얻고 있다.

그럴 필요는 금방 없어졌지만.

시조님이 지쳐 핼쑥해진 얼굴로 찾아왔다.

듣자니 성녀 관련으로 귀찮은 일이 생겨서 일손이 필요하단다.

그 설명을 하고 있을 때, 새끼 고양이와 놀고 있는 새끼 여우 히토에를 보고 경직.

내가 인간의 모습이 될 수 있는 새끼 여우라고 알려주자, 그 자리에 풀썩 주저앉았다.

시조님은 성녀를 받아들여 줄 곳을 찾고 있었다.

후보는 몇 군데 준비해 두었지만, 대부분의 장소에 무언가 말썽이 생겼다고 한다.

말썽이 생기지 않았던 장소를 중심으로 받아들일 채비를 하고 있을 때, 갑자기 기습당했다.

분노한 구미호에게.

구미호는 시조님만큼 강하다고 한다.

마구 날뛰는 구미호를 방치하지 못한 시조님이 응전. 며칠 동안 사투를 벌인 뒤 잠시 싸움을 멈췄다.

구미호가 날뛰는 것은 아이가 납치되었기 때문이라고 해서, 시조님은 그 아이의 구출을 약속하고.

구미호에게는 얌전히 있어 달라고 했다.

그런 뒤, 인근의 코린교 신자를 이용해 아이를 납치한 자를 특정.

만전을 기하려고 후슈와 그 부하를 시켜 상대의 아지트를 기습.

아이를 납치한 자의 대부분을 제압, 포박했지만, 막판에 가서 실수했다.

상대의 보스가 전이 마법을 써서 도망친 것이다.

전이 마법이라고 해도 시조님이나 비젤이 쓰는 편리한 전이 마법이 아니라, 행선지가 불명한 불편한 것.

원래는 자기에게 쓰는 것이 아니라, 상대에게 써서 어딘가 먼 곳으로 보내는 위기회피용 마법이다.

상대의 보스는 그 마법을 자기와 아이에게 사용했다.

자기에게 쓴 것은 도망치기 위해. 아이에게 쓴 것은 시간을 벌기 위한 심술이라고 추측된다.

그 심술이 효과적이었다.

왜냐하면 시조님은 구미호에게 아이의 구출을 약속했으니까.

시조님은 전력으로 각지의 코린교에 지시하고, 자지도 쉬지도 않기를 2주. 찾고 또 찾았다.

하지만 발견되지 않았다. 큰일이다. 죽었을 가능성도 있다는 초조함에 마을에 지원을 부탁하러 왔더니, 그 아이가 새끼 고양이와 놀고 있었다.

이름도 확인. 본인이 틀림없다고 한다.

시조님은 설명을 한 뒤 새끼 여우를 안고 돌아갔다.

부모에게 돌아가는 것은 좋은 일이지만, 갑작스러운 작별은 조금 쓸쓸하다.

새끼 고양이들도 마찬가지인 모양이다.

재회는 다음 날이었다.

"내 딸을 보호해 주어서 고맙구나."

일본식 전통복 같은 옷을 입은 긴 흑발 미인.

그 등 뒤로 푹신푹신한 금색 털의 꼬리가 아홉 개. 팔에는 새끼 여우를 안고 있었다.

그 옆에 전이 마법을 쓴 시조님이 쓰러질 듯한 느낌으로 서 있다.

시조님, 인사는 알아서 할 테니까 쉬고 있어.

일단 그날은 연회가 열렸다.

어미 여우인 구미호 씨의 이름은 요우코.

고상한 사람으로, 시조님과 싸웠다는 것을 믿을 수가 없다.

그것이 수법이라며 루와 티어가 내 곁에서 떨어지지 않는 것은 어째서일까.

"흠. 참으로 훌륭한 술과 요리구나. 이 술을 하나 더. 저기 커다란 그릇에 부탁한다."

술고래인 모양이다.

드워프들이 이미 동료로 인정하고 있다.

새끼 여우인 히토에는 새끼 고양이들과 함께 식사. 과일 중심이지만, 고기도 먹는다.

귀인족 메이드가 작게 자른 고기를 야물야물 먹는다.

요우코 씨는 부르가, 스티파노와 면식이 있는 사이였다.

옛날에 함께 날뛰었던 적이 있다는 모양이다.

두 사람은 젊은 날의 치기였다고 얼굴을 붉혔지만, 추억 이야기를 들어서는 스케일이 상상되지 않는다.

왕국 하나를 잿더미로 만들었다 같은 것은 아무리 그래도 허풍이 들어간 이야기겠지?

요우코 씨를 알고 있는 것인지 드라임은 조금 난처한 표정으로 떨어진 자리에 앉았고, 하쿠렌은 당당하게 요우코 씨의 정면에 자리 잡았다.

실력을 시험할 상대로 딱 좋다 같은 소리를 하고 있다.

마을에서는 날뛰지 마. 숲에서도 안 돼.

라스티는…… 출산이 가까우니까 연회에는 불참.

슬슬 얼마 남지 않았지. 무사히 태어나 주길 바란다.

큰 연회는 당일만이었고, 이후는 소규모 연회가 이어졌다.

일단 시조님이 부활할 때까지 이어갈까 싶었지만, 시조님의 부활은 오래 걸렸다.

"이대로 100년 정도 자버릴까 생각했습니다."

무서운 소리를 한다. 뭐, 5일 만에 눈을 떠서 다행이다.

시조님을 위해 다시 하루만 연회를 연장했다.

그 뒤로는 선물을 준비하고, 작별의 시간이다.

새끼 여우 히토에야. 다시 만나자꾸나.

"아니, 돌아가지 않는다. 여기서 살겠다."

저항한 것은 요우코 씨였다.

저기…….

"이곳에는 강자가 많다. 이곳이라면 안전하게 히토에를 기를 수 있다. 내가 이곳을 지배해 주마. 그대들은 우리를 위해 일하여라."

아니 아니, 그건 좀 기다려 주길 바란다.

내가 항의하려고 했더니, 시조님이 웃는 얼굴로 끼어들었다.

그리고 요우코 씨를 전이 마법으로 밖으로 데리고 나갔다.

"뭐냐? 다시 해 볼 생각이냐?"

"아니, 착각하는 모양이니까 가르쳐 주려고 말이지."

"내가 무엇을 착각하고 있다는 것이냐?"

"응. 너는 저 촌장을 보고, 무엇을 생각했지?"

"평범한 인간이지 않으냐. 다소 신기가 느껴지기는 하지만……
나의 적수는 아니다."

"그러냐. 그러면 내기를 하자."

"내기라고?"

"그래 내기야."

"재미있구나."

"아니, 재미없어. 반드시 내가 이길 테니까."

"호오……."

전이 마법으로 돌아온 시조님은, 이번에는 나를 데리고 나갔다.

장소는…… '죽음의 숲'이지만, 마을에서 상당히 떨어진 장소구나.

서쪽이려나? 정답이라고 한다.

그리고 와이번을 잡은 창을 요우코 씨에게 던져 달라고 했다.

아니 아니, 아무리 그래도 그건 좀…….

"사람의 모습이 방해인 것이냐? 그럼, 이것은 어떠냐?"

요우코 씨는 엄청나게 커다란 금색 여우가 되었다.

네 발로 서서…… 10미터 정도? 얼굴이 상당히 무섭다. 아홉 개의 꼬리가 각각 다른 생물처럼 움직이고 있다.

그리고 요우코 씨는 그 모습 그대로 공중을 달렸다. 엄청난 속도다.

요우코 씨는 여우 모습 그대로, 나에게서 50미터 정도 떨어진 장소에 앉았다.

"그럼 시작해 볼까."

"기다려, 구미호. 좀 더 떨어지는 편이 좋아."

시조님이 요우코 씨에게 그렇게 말을 던졌다.

"거리를 벌리라고? 무시하지 마라. 나는 사람의 창 따위는 두렵지 않다."

"그래, 경고는 했어. 그러면 촌장, 부탁할게."

"아니, 하지만……."

"저게 '큰나무 마을'을 지배하고 싶다는 모양이야."

그건…… 곤란하다.

아니, 지배자는 나라고 주장할 마음은 없다. 귀찮은 일을 맡아 준다면 기쁘게 양보하고 싶을 정도지만…… 이제까지 나를 촌장으로 따라 준 사람들에게 미안해진다.

나는 손에 '만능농기구' 창을 불러냈다.

그리고 노린다. 무서운 얼굴을 한 여우지만…… 아무리 그래도 머리는 내키지 않는다. 다리를 노렸다.

요우코 씨는 내 앞에서 바닥에 엎드려 빌고 있었다.

"이제까지의 무례한 언동, 진심으로 죄송합니다."

그 뒤에서 묘하게 개운한 얼굴인 시조님.

아니, 뭐, 이쪽도 창을 던져 버렸고. 다리, 괜찮아? 괜찮은 모양이다. 다행이다.

뭐, 마을 지배는 철회해 주었으니까, 시조님의 전이 마법으로 마을로 돌아왔다.

돌아왔더니, 이번에는 자부톤이 요우코 씨를 묶어서 끌고 갔다.

저기…… 어디로 데리고 가는 거려나?

자부톤은 이제까지 요우코 씨 앞에 모습을 보이지 않았다.

어째서일까 싶었지만…… 아는 사이였던 것이려나?

끌려가는 요우코 씨, 얼굴이 파랗게 질려 있었으니까 말이지.

(종장 | 구미호 모녀)

새끼 여우 히토에는 새끼 고양이들과 놀고 있었다.

나는 구미호.

이 세상에 태어나고 수백 년. 자유롭게 살아가고 있다. 나를 붙잡는 것은 없다. 그렇게 생각하고 있었다.

100년 정도 전에 유희로 아이를 만들어 봤다.

아이는 나의 반신일 터인데, 그다지 소중하게 생각되지 않았다.

그러나 그 자리에서 버릴 정도로 냉정해지지도 못하고, 가까운 인간 마을에서 돌보게 하였다.

대가는 나의 가호. 참으로 과분한 보상일 것이다.

그 뒤로 1년에 한 번, 내 아이를 만나는 것이 습관이 되었다.

귀찮기는 했지만, 나쁜 기분은 아니다.

돌보게 한 마을이 나와 아이를 숭배하게 되었던 것도 있을지도 모른다.

상황이 바뀐 것은 올해.

아이를 맡겼던 마을이 멸망해 있었다.

겨우 1년 만에? 있을 수 없다.

나의 가호는 어찌 되었지? 깨졌다는 것인가.

그리고 나의 아이는 어떻게 되었느냐!

그렇게 생각했을 때 마음속 깊은 곳에서 스며 나온 검은 감정.

깨닫고 보니 나는 불사인(不死人)의 왕과 치고받고 있었다.

불사인의 왕과 휴전.

아는 얼굴이었으니 말이다.

그쪽은 나를 잊고 있는 모양이기는 했지만…….

아아, 나를 잊고 있었던 것은 나였나. 하하하, 재미없구나.

나의 아이를 납치한 자가 있다는 것이 판명.

불사인의 왕이 탈환을 약속했으니까, 나는 마을이 있던 자리로 돌아가 머물렀다.

…………

그렇게나 번영했던 마을이 이렇게나 허망하게…….

불사인의 이야기로는 용사의 짓이라던가.

정말, 변변치 못한 짓거리를. 그리고 용서하지 않는다.

세상을 소란스럽게 할 뿐이라면 봐주지만, 나의 가호를 깨트리고, 나의 비호 아래 있던 자에게 해를 끼치다니…… 찢어 죽여도 시원찮다.

영원한 지옥에서 고통받게 해 주마.

아아, 안 된다. 다시 검은 감정에 마음을 빼앗길 뻔했다.

빨리하여라, 불사인의 왕. 나는 언제까지 나를 유지할 수 있을지 알 수 없다.

(종장 | 구미호 모녀)

불사인의 왕은 약속을 지켰다.

음, 훌륭하다.

나의 아이, 히토에야. 무사했느냐? 무섭지는 않았느냐? 그래, 그렇구나.

신세를 진 자들이 있는 것이로구나.

음, 내가 직접 감사의 뜻을 전하도록 하마. 지금 바로?

그러고 싶지만…… 불사인의 왕이 죽기 직전이다.

불사인이니까 죽지 않겠지만, 더 무리하게 하면 부활하는 데 시간이 걸린다.

불사인의 왕, 내일까지 쉬어라. 그때까지 내가 지켜주마.

"내 딸을 보호해 주어서 고맙구나."

불사인의 왕에게 안내받은 곳은 어떤 마을이었다.

이곳은…… '죽음의 숲'인가.

무시무시한 장소에 터를 잡은 자가 있구나.

주민은…… 불사인, 날개, 뿔, 긴 귀에 도마뱀, 상당한 강자들이 모여 있다.

뿔 늑대와 거미를 기르고 있는 것인가. 유별나구나.

허나 무서운 것은 용족. 문지기 용(게이트 드래곤)에…… 진룡(에이션트 드래곤)인가. 후자와는 몇 번인가 치고받았었지.

응? 그리운 얼굴이 있구나.

옛 악마족들.

함께 날뛰었던 것을 기억하고 있느냐? 하하하. 그때는 나라 하나를 멸망시켰었지. 아니, 대륙을 가라앉혔던가? 너무 부풀렸나? 가라앉힌 것은 절반 정도였지.

이런 이런, 오랜만의 연회에 들뜨고 말았다.

이 맛있는 술이 나쁘다. 한 잔 더.

먹을 것도 맛있지만, 술이 좋다.

오오오, 내 아이는…… 뭐냐, 새끼 고양이와 놀고 있는 것이냐?

좋다, 원하는 대로 하여라.

미안하지만 술을 하나 더. 저 커다란 그릇에 따라주어라.

연회가 이어졌지만, 언젠가는 끝이 오는 법.

불사인의 왕이 눈을 떴으니, 작별의 때가 찾아왔다.

하지만 나는 아직 돌아가지 않는다.

이대로 돌아가면 나는 대접받기만 했을 뿐이 아니더냐.

내 아이가 신세를 진 것에 보답해야 한다.

이곳에 오고 나서 무엇을 할지를 정하면 된다고 생각하고 있었지만, 마을은 나름 충실했다.

그렇게 되면 나의 가호인가?

아니, 나의 가호는 용사에 의해 깨졌다.

용사를 상대하기 위해…… 내가 이곳에 살며, 지켜주는 것은 어떻겠느냐.

오오, 나쁘지 않은 생각이 아니지 않으냐.

그렇게 전하자, 불사인의 왕에게 이끌려 갔다.

무엇이냐? 어? 내가 착각하고 있어? 무슨 소리냐? 촌장? 어디 보자…… 오오, 자주 내 아이와 고양이의 아이를 어르던 자인가.

다소 신기는 느껴지지만…… 평범한 사람일 것이다. 그것이 어쨌다는 것이냐?

"그게 착각이야. 그는 너보다도 강해."

"헛소리를."

"그러냐. 그러면 내기를 하자."

"내기라고?"

촌장과 맞붙어, 내가 이기면 나의 승리. 촌장이 이기면 불사의 왕이 승리.

이긴 자가 진 자에게 한 가지 뭐든지 명령할 수 있다.

어리석은 짓을. 눈에 뻔히 보이는 승패가 아니더냐.

………….

불사인의 왕은 어째선지 동정하는 눈으로 나를 봤다.

설마 저 촌장은 정말로 강한 것인가?

방심하지 않는다. 방심하진 않지만, 나의 직감은 괜찮다고 고하고 있다.

훗, 유치한 유희에 어울려 주마.

촌장과 50미터 정도 떨어져서 대치했다.

역시 내 직감은 아무것도 반응하지 않는다.

내가 그럴 마음을 먹으면 이 정도의 거리는 없는 것이나 마찬가지, 곧바로 죽일 수 있다.

게다가 촌장은 나를 공격하고 싶지 않은 눈치다.

그렇겠지. 같은 인간을 못 죽일 듯한 느낌이다.

그것은 바람직하게 여기지만, 믿음직스럽지 않게도 느껴진다.

허나…… 이대로는 내기가 성립되지 않는다.

나는 짐승의 모습으로 돌아갔다. 이것으로 무기를 겨누기 쉬워졌겠지.

…………

뭐냐! 갑자기?

이 자리에 있는 것에 대한 후회, 공포, 도망치라고 외치는 직감.

나, 나는 무엇과 대치하고 있는 것이냐.

평범한 인간이 아니었나? 이 압력은…… 그 창은 뭐냐? 어디에서 꺼냈느냐!

에잇, 멍하니 있지 마라! 나의 몸을 지키는 것이다!

창이기에 물리 공격. 물리적으로 막는 장벽을 열여덟 층 전개.

방심은 하지 않는다. 마법 대책으로 각 속성 최상위를 스물두 층.

합계 마흔 층의 다중장벽층. 내가 지닌 최강의 방패.

이 방패라면 용족의 브레스조차 막아낸다.

더욱이 나 자신은 항상 일곱 층의 만능장벽으로 덮여 있다. 무엇을 두려워할 필요가 있겠느냐.

진정해라, 그리고 공세로 돌아서는 것이다.

내가 최대의 공격을…….

내가 봤던 것은 촌장의 시선이 나의 얼굴에서 다리로 옮겨 간 것.

어째서인가 의문스럽게 여길 시간은 없었다.

촌장이 투척한 창은, 내가 지닌 최강의 방패를 깨부수고 내 오른쪽 다리를 날려 버렸다.

무슨…….

(종장 | 구미호 모녀)

나는 꼬리에 모은 마력을 사용해, 날아가 버린 오른쪽 다리를 빠르게 재생했다. 그 공격에는 놀랐지만, 유일한 무기를 던진 것은 어리석은 일이다!

그리고 내 얼굴을 노리지 않았던 것을 후회하도록 해라!

내가 본 것은 다음 창을 들고 있는 촌장.

…………

혹시 그 창은 몇 개나 꺼낼 수 있는 것이려나?

나는 머리를 숙였다.

태어나고 처음 있는 일이라고 생각한다. 용서를 청하는 것은.

아니, 아니다. 마을에 악의 같은 것은 없다. 그것은 마을을 생각해서 한 제안이다.

아이를 구해 주었는데 심한 짓을 하려고는 생각하지 않는다. 이렇게 빈다.

말을 잘못 고른 것도 사과하마.

내가 보호해 줄 필요가 없을 정도로 강한 자가 있다는 것은, 미처 생각하지 못했다.

내 무례를 용서해 주길 바란다.

불사인의 왕, 그대도 어서, 나를 변호하는 것이다.

내기의 대가? 알고 있다. 잊지 않았다. 그러니까 부탁한다.

결론, 촌장은 말귀가 통하는 남자였다.

후우.

나는 사람의 모습으로 돌아가, 불사인의 왕에게 안내받아 마을로 돌아왔다.

거참, 정말로 미안하구…… 어라? 뭐냐? 나를 봉하는 이 실은?

잘리지 않는다? 어? 설마…….

비명을 지를 뻔했다.

잠깐, 아, 어, 어째서? 거미의 여왕이…….

게다가 화를 내고 계신다.

마을에 있는 던전으로 끌려 들어간 뒤의 일은 말하고 싶지 않다.

꼬리에 비축한 마력 대부분을 쓰고 말았다는 것과 한동안 움직일 수 없다는 것만 보고해 두겠다.

그리고 무리를 지은 뿔 늑대. 그것은 반칙이라고 생각한다.

 다시 요우코

나는 인페르노 울프인 존.

하나 마을의 촌장 대행이 그렇게 이름 붙였다.

마음에 든 것은 아니지만, 이름이 없는 것보다는 낫다.

뭐, 주인에게 이름을 받으면 이 이름은 버리겠지만.

그런 나에게 쿠로 님께서 명령을 내려주었다.

새롭게 찾아온 여우를 감시하라고 한다.

자세히는 모르지만, 듣자니 주인 앞에서 불손한 태도를 보였다고 한다.

용서할 수 없다.

하지만 이미 벌은 받아서, 내 감시는 앞으로의 경과를 지켜보기 위해서라고 한다. 그렇군.

하지만 어째서 나일까? 내 담당은 하나 마을 주변인데…….

뭐, 활약할 수 있는 자리를 받았으니까 불만은 없다.

확실하게 감시하도록 하겠다.

목표인 여우의 이름은 요우코.

저택의 손님방에서 머무르고 있지만, 이대로 마을에 눌러살 작정인 모양이다.

주인이 인정하고 있으니까, 그 점에 관해서는 불만이 없다.

자식인 히토에는 잘 때는 요우코와 함께이지만, 깨어나면 새끼 고양이들의 곁으로 향한다. 훈훈한 모습이다.

히토에는 감시할 필요가 없다는 이야기를 들었으니 무시. 요우코에 집중.

요우코는 인간 모습이 될 수 있지만, 최근에는 계속 짐승의 모습을 하고 있다.

나와 비슷한 정도의 크기구나. 훨씬 크다고 들었는데…… 저것이 본래 모습인 것일까?

푹신푹신한 꼬리가 아홉 개나 있는 것이 특징인데…… 저 꼬리는 환술이구나. 진짜 꼬리는 하나. 내 눈은 속일 수 없다.

처벌할 때 꼬리를 소비시켰다고 들었으니까, 그 탓일 것이다.

조금 불쌍하군.

아니, 동정은 필요 없다. 엄격한 눈으로 감시한다.

오늘의 행동은…….

우선 주방으로 가, 귀인족 메이드들에게 인사.

애교를 뿌리고 과일을 받는다.

…………

잠깐, 귀인족 메이드 씨! 전에 내가 졸랐을 때는 주지 않았는데, 어째서 저렇게 간단히! 이미 농락되었는가!

어? 나에게도? 아니, 그럴 작정은 아니었는데…… 큭, 진정해라 내 꼬리.

우리끼리만의 비밀? 뇌물에는 지지 않는다!

뭐, 하지만, 이번에는…… 응, 맛있다.

자신의 욕망에 지고 말았다. 깊이 반성하자.

하지만 나에게는 사명이 있다. 요우코의 냄새를 추적한다.

…………

숨어 있는 모양이지만 소용없다. 내 코는 속일 수 없다.

응? 마쿠라 누님. 왜 그러십니까? 어? 여우는 이쪽이 아니라고 요? 저쪽? 감사함다.

누구든 한 번쯤은 실수하는 법이야.

이 정도로 나는 기죽지 않아.

(종장 l 구미호 모녀)

………….

좋아, 발견.

이곳은 드워프들이 술을 만들고 있는 공방이구나.

응, 조금 떨어진 이곳까지 술 냄새가 난다.

주인이 아이들은 절대로 다가가게 하면 안 된다고 진지하게 당부했으니까 말이야.

술에 약한 사람은 다가가지 않는 편이 좋을 것이다. 나는 아무렇지 않지만 말이지.

그런 장소에 요우코는 들……어가지 않는 건가.

술을 만들고 있는 장소의 옆에 설치된 테이블과 벤치가 있는 장소로 향했다.

드워프들이 점심을 먹고 있는 장소인가. 때때로 그곳에서 연회를 벌이고 있다는 것은 이야기로 들었다.

요우코는 거기에 있는 벤치 중 하나에 앉아 몸을 말았다. 조금 이른 낮잠인가? 응? 누가 있는 것인가?

…………이 기척은, 술 슬라임.

술 슬라임도 마찬가지로 벤치 중 하나에 앉아 있다.

요우코와 딱히 무언가를 하는 것은 아닌 모양이다.

한동안 그대로.

그곳으로 다시 다섯 명이 더 다가왔다.

선두는 성녀인가로 불리는 여자구나. 그 뒤에는 수인족 여자가 네 명.

전원 손에 커다란 짐을 들고 있다. 이 냄새는…… 아아, 드워프들의 도시락인가.

다섯 명이 테이블 위에 도시락을 늘어놓고 있자, 드워프들이 공방에서 나왔다.

그리고 그대로 점심. 아무래도 교대로 식사하는 것 같다.

다섯 명이 다시 돌아가, 다음 그룹의 도시락을 가져오는 모양이다.

드워프들이 맛있어 보이는 도시락을 먹고 있다.

아차, 목적을 잊을 뻔했다.

요우코는…… 드워프들에게서 도시락을 얻어먹으며, 술을 마시고 있구나. 술 슬라임도 마찬가지인가.

…………

저 여우는 뭘 하고 있는 것이지?

식사는 저택에 가면…… 혹시 저택의 식사에는 술이 나오지 않으니까, 여기서 술을 얻어먹는 것인가?

설마, 아니겠지.

…………

드워프가 3교대로 식사하는 사이에 요우코와 술 슬라임은 계속 마시고 있었다.

드워프들의 식사가 끝나자 요우코는 술 슬라임과 헤어지고 이동했다.

어디로 갈 작정이지?

…………

북쪽…… 꽃밭?

꽃밭 근처를 경계하고 있는 동료에게 들은 이야기로, 요우코는 이 시간에 와서 이곳에서 낮잠을 잔다고 한다. 그렇군.

그래서 요우코가 자고 있는 장소에 있는 물건은? 주인이 만든 요우코 전용 침대?

큭, 부럽다.

아니, 감정을 죽여라. 나는 감시자다.

요우코를 냉정한 눈으로 감시하는 것이다.

어느샌가 잠들고 말았다. 실수다.

잠시 당황했지만, 괜찮다. 요우코를 놓치지는 않았다. 어차피 아직 자고 있다.

엇, 마침 깨어난 모양이구나. 큰 하품이다.

자, 다음은 어떡할 것인가…….

응? 북쪽? 숲으로 들어가는 건가?

………….

추적을 계속한다.

요우코는 숲에서 커다란 멧돼지를 두 마리 잡고 돌아왔다.

하지만 요우코는 빈손.

해치운 멧돼지는 근처에 있던 자부톤 공의 자식들이 협력해서 거미줄로 묶어 천천히 옮기고 있다.

………….

요우코는 엄청나게 빠르고 강했다.

나는 이길 수 없으리라. 압도적인 강자. 그것을 느낀다.

그리고 내 감시는 알아채고 있구나. 그런 데도 봐주고 있는 것인가. 분하다.

하지만 감시는 계속한다.

감시하고 있다는 것을 들키면 안 된다는 말을 듣지 않았으니 말이지. 마지막까지 완수한다.

밤.

저택으로 돌아간 요우코는 짐승 모습 그대로 식사했다.

주인, 짐승 모습의 요우코를 걱정하지만, 그럴 필요는 없어요.

주인의 아내들이 막는다. 좋아. 힘내라.

식사 뒤, 요우코는 술에 낚여 주인의 아내 한 명을 따라 연구실로 갔다.

마도구를 연구하는 방이다.

이것저것 이야기하고 있다.

자세한 이야기는 모르겠지만, 상당히 열띤 모양이다.

주인에게 도움이 된다면 좋겠는데.

그리고 심야.

요우코는 주어진 객실로 돌아가…… 자고 있는 히토에의 침대로 파고든다.

음. 오늘의 감시, 종료.

…………·

반항적인 점은 없었구나.

뭐, 힘을 회복할 때까지 순종하는 척하는 걸지도 모르지만…….

짐승의 모습으로 응석을 부리는 모습 같은 것이…… 그것이 위장, 연기인 것인가?

그렇다고 한다면 무시무시한 일이다.

일단 내 직감으로는 괜찮다.

하지만 일단, 아침까지 감시하자.

밤중에 빠져나갈지도 모르니까 말이지.

아침에는 다른 이와 교대할 예정이다.

수확이라고 할 것은 없었지만, 오랜만에 '큰나무 마을'에서 지낼 수 있었다.

그것으로 만족해 두자.

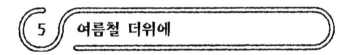

5 여름철 더위에

여름.

더워지기 시작했다. 겨울에 만든 설산도 상당히 작아졌다. 하지만 설산 근처는 시원하다.

그래서일 것이다. 마을의 짐승들은 설산 근처에 자주 있다.

우선 염소.

탈주해서 왔나? 마을 밖으로 나갈 용기는 없는데, 이곳에 오는 것은 대단하다. 게다가 무리로.

밤이 되면 꼭 돌아가야 해.

말.

어이어이, 가족이 다 모여서 뭘 하는 거야?

더운 건 알겠지만, 멋대로 나오면 안 되잖아.

근엄한 표정을 지어도 얼버무릴 수 없어.

밤이 되면 돌아가도록 해.

쿠로네 아이들.

비번이구나…….

그렇다면 됐다.

구미호 요우코.

"뭘 하고 있는 거야?"

"이곳은 시원하니 말이다."

요우코는 여우 모습인 채로 대답을 했다.

"저택에 설치한 시원한 바람이 나오는 장소는?"

"그곳은 고양이들이 점령하고 있다."

"던전은? 거기도 시원하잖아?"

"가능하면 그곳에는 가고 싶지 않다."

"저기……."

"밤에 시원해지면 숲에 가서 사냥을 한다. 게으름을 피우고 있는 것이 아니다."

"아니, 불평하는 것이 아닌데 말이야. 되도록 빨리, 시원한 공기가 나오는 장치를 늘릴게."

"부탁한다."

…………

"아직 뭔가 있는 것이냐?"

"짐승 모습이라서 그런 걸지도 모르겠지만, 밖에서 배를 드러내고 눕는 건 어떨까 싶은데?"

한순간 죽은 줄 알았다.

해먹이라도 만들어 줄까? 아니, 그물에 잡혀서 발버둥 치는 모습밖에 떠오르지 않는다.

"실례되는 생각을 하고 있지 않으냐?"

"기분 탓이야. 배를 너무 차게 하지 마."

나는 저택으로 돌아왔다.

응, 확실히 시원한 공기가 나오는 장치 곁은, 새끼 고양이들이 점령하고 있다.

새끼 여우인 히토에도 있구나. 조금 떨어져서 쿠로와 유키. 그리고 고양이와 보석 고양이 주얼.

천장은…… 자부톤의 아이들이 많구나.

저기~.

여기, 내 방인데?

아무도 신경 쓰지 않는 모양이다. 그렇습니까.

빨리 전원 스위치 기능을 만들자.

나는 저택 공방으로 향했다.

공방에서는 산 엘프들이 시원한 바람이 부는 장치를 만들고 있다.

열기가 넘쳐나고 있다. 더워.

시원한 바람이 나오는 장치를 만들고 있는데 말이야.

원래는 세나의 부탁이었다.

수인족 아기는 더위에 그다지 강하지 않다.

강하지 않다고 해도, 이 부근의 여름 더위에 어떻게 되는 일은 없지만, 세나는 걱정하고 있었다.

마음은 이해가 되고, 나도 만일의 사태는 싫다.

따라서 에어컨을 원했다.

하지만 원리를 알아도 쉽게 만들 수 있는 것이 아니다.

할 수 없이, 루에게 얼음과 바람의 마도구를 만들어 달라고 해서, 그것을 조합한 간이 쿨러…… 아니, 선풍기려나? 를 만들었다.

결점, 전원 스위치가 없다. 바람 세기도 조절할 수 없다.

하지만 산 엘프들에게는 자극이 되었다.

산 엘프들이 만든 시험작 1호, 전원 스위치 기능이 있고, 바람 세기가 조절되는 타입은 세나의 집에 설치되었다.

나머지는 세나의 반응을 기다리고 난 뒤에 만들자고 생각했지만, 희망이 쇄도. 양산을 요청받았다.

하지만 장치는 산 엘프들의 노력으로 양산할 수 있어도, 동력인 얼음과 바람의 마도구 제작은 루에게 의지할 수밖에 없다.

현재, 3일에 하나가 한계인 모양이다.

3일에 하나가 한계인데, 산 엘프들은 무엇을 열심히 만들고 있는 것일까?

물론 개량한 장치.

개량을 자꾸 거듭해서, 초기 타입에 비해 2배가 넘게 커졌다.

어제보다도 커졌구나? 소형화는 생각하지 않는 거려나?

일단 생각이 떠오른 기능을 전부 집어넣는 것은 그만두는 게 좋다고 생각하는데…….

아니, 실패하고 난 뒤가 진짜 같은 사고방식은 그만두자. 이거, 바람이 나오는 마도구를 세 개나 사용한 거지? 루가 폭발할 거야. 그건 나에게 맡기겠다니…….

루가 진심으로 화내면 무섭다고.

본격적인 더위가 오기 전에 몇 대는 완성하고 싶은 상황이다.

밤.

한 명의 귀인족 메이드가 앤에게 혼나고 있었다.

이유는 심플하다.

내 방에서 시원한 바람을 쐬는 사이에 잠들고 말았던 것이다. 그래서 살짝 감기 기운이. 그야 혼날 만하다.

나도 그 장치에는 주의하고 있다.

계속 시원한 바람이 나오니까 말이지.

장치의 각도를 조정하거나 자기 전에는 밖으로 돌려놓는 등, 이것저것 해 보고 있다.

전원 스위치 기능은 없지만, 아예 끌 수는 있다.

하지만 한 번 끄면 다시 켜는 것이 귀찮다. 마도구 가동에 따른 마석 등의 소비가 신경 쓰이지 않을 레벨로.

아, 탈선했다.

앤, 혼내려면 건강해지고 나서 해. 감기 기운이니까 쉬게 해 줘.

루에게 약초를…… 루는 마도구에 집중하고 있던가. 플로라에게 약초를 부탁하자.

그러니까 얌전히 쉬어. 다른 사람에게 옮기지 마.

간병은…… 내가 하면 더 혼나겠구나.

미안하지만, 한가한 사람에게 부탁했다.

…………

생각해 보면 마을에서 환자는 처음인가?

아니, 약은 소비되고 있다. 큰 병이 없을 뿐인가.

잔병도, 조금 전 귀인족 메이드의 감기 기운 정도…….

멀리서 귀인족 메이드의 커다란 재채기 소리가 들린 듯했다.

몸조심해.

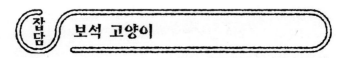

보석 고양이

나는 보석 고양이.

이름은 잔뜩 있어. 여러 사람에게 길러졌으니까.

뭐, 어느 주인이든 귀여워하는 것은 내가 아니라, 내 이마의 보석이겠지만.

그건 나도 알아.

아무도 나 따위는 생각하고 있지 않다고.

그 증거로 내가 죽으면 기뻐하며 이마의 보석을 빼앗겠지.

내가 살 수 있는 것은, 내가 살아 있는 동안에는 이마의 보석이 커지니까.

그뿐이야.

솔직히 말하자면 이때의 나는 세상에 불만이 조금 있었어.

꼴사나웠지.

전환점은 나를 기르고 있던 사람이 습격받은 것.

인간 나라의 높은 양반이었지만, 뒤에서 나쁜 짓을 하고 있었던 모양이야.

나는 그 나쁜 짓을 하기 위한 자금의 일부였는지, 한창 거래되는 중이었어.

나는 습격자가 어딘가로 데리고 가게 되었어.

저항? 물론 했어.

상대는 흡혈귀에 천사족이야. 나 따위가 대적할 수 없잖아.

게다가 무리해서 남아 있어도 밝은 미래는 찾아오지 않았을 것 같았고 말이야.

나를 데려간 곳에 밝은 미래가 있다고는 단정할 수 없지만.

나를 데려가 도중에, 흡혈귀와 천사족이 나를 어떻게 할지 이야기했어.

  아무래도 내 남편이 될 고양이의 곁으로 데리고 가려는 것 같아.

  어리석네…….

  보석 고양이에 대해 모르는 걸까?

  보석 고양이는 평생 한 번밖에 짝을 만들지 않아.

  그러니까 남편을 고를 때는 대단히 까다로워.

  이것은 본능적인 것이니까, 내 마음으로 어떻게 될 수 있는 것이 아니……라고 생각해.

  왜냐면 이제까지 남편으로 삼아도 괜찮겠다고 생각되는 상대와 만난 적이 없었으니까.

  무리해서 짝짓게 한다면, 내 마법으로 때려눕힐 거야.

  흡혈귀나 천사족에게는 대적할 수 없지만, 어지간한 보석 고양이…… 상대가 보석 고양이가 아닐 수도 있네.

  대형 호랑이라든지 하면 어떡하지.

  다, 다, 다리가 떨려.

  상대는 평범한 고양이였어.

  새카만 고양이.

  응, 평범해.

  하지만 어쩐지 마음에 들고 말았어.

  처음 본 순간부터 내 남편이라고 알 수 있었어.

  이것이 운명인 걸까?

일단 덮쳤어.

우선은 상대보다 강하다는 것을 증명한다. 이것이 기본이지.

어라? 피했어? 내 마법을? 후후후…… 제법이네.

내 남편에 어울려.

대화를 하자고?

좋아요, 장래에 대해서 말이죠? 아이는 얼마나 원하나요? 당신이 바라는 만큼 낳아 주겠어요.

음, 놓치지 않아!

내 남편은 도망치는 것이 빨라. 그런 데다가 도망치는 장소가 절묘해.

흡혈귀와 천사족이 나를 데려간 장소는, 숲속에 있는 마을이야.

평화로워 보이는 마을이지만, 지옥 중의 지옥 같은 장소.

나를 데리고 온 흡혈귀와 천사족이 귀엽게 생각될 정도의 장소.

그런 장소에서 생활하고 있는 내 남편은, 자신을 지켜줄 상대를 이미 찾아낸 상태야.

하지만 나는 포기하지 않아.

겨우 발견한 내 남편. 반드시 잡겠어.

하지만 서두르지 않아.

서두르다가 난폭한 행동을 하면 쫓겨나기만 하는 것이 아니라 목숨이 위험할 가능성이 있어.

신중하게 행동해야 할 때는 신중하게 행동해.

즉, 물러날 타이밍은 알고 있어.

후후후.

물론 그것만이 아니야.

이 마을에서 거역하면 안 되는 상대도 이미 이해하고 있어.

그것은 귀인족인 앤이야.

………….

아니야? 촌장?

애교 부리는 척하면 금방 쓰다듬어 주는 그 촌장?

당신이 그렇게 말한다면 믿겠지만…… 알겠어. 촌장만큼은 폐를 끼치면 안 되는 거네.

그것 말고 뭐가 있어?

촌장의 아이들한테도 폐를 끼치면 안 된다고? 뭐, 그렇겠지. 자식에게 손을 댔는데 가만히 있을 부모는 없을 테니까. 알았어.

어? 더 있어? 많구나.

내가 마을에 오고 나서 얼마나 시간이 흘렀을까.

나는 지금 딸들에게 둘러싸여 있어.

반대네, 내가 딸들을 둘러싸고 있어. 도망치지 않도록.

태어난 지 얼마 안 된 딸들은, 마을 주민들을 포로로 만들었어. 귀여우니까 당연하지만, 응석을 너무 받아주어서는 딸들 교육에 좋지 않아.

우선은 조심조심 이동하는 연습을. 에잇, 귀엽게 우는 연습 같은 것은 하지 않아도 괜찮아요.

아빠는 속일 수 있어도, 나는 안 통해요. 자, 연습 시작이야. 내

(종장 I 구미호 모녀)

뒤를 따라…… 도망치지 마. 아빠한테 도움을 요청하는 것도 그만 둬. 정말로 참.

딸들의 이름은 미카엘, 라파엘, 우리엘, 가브리엘. 하지만 이름이 지나치게 훌륭하다는 이유로 미엘, 라엘, 우엘, 가엘로 불리고 있어.

이름이 지나치게 훌륭하다는 것은 동의해. 하지만 능력은 좋아. 팔불출 부모인 걸까?

아, 가엘. 밖으로 나가면 안 돼요. 밭은 더욱 안 돼. 돌아오세요.

정말이지. 지난번에 밭에 들어갔다가 거미들에게 쫓겨 다녔잖아? 그걸로 질리지 않았어?

미엘, 촌장의 머리에 올라가지 마. 촌장이 상처투성이잖아요? 촌장도 웃지 말고 미엘을 내려주세요.

자식을 키우는 게 이렇게나 힘든 일이었어? 아니면 우리 딸들이 특별한 것이려나?

특별하다면 좋은 방향으로 특별해 주길 바랐어. 하아.

하지만 사랑하는 남편, 귀여운 딸들. 주인은 착하고 식사는 맛있어.

지금의 난 삶이 충실한 것일지도 몰라.

어느 귀인족의 교육

나는 귀인족 중 한 명.

구미호의 아이, 히토에를 돌보고 있어요.

히토에는 상당히 우수해요. 제대로 '기다려'를 할 줄 알아요.

뭐, 생긴 것만큼 어리지 않으니까 '기다려'를 할 줄 아는 게 당연할지도 모르지만, 의사소통이 가능한 것은 기쁜 일이에요.

인페르노 울프도 대부분이 '기다려'를 할 줄 알지만, 태어난 지 얼마 안 된 아이는 '기다려'를 할 줄 몰라요. 그뿐만이 아니라, 모든 것을 달라고 짖어대요. 큰일이고 위험해요.

따라서 막 태어난 인페르노 울프의 아이는 저택에는 다가올 수 없어요. 윗세대의 인페르노 울프가 막아요. 그리고 교육시켜요.

인페르노 울프가 어린 인페르노 울프를 교육하는 모습은 대단히 사랑스러워요.

뭐, 교사 역할이 서투른 것은 인페르노 울프만이 아니라 어느 종족이라도 마찬가지이지만요.

미엘, 라엘, 우엘, 가엘의 네 마리 새끼 고양이는, '기다려' 정도의 문제가 아니었어요.

얼마나 날뛰던지. 아무 데나 볼일도 보고요.

고양이는 이런 생물인 것일까요? 제가 알고 있는 고양이는, 조금 더 얌전했던 것처럼 생각되는데요…….

하지만 역시나 우리의 대장 앤 님.

네 마리의 새끼 고양이를 잘 교육해 줬어요. 멋져요.

뭐, 저는 잘 따라주지 않지만 말이에요. 앤 님의 앞에서만 정렬하는 모습을 보면, 불평하지 않을 수가 없어요.

새끼 고양이들 이야기는 그만하고, 저는 히토에를 위해 식사를 준비해요.

히토에는 과일을 갈아서 내놓은 걸 좋아하는 모양이네요.

한 종류만이 아니라, 다양한 과일이 조금씩 있는 것을 기뻐해요.

조금 수고가 들지만, 히토에를 위해 힘내도록 하겠어요.

히토에는 사람의 모습이 될 수 있어요.

그럴 때 약간 말할 수 있지만, 제가 알아들을 수 없는 단어를 쓰는 일이 있어요.

동쪽 나라의 사투리 같지만, 원래의 의미와는 다른 사용법……
아니, 별명으로 삼고 있는 모양이네요.

대화를 거듭함으로써 이해하게 되었어요.

히토에가 말하는 '무사'는 인페르노 울프.

후후, 히토에는 일대일로 인페르노 울프에게 이길 수 있다고 말하는 건가요? 의욕은 대단하지만, 현실을 보세요.

'밀정'은 데몬 스파이더.

히토에는 작은 데몬 스파이더를 위협해 보지만, 상대해 주지를 않아요.

히토에도 위협만 할 뿐이지, 공격하지는 않으니까요.

공격해도 상대해 주지 않겠지만, 가르쳐 주지는 않을 거예요.

'병정'은 그노시스 비의 병정벌.

히토에가 꽃밭이나 그노시스 비의 벌집에 다가가지 않으면, 엮이는 일도 없을 거예요.

그런데 어째서 히토에는 꽃밭으로 가려고 하는 걸까요? 꽃밭이 마음에 든 것일까요.

저택에서는 꽃밭까지 꽤 거리가 있어서 걱정이에요.

어라, '하녀'는 저를 말하는 건가요.

틀리지는 않지만, 엄마로 불러주길 바라거나 하기도 하는데요.

그건 그렇고 히토에는 동쪽 나라 출신인 걸까요?

저희 귀인족의 선조도 동쪽 나라 출신이라고 들었으니까, 친근감이 샘솟아요.

이것은 운명인 걸까요?

히토에의 엄마라고 자신을 밝힌 사람이 찾아왔어요. 끄응.

히토에가 따르는 모습을 보니, 진짜 엄마인 거겠죠. 어쩔 수 없어요. 작별이에요.

예? 하녀는 아직 필요해요? 그, 그런가요. 딱히 기쁘지는 않지만, 돌봐드리도록 하겠어요.

히토에의 엄마는 요우코 님.

실력자라고 하쿠렌 님에게 전달받았어요. 정중하게 대접하라는 것이겠죠. 알겠어요.

그 요우코 님이 촌장과 맞붙었다는 모양이에요.

결과는 촌장의 승리. 역시나 대단해요.

그리고 요우코 님은 그대로 자부톤 공, 인페르노 울프인 쿠로 공과 연전을 벌이는 모양이에요.

히토에는 저에게 맡겨주세요.

연전 뒤, 요우코 님은 여우 모습이었어요.

확실히 히토에의 엄마네요.

힘의 회복에 전념하려고, 한동안은 사람의 모습이 될 수 없다고 해요. 그런가요, 과일을 갈았는데 드시겠어요?

아니요, 딱히 악의는 없어요.

사이좋게 지내요. 잘 부탁드리겠어요.

그건 그렇고 들었어요.

히토에와 1년에 한 번밖에 만나지 않았다고.

대체 무슨 생각으로 그런 상황을 받아들인 건가요?

육아란, 의식주를 갖추고 돌봐줄 사람을 붙여주면 되는 것이 아니에요.

아이에게는 부모가 필요한 법이에요.

앗, 촌장을 말하는 것이 아니에요. 당신 말이에요.

잘하고 못하는 것은 누구에게나 있으니까, 육아가 서툰 사람도 있겠죠. 서툰 사람이 무리하는 것은 좋지 않아요.

하지만 애정을 쏟아주는 것은 서툴러도 분명히 해야 하는 일이에요. 그런 점에서 촌장은 제대로 아이들에게 애정을 쏟아주고 있어요. 예, 자식의 서열에 관해서는 조금 무심하지만요…….

아버지로서 자식을 소중하게 여기고 있다는 것은 전해지고 있어요. 저에게가 아니에요, 아이들에게 전해지고 있는 것이에요.

한동안 움직이지 못하는 지금을 기회 삼아, 조금 더 히토에와 어울리는 방식을 생각해 보지 않겠어요?

예, 행동하는 것은 회복한 뒤부터라도 상관없으니까요.

그때까지는 제가 확실하게 히토에를 돌봐주도록 하겠어요.

알고 있어요, 당신도 돌봐주겠어요.

그러니까 우선은 히토에로…… 어라? 히토에는?

새끼 고양이들과 함께 나갔다고요?

끄응, 그 고양이들, 나의 히토에를 빼앗지 마!

 농업신의 혼잣말

성녀.

신의 목소리를 들을 수 있는 특수한 개체입니다.

우리 같은 신들의 목소리를 지상에 전하는 유일한 수단이라고 말해도 좋겠죠.

하지만 그 진위를 확인할 방법을, 신이 아닌 자는 지니고 있지 않습니다.

그런 탓에 지상에는 가짜 성녀가 많이 있습니다.

그리고 그런 자는 신의 목소리라 칭하며, 사리사욕을 챙깁니다.

용서할 수 없습니다.

마음으론 천벌을 내리고 싶지만, 그럴 수 없는 것이 답답합니다.

예, 지상에는 멋대로 간섭할 수 없습니다.

특수한 조건이 갖추어졌을 때가 아니면, 엄청나게 멀리 우회하는 수단으로밖에 간섭할 수가 없는 것입니다.

그것이 규칙입니다. 깨트릴 수는 없습니다.

그러니까 제가 할 수 있는 것은 가짜 성녀에게 천벌 있으라고 빌며 샌드백을 때리는 것뿐입니다.

아, 샌드백을 때릴 때는 글러브를 잘 끼세요. 갑자기 세게 때리는 것도 안 돼요.

처음에는 가볍게…… 그 전에 올바른 자세로 때리는 법을 먼저 배워야 하려나?

예? 신들의 세계에 샌드백이 있느냐고요? 있지요. 예, 뭐든지 있습니다. 샌드백만이 아니라 미트나 펀칭볼도 있어요.

복싱 도구만이 아닙니다, TV와 비디오도 있고, 스마트폰과 PC도 있습니다. 지상과는 통신할 수 없지만, 정보를 얻을 순 있어요.

TV에서도 다양한 방송을 볼 수가 있어요. 세계가 달라도 대응하고 있거든요. 굉장하죠?

아차, 이야기가 탈선되고 말았네요. 죄송합니다.

그러니까, 이야기를 되돌려서…… 무슨 이야기였죠? 그래 맞아요, 가짜 성녀에게 천벌을 내리자는 이야기였습니다. 가짜는 나빠요, 가짜는.

그리고 신의 목소리를 사칭하는 것은 절용입니다. 절용이란 '절대로 용서 못 해' 라는 의미예요. '절대로 용서한다' 가 아니에요.

아무튼 말입니다, 성녀는 우리 같은 신들의 목소리를 지상에 전할 수 있습니다.

하지만 뭐, 어떻게 말해야 할까요…… 그게…… 우리는 지상에 하고 싶은 말이, 거의 없습니다.

원래부터 지상에 대한 과도한 간섭이 금지되어 있고, 말을 전하는 정도로 일어날 변화에 저희가 기대하는 일도 없습니다.

성녀와 면식이 있거나 친구인 것이 아니니까요.

갑자기 모르는 사람에게 말을 걸려면 용기가 필요한 법이에요.

제일 처음에 뭐라고 인사를 하면 좋을지 모르겠죠?

보이스피싱으로 여겨지는 것도 싫으니까요.

성녀가 신의 목소리를 듣고 궁지를 빠져나왔다?

아~ 그거, 우연입니다.

신들끼리 하던 이야기를 우연히 듣고 말았을 뿐입니다.

조금 전에도 말했지만, 우리가 먼저 성녀에게 말을 거는 일은 거의 없습니다.

성녀의 움직임을 감시하고 있는 것이 아니니까요. 궁지인지 어떤지를 알 수가 없어요.

궁지라는 것을 알았다고 해도 말이죠, 무엇을 어떻게 말하라는 건가요?

힘내라든지 포기하지 말라든지, 그런 응원을 하면 되는 건가요?

저희도 만능이 아니니까, 나아가야 할 길을 헤매고 있다든지 같은 말을 들어도 곤란합니다.

길은 스스로 개척하는 것이잖아요.

아니요, 나아가야 할 방향을 말하는 정도는 가능해요. 오른쪽이라든지 왼쪽이라든지, 북쪽이라든지 남쪽이라든지.

하지만 결과는 알 수 없는데요?

무엇을 목적으로 살아가고 있는지, 이쪽은 알지 못하니까요.

조언이 필요하다면 좀 더 정보를 줘야죠. 애매하게 질문을 받아도 곤란합니다.

뭐, 과도하게 정보를 주는 것도 곤란하지만요.

아무튼 말입니다, 성녀의 상황이나 국가의 중대한 일을 저희가 어떻게 하는 일은 없습니다. 미안해요.

성녀가 들은 신의 목소리로 위험을 극복했다는…… 그 상황이면 목소리가 없었어도 극복했습니다. 좀 더 자신의 힘을 믿어요.

자, 그렇다면 우리 같은 신들이 말을 거는 일이 없는 성녀란 대체 무엇인가, 싶어지지요?

비상전화 같은 것입니다. 지상에 긴급사태를 알려주기 위한.

그때를 위한 메시지도 제대로 준비되어 있어요.

'이쪽은 신입니다. 그쪽 세계는 멸망까지 앞으로 한 시간이 남았으니, 소란 피우거나 날뛰지 말고 마음 편하게 진정해 주십시오.'

이 메시지가 사용되는 일이 없기를 빌고 싶네요. 전달했다가는 사악한 신으로 불릴 것 같으니까요. 누구일까요, 이 메시지를 생각한 것은.

어찌 되었든 성녀에게 신의 목소리가 전해지지 않는 것이 가장 좋은 일입니다.

하지만. 그렇지만.

성녀 개인에게는 볼일이 없어도, 성녀의 근처에 볼일이 있는 경우는 어떨까요?

이것은 전해야 하겠죠?

성녀에게 전언을 부탁해도 괜찮은 거죠?

《농업신은 여신이라고. 할아버지가 아니라고.》

딱히 신상은 어떤 모습이라도 상관없지만, 내가 신경 쓰이니까 잘 부탁해!

전해져라, 내 목소리!

어라? 목소리가 전해지지 않아? 어째서?

저 인간은 성녀입니다. 틀림없습니다. 신의 목소리를 들을 수 있는 존재입니다.

그리고 나는 신.

그런데 내 목소리가 전해지지 않는 것은 어떻게 된 일일까요?

…………

알았습니다.

성녀의 바로 옆에 다른 신…… 마신이 있기 때문입니다.

마신은 상당히 힘이 약해졌고, 고양이 모습이 되고 말았지만, 신은 신.

성녀는 그 신성을 느낀 것이겠죠. 목소리를 듣기 위해 자신을 조율한 모양입니다.

간단히 말하자면 마신의 목소리를 듣는 전문의 성녀가 되고 말았던 겁니다.

일반적으로는 그런 일은 할 수 없습니다만, 옆에 있으니까요. 되어 버린 것이겠죠.

하지만 그건 지상에 있는 신의 목소리를 듣고, 전하는 존재…… 아니, 지상에 있는 신과 대화가 가능한 성녀라는 것이죠?

존재해서는 안 되는 성녀가 아닐까요?

아버님께 혼날 텐데요?

아, 그래도 마신이 뭔가 한 것은 아니니까…… 어떻게 되는 것일까요?

봐서는…… 마신도 항상 말을 거는 것은 아닌 모양이고…… 말한다고 해도 성녀의 불평을 들어주기만 하는 느낌도 있는데요.

으~음.

저로서는 판단할 수 없습니다.
아버님께 맡기죠.

아무튼 내 목소리가 전해지지 않는 것은 확정. 끄응.
어떻게든 내 조각상을 여신상으로 바꾸게 하겠어.

Farming life
in another world.
Presented by Kinosuke Naito
Illustrated by Yasumo

06

등장인물 사전 (Character)

●인간

【마치오 히라쿠】
전이자(轉移者)이자 '큰나무 마을' 의 촌장. 꿈이었던 농사를 이세계에서 열심히 하고 있다.

●인페르노 울프

【쿠로】
마을의 인페르노 울프 대표이자 무리의 보스. 토마토를 좋아한다.

【유키】
보스의 파트너. 토마토, 딸기, 사탕수수를 좋아한다.

【쿠로1/쿠로2/쿠로3/쿠로4 등】
쿠로와 유키의 아이들. 쿠로8까지 있다.

【아리스】
쿠로1의 파트너. 정숙하다.

【이리스】
쿠로2의 파트너. 활발하다.

【우노】
쿠로3의 파트너. 강할 것이다.

【에리스】
쿠로4의 파트너. 양파를 좋아함. 흉포?

【후부키】
쿠로4와 에리스의 아이. 변이종인 코퀴토스 울프다.

【마사유키】
쿠로2와 이리스의 아이. 파트너가 많은 하렘 늑대.

●데몬 스파이더

【자부톤】
마을에 있는 데몬 스파이더의 대표이자 의상 제작 담당. 감자를 좋아한다.

【새끼 자부톤】
자부톤의 아이들. 봄철에 일부가 여행을 떠나고 나머지가 자부톤의 곁에 남는다.

【마쿠라】
자부톤의 아이. 제1회 '큰나무 마을' 무투회의 우승자.

●그노시스 비

【벌】
마을의 양봉 대상자. 새끼 자부톤과 공생(?)하고 있다. 벌꿀을 제공해 준다.

●흡혈귀

【루루시 루】
마을에 있는 흡혈귀의 대표.
별명은 '뱀파이어 프린세스'.
마법이 특기. 토마토를 좋아한다.

【플로라 사크투】
루의 사촌 여동생. 약학에 정통해 있다.
된장과 간장을 열심히 연구하고 있다.

【시조님】
루와 플로라의 할아버지.
코린교의 최고위. '종주' 로 불린다.

●귀인족

【앤】
마을의 귀인족 대표이자 메이드장. 마을의 가사를 담당하고 있다.

【라무리아스】

귀인족 메이드 중 한 명. 주로 수인족을 서포트하는 역할을 담당하고 있다.

●천사족

【티어】

마을의 천사족 대표.

별명은 '섬멸천사'.

마법이 특기. 오이를 좋아한다.

【그란마리아/쿠델/코로네】

티어의 부하. '몰살천사'로 유명하다.

때때로 촌장을 안고 이동한다.

【키어비트】

천사족 족장의 딸.

【스아루리우】

쌍둥이 천사.

【스아루코우】

쌍둥이 천사.

●리저드맨

【다가】

마을에 있는 리저드맨의 대표. 오른팔에 스카프를 감고 있다. 힘이 세다.

【너프】

리저드맨 중 한 명. 주로 미노타우로스를 서포트하는 일을 하고 있다.

●하이엘프

【리아】

마을의 하이엘프 대표. 200년 동안의 여행에서 배운 지식으로 마을의 건축 관련을 담당(?)

【리스/리리/리프/리코트/리제/리타】

리아의 혈족.

【라파/라사/라르/라미】

리아 일족과 합류한 하이엘프.

【라라샤】

라파의 혈족. 나무통 만들기를 잘한다.

●가르갈드 마왕국

【마왕 가르갈드】

마왕. 무지 강할 것이다.

【비젤 크라임 크롬】

마왕국 사천왕, 외교 담당, 백작.

고생이 많은 사람. 전이 마법 사용자.

【글라츠 브리트아】

마왕국 사천왕, 군사 담당, 후작. 군략의 천재지만 전선에 나서고 싶어 한다.

종족은 미노타우로스.

【프라우렘 크롬】

마을의 마족, 문관낭중 대표.

애칭은 프라우. 비젤의 딸.

【유리】

마왕의 딸. 세상 물정을 모르는 일면이 있다. 마을에 몇 개월 체류했었다.

【문관낭중】

유리, 프라우의 학우 혹은 지인들.

마을에서는 프라우의 부하로 활약.

【랏샤시 도로와】

문관낭중의 일원. 마왕국 도로와 백작의 차녀. 주로 켄타우로스를 돌봐주는 일을 하고 있다.

【호우 레그】

마왕국 사천왕. 재무담당. 애칭은 호우.

● 드래곤

【드라임】
남쪽 산에 둥지를 튼 드래곤.
별명은 '문지기 용(게이트 드래곤)'.
사과를 좋아한다.

【그라파룬】
드라임의 아내.
별명은 '백룡희(화이트 드래곤)'.

【라스티스문】
마을의 드래곤 대표.
별명은 '광룡(크레이지 드래곤)'. 드라임
과 그라파룬의 딸. 곶감을 좋아한다.

【도스】
드라임의 아버지.
별명은 '용왕(엠퍼러 드래곤)'.

【라이메이렌】
드라임의 어머니.
별명은 '태풍룡(허리케인 드래곤)'.

【하쿠렌】
드라임의 누나(장녀).
별명은 '진룡(에이션트 드래곤)'.

【스이렌】
드라임의 누나(차녀).
별명은 '마룡(스펠 드래곤)'.

【마크스벨가크】
스이렌의 남편.
별명은 '악룡(이빌 드래곤)'.

【헤르젤나크】
스이렌과 마크스벨가크의 딸.
별명은 '폭룡(래스 드래곤)'.

【세키렌】
드라임의 여동생(삼녀).

별명은 '화룡(파이어 드래곤)'.

【드마임】
드라임의 동생.

【퀸】
드마임의 아내.
아버지가 라이메이렌의 동생.

【쿼른】
세키렌의 남편. 퀸의 동생.

【그라루】
암흑용 기라루의 딸.

【히이치로】
히라쿠와 하쿠렌의 아들.
인간과 드래곤의 혼종.

【기라루】
암흑용(다크 드래곤).

● 고대 악마족

【구찌】
드라임의 종자이자 책사 같은 존재.

【부르가/스티파노】
구찌의 부하.
지금은 라스티스문의 피고용인 신분.

● 악마족

【쿠즈덴】 (NEW)
넷 마을의 대표. 마을의 악마족 대표.

● 수인족

【걸프】
하울린 마을에서 사절로 왔다.
상당히 강한 전사일 것이다.

【세나】
마을의 수인족 대표. 하울린 마을에서 이주해 왔다.

【맘】
수인 이주자 중 한 명. 주로 뉴뉴 다프네를 서포트하는 일을 하고 있다.

●엘더 드워프

【도노반】
마을의 드워프 대표. 가장 먼저 마을에 왔던 드워프. 주조의 달인.

【월콕스/크록스】
도노반의 다음으로 마을에 왔던 드워프. 주조의 달인.

●샤샤트

【마이클 고로운】
인간. 샤샤트 시내의 상인. 고로운 상회의 회장. 상식인.

【말론】
마이클의 아들. 차기 회장.

【티토】
말론의 사촌. 고로운 상회의 회계 담당.

【란디】
말론의 사촌. 고로운 상회의 매입 담당.

【밀포드】
고로운 상회의 전투대장.

●???

【알프레드】
히라쿠와 흡혈귀 루의 아들.

【티젤】
히라쿠와 천사족 티어의 딸.

●산 엘프

【야】
마을의 산 엘프 대표. 하이엘프의 아종(?)으로 공작(工作)이 특기.

●라미아

【쥬네아】
남쪽 던전의 주인. 하반신이 뱀인 종족.

【스네아】
남쪽 던전의 전사장.

●미노타우로스

【고든】
마을의 미노타우로스 대표. 커다란 몸에 머리에 소 같은 뿔이 달린 종족.

【로나나】
주재원.
마왕국 사천왕 글라츠가 반한 상대.

●켄타우로스

【글루월드 라비 콜】
마을의 켄타우로스 대표. 하반신이 말인 종족. 빨리 달릴 수 있다.

【후카 포로】
남작이지만 여자애.

● 뉴뉴 다프네

【이그】
마을의 뉴뉴 다프네 대표. 그루터기와 인간 모습으로 변할 수 있는 종족.

● 기타

【슬라임】
마을에서 매일 수와 종을 늘리고 있다.

【소】
우유를 생산한다. 하지만 원래 세계의 소만큼은 나오지 않는다.

【닭】
달걀을 낳는다. 하지만 원래 세계의 닭만큼 낳지 않는다.

【염소】
염소젖을 생산한다. 처음에는 장난꾸러기였지만, 얌전해졌다.

【말】
촌장의 이동용으로 구매했다. 글루월드에게 대항심을 품고 있다.

【술 슬라임】
마을의 힐링 담당.

【사령기사】
갑옷 차림의 해골로, 좋은 검을 갖고 있다. 검의 달인.

【흙인형】
우르자의 종사.
우르자의 방 청소를 열심히 하고 있다.

【고양이】
히라쿠가 주운 고양이.
수수께끼가 많다.

● 대영웅

【우르블라자】
애칭은 우르자. 원래는 사령왕.

● 거인족

【우오】
털이 수북한 거인. 성격은 온화하다.

● 머큐리 종

【고우 포그마】 (NEW)
태양성 성주 보좌. 초로.

【벨 포그마】 (NEW)
종족 대표. 태양성 성주 수석 보좌.
메이드.

● 구미호

【요우코】 (NEW)
수백 년을 산 여우 대요괴.
드래곤과 비슷한 전투력을 보유했다고 한다.

【히토에】 (NEW)
요우코의 딸.
태어나고 100년 넘게 지났지만, 아직 어리다.

Farming life
in another world.
Presented by Kinosuke Naito
Illustrated by Yasumo

세상에는 정석이라고 하는 것이 있습니다. '원칙'으로 불리는 것이죠.

정석은 자주 사용됩니다. 자주 사용하니까 정석인 겁니다.

따라서 필연적으로 정석은 진행이 예상됩니다.

그건 재미있는 것일까요?

안심하시기를. 정석은 다음 진행이 예상되어도 재미있습니다. 재미있으니까 정석인 겁니다.

진행이 예상되는 전개가 계속되면 질리지 않나?

당연히 질릴 때가 옵니다. 하지만 계속 찾고 싶어지는 것이 정석입니다.

제가 무슨 소리를 하는지, 잘 모르실까요.

그럼 식사로 예를 들어보죠.

"오늘 저녁은 카레야."

그런 예고를 받고 나서 저녁에 카레가 나왔다고 실망할까요?

없겠지요.

하지만 아무리 그래도 매일 카레를 먹으면 질리게 됩니다.

카레가 아니라, 다른 요리를 찾는 것은 당연한 겁니다.

하지만 그렇다고 해서 카레를 평생 먹지 않겠다고 하진 않겠죠.

다시 먹고 싶어지는 것이 카레입니다.

………….

오히려 무슨 소리를 하는지 이해하기 어려워진 느낌이 드네요.

요약하자면 말이죠, 카레는 맛있다……가 아니라, 정석은 위대하다는 겁니다.

안녕하세요, 정석을 정말 좋아하는 나이토 키노스케입니다.

카레는 그냥저냥 좋아합니다. 진짜 좋아하는 것은 고기와 회인데, 육회는 조금 저항이 있습니다.

소설의 정석은 독자 대다수가 재미있다고 인정한 이야기의 흐름입니다.

그러니 억지로 정석에서 벗어날 필요는 없다고 생각합니다.

필요한 것은 정석을 즐길 수 있게 하는 노력.

먹을 것으로 예를 들자면, 소고기 카레 다음은 해산물 카레로.

같은 카레라도 변화를 주어서 질리지 않게 노력하는 것입니다.

카레에 곁들이는 피클을 다른 것으로 바꾸거나, 밥이 아니라 난으로 먹는 것도 좋다고 생각합니다.

그렇게 몇 번이고 먹게 해 주는 것이 정석을 다룰 줄 아는 소설이라고 개인적으로 생각합니다.

그런 소설을 쓸 수 있는 작가가, 나는 되고 싶다. 되면 좋겠네~.

다음 권도 잘 부탁합니다.

나이토 키노스케

イラスト担当のやすもです！
いつも楽しくイラスト描かせていただいてます。
これからも作品の魅力を少しでも伝えられるよう
頑張っていくのでよろしくお願いします。

일러스트 담당 야스모입니다.
언제나 즐겁게 그림을 그립니다.
앞으로도 작품의 매력을 조금이라도 더
전할 수 있도록 애쓰겠으니 잘 부탁합니다.

다음 권 예고 토크

안녕하세요. 티어예요.

고양이에게 존재감을 빼앗기고 있는 수인족 세나예요. 잘 부탁드려요.

저기~ 세나 씨? 그렇게 비굴해질 필요는 없는데요.

하지만 이번 6권에, 수인족보다 고양이 출연이 더 많은걸요!

뭐, 하긴 그랬지만요…….

따라서 제 출연을 좀 더 많이 주세요!

그렇군요. 그렇다면 저도 편승하죠. 커버에 있는데 우리 출연이 너무 적어요!

맞아요, 맞아요!

우리 출연, 더 많이 주세요!

주세요!

이만큼 간절하게 빌었으니까요. 다음 권 출연은 틀림없이 많아질 거예요.

그렇다면 좋겠네요. 여전히 여우와 고양이가 마구 날뛰고 있는 느낌도 들지만요…….

세나 씨, 희망을 품는 거예요. 설령 다음 권의 주요 내용이 새로운 마을 이야기라고 해도.

Next
Farming life
in another world.

 아, 예. 희망을 품고 다음 권에 임하겠어요!

 그렇다면 이름이 한 번이라도 나오길 빌게요!

 티어 씨…… 희망을 더 높게 잡아주면 좋겠어요.

 예? 이름이 두 번이나 나오게 해달라고요? 그건 너무 많은 걸 바라는 게…….

 컬러 일러스트 등장! 정도는 빌어야죠! 이번에도 나왔으니 까 할 수 있다고요.

 아, 알았어요. 다음 권에도 컬러 일러스트에 나오고 싶어요!

 나오고 싶어요! 다음 권도 잘 부탁드립니다!

이 세 계
유 유 자 적
농 가

06

이세계 유유자적 농가 6

2023년 10월 20일 제1판 인쇄
2024년 01월 10일 제2쇄 발행

지음 나이토 키노스케 | **일러스트** 야스모

옮김 이원명

펴낸곳 영상출판미디어(주)
등록번호 제 2002–000003호
주소 07551 서울특별시 강서구 양천로 570 NH서울타워 19층
전화 02–2013–5665

ISBN 979–11–380–3452–4
ISBN 979–11–6466–347–7 (세트)

[글] 나이토 키노스케
Kinosuke Naito

안녕하세요, 나이토 키노스케입니다.
야겜밭에서 수확된 둥글둥글하게 살찐
감자인간입니다.
오탈자가 많은 인생을 보내고 있습니다.
잘 부탁합니다.

[일러스트] 야스모
Yasumo

게임을 하거나 고양이를 그리거나 하는
일러스트레이터입니다.
여러 가지를 그릴 수 있게 되고 싶습니다.

[번역] 이원명

저도 이세계로 넘어가 느긋하게 살고 싶습니다.
하지만 인생은 실전이고 농사는 현실이죠…….

ISEKAI NONBIRI NOUKA

만화로도 이세계에서
유유자적
농가 라이프 !!

이 세 계
유유자적
농가

만화판
1~4

만화 : 츠루기 야스유키
원작 : 나이토 키노스케
캐릭터 원안 : 야스모

모든 것이 재구축된
리 빌 드

옛 문명의 유산을 찾아서 수많은 유적에 헌터들이 몰리는 세계.
슬럼의 소년 아키라는 풋내기 헌터가 되어 목숨을 걸고 구세계의
유적에 첫발을 내디딘다.
그런 아키라가 그곳에서 마주친 것은 유령처럼 배회하는 정체불
명의 미녀 〈알파〉. 그녀는 아키라가 유적을 공략할 수 있게 도와
주는 대신, 특별한 의뢰를 요청하는데――?!
이것은 기회인가, 아니면―― 죽음으로 유혹하는 망령의 덫인가.

두 사람이 계약하는 순간, 운명과도 같은 모험과 도전의 막이
오른다! 옛 문명의 유적을 둘러싼 헌터들의 뜨거운 배틀 액션!

의지와 각오를 품고,

세계^{월 드}에서——

글 **나후세**
일러스트레이션 **긴**
세계관 일러스트 **와잇슈**
메카닉 디자인 **cell**

리빌드 월드 I
Rebuild World
上 유혹하는 망령

©Nahuse 2019
illustration : Gin, yish
KADOKAWA CORPORATION

소년은 도약한다——!!

외모는 성녀, 하지만 그 정체는……?
사상 최악의 가짜 성녀가 부조리한 게임 세계를 구한다!

이상적인 성녀?
미안, 가짜 성녀입니다!
1~2

어느 루트로 가도 메인 히로인이 죽는 게임, 『영원의 산화』.
그 끔찍함에 치를 떨고 잠들었는데…… 정신이 들어 보니,
사람들이 끔찍하게 싫어하는 게임 속 가짜 성녀가 되어 있었다!

기왕 이렇게 됐으니 레벨을 올리고 고결한 성녀로 위장하자!
그러자 게임 주인공에 학생들, 교사까지. 가짜 성녀의 숭배자가 늘어나
게임 시나리오와는 다른 형태로 상황이 전개되기 시작하는데……?

카베돈다이코 지음 / 유노히토 일러스트

영상출판
미디어(주)

애니메이션 시즌 2 제작 결정!
불로불사의 마녀님과 고원의 집 식구들이 즐거운 일상을 전합니다!

슬라임을 잡으면서 300년,
모르는 사이에 레벨MAX가 되었습니다
1~18

회사의 노예처럼 일하다가 죽고, 여신의 은총으로 불로불사의 마녀가 되었습니다.
이전 생을 반성하고, 새로운 생에서는 슬로 라이프를 결심해
돈에도 집착하지 않고 하루하루 슬라임만 잡으면서 느긋하게 300년을 살았더니——
레벨99 = 세계 최강이 되어 있었습니다?!
그 소문이 퍼지고, 호기심에 몰려드는 모험가, 결투하자고 덤비는 드래곤,
급기야 나를 엄마라고 부르는 딸까지 찾아오는데 말이죠——.

모리타 키세츠 지음 / 베니오 일러스트

영상출판
미디어㈜

먼 미래, 옛 문명의 유산을 찾아서 떠난 슬럼의 소년이
한 만남을 계기로 황야에서 날아오른다──!

[만화 / 전자서적 전용]
리빌드 월드 1~6
(만화 : 아야무라 키리히토 / 원작 : 나후세)